アンリバーシブル
警視庁監察特捜班 堂安誠人

長沢　樹

アンリバーシブル

警視庁監察特捜班　堂安誠人

瀬野町と周辺の市町村

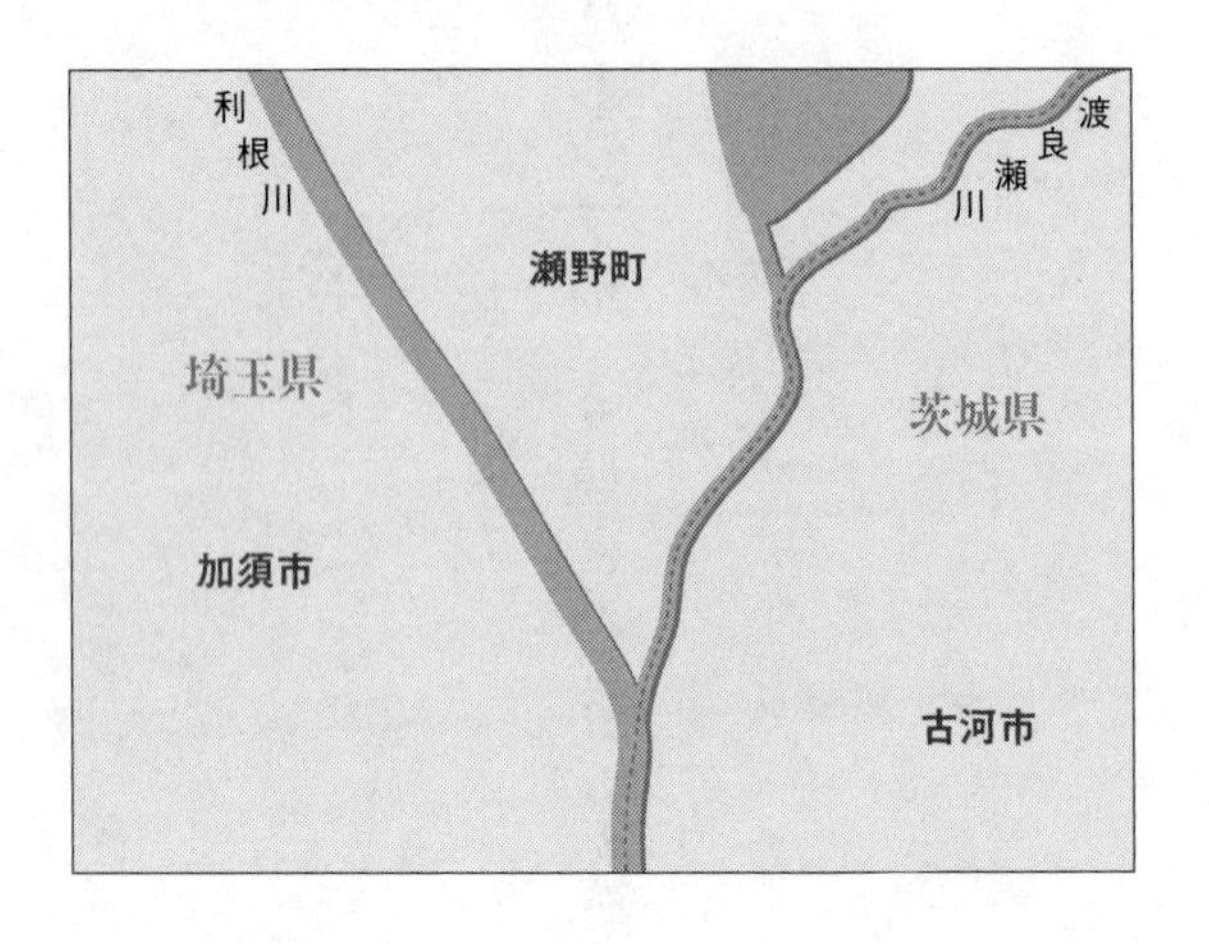

利根川
瀬野町
渡良瀬川
埼玉県
茨城県
加須市
古河市

目次

主要登場人物

人事一課監察係赤坂分室

堂安誠人　本属は捜査一課特命五係。賢人の双子の兄

堂安賢人　本職は動画配信者。誠人の双子の弟

小山内真水　警視。赤坂分室の室長

磯谷興起　本属は捜査一課特命五係。表と裏で誠人の上司

新木正義　本属は捜査共助課の見当たり捜査班

警察庁

淵崎謙介　交通局交通企画課自動運転審議室長

自動運転実験の関係者

中岡昌巳　国土交通省自動車局技官

矢木沢美優　瀬野防犯連絡会の非常勤職員

下井健太　実験スタッフ。自動運転技術の開発を先導
野崎加奈　実験撮影スタッフ。元埼玉県警の警察官
八島友也　実験コースがある公園の管理者

茨城県警渡良瀬署

沢田秋広　捜査一課管理官。合同捜査の現場指揮官

埼玉県警南利根署

広瀬忠史　刑事組織犯罪対策課刑事官
高城聡　刑事組織犯罪対策課長
青井凜子　刑事組織犯罪対策課

移民グループ

ミゲル　移民二世。さいたま市の専門学校に通う十八歳
ルーカス　ミゲルのバイト先の店長。コミテの幹部

序

　彼女は歩き続ける。

　黒い空の下、穂をつけたススキの群生をかき分け、一歩一歩、足を踏み出す。そのたびに剝き出しの白い肌を、鋭利な葉先が傷つけてゆく。

　遠くに街明かりが瞬（またた）いているが彼女の目には届いていない。

　秋の虫の音も耳には届いていない。

　ただ、前へ、前へ。

　群生を抜けると、広い闇をたたえた川面が現れるが、彼女は歩みを止めない。足首、膝、太もも、下腹部と水没し、水が胸にまで達した時、彼女は両手を広げゆっくりと水を掻き始める。

　その動きは、徐々に緩慢に、弱々しくなってゆく。それでも幅二百メートルを越える川を渡りきり、再び秋草の群生に足を踏み入れる。

右乳房の下に穿たれた刺創は肺に達し、左側頭部は陥没し、大量の失血で立っていることさえも奇跡のようだが、彼女は歩き続ける。

前方が開け、再び広大で黒い水面が現れる。

渡る。絶対に渡る——彼女の意識はその一点に集中していた。

第一章　毒を以て毒を制す

1　三月二日　土曜

堂安誠人（どうあんせいと）は、塗装工場の二階から、斜向（はすむ）かいにある作業場を見下ろしていた。

中小の工場や倉庫が建ち並ぶ横浜市鶴見区駒岡の一角——錆（さび）が浮いた看板には『(有) 山賀総業　第二事業所』の文字。産業廃棄物処理、工業機械と電気製品の修理を主な業務とする中堅業者だ。

一階は開放型の作業場で、工作機械やコピー機などオフィス用品が並び、土曜ではあるが修理作業が行われていた。ここで再調整（レストア）された製品は、最終的に東欧や東南アジア、アフリカに輸出される。

スチール製の階段を上る足音が響いてきて、新木正義（しんきまさよし）が備品保管庫に戻ってきた。

「いやいやトイレは冷えますな。春はまだ遠いようで」

新木は目尻の皺を深め、人好きのする笑みを浮かべた。

「マル対がもうすぐ到着します」

誠人は二回り年上の相棒に告げ、小さなテーブルに置かれたタブレット端末を指さした。

赤いアイコンが、マップ上をゆっくりと移動している。

二週間前にGPS発信機が仕掛けられた車だ。

「あと五分といったところですか」

新木はディスプレイを一瞥すると、誠人の向かいに腰掛けた。

やがて、一台のワンボックスが誠人の眼下を通過し、山賀総業の駐車場に入った。車体には『秋山住建』のロゴがプリントされている。

降車したのは、サングラスをかけた男。身長は百八十センチ以上あるだろう。髪は短く切り揃えられ、がっしりとした胸板と広い肩幅がラグビー選手のようだ。名は草河敏也、年齢は四十二歳。

草河は警戒するように周囲を見回しながら、事業所へと消えた。

「暖房のない見張りは、今日で最後にしたいもんです」

新木がぼやいた通り、今日は二ヶ月に及ぶ内偵の仕上げ——贈賄と収賄の現場、その証拠品を押さえる重要な一日だった。

　十分後、草河は大型の台車を押しながら出てきた。誠人は動画撮影モードにしたレンズを向ける。台車には段ボール箱が積み重なっていた。

「家電のようですね」

　小型の双眼鏡を覗いた新木が言った。「空気清浄機って書いてありますな。中古じゃなくて新品の箱だな、こりゃ」

　草河は段ボール箱をワンボックスの荷室に積み込むと、空になった台車を押して事業所に戻ってゆく。

「山賀総業では、空気清浄機の修理は対象外だったね、班長」

「ではあれが見返りですね」

「でしょうね、極めて高い確率で」

「では、収賄の現認です」

　新木が指揮本部に報告している間、草河は再び空気清浄機の箱を満載した台車を押して出てきて、車に積み込んだ。

「箱は全部で九つ確認」

　誠人が独りごちる。草河は空の台車を事業所に戻すと、車に乗り込み、走り去った。

「次は保管場所の特定ですよ、班長」

新木に促され、誠人はうなずく。

本来なら尾行に移るのだが、誠人と新木の二人は間借りしていた備品保管庫をもとの状態に戻して施錠し、鍵を一階の事務所に届けると、裏手に停めた車輛に乗り込んだ。

すぐには追わない。

草河が乗るワンボックスの持ち主はすでに判明している。秋山香奈恵。草河の義妹だ。

草河は五時間前に、スクーターで大田区大森南にある自宅を出ると、川崎市高津区諏訪にある秋山香奈恵の自宅を訪ね、車を借りた。草河は尾行を警戒するように川崎市内を周回したあと、幾度かコンビニに立ち寄り、三時間以上かけてここに到着した。

だが、どんなに警戒しようと、行き先はGPSが教えてくれる。

問題は、それが違法に取り付けられたことだ。GPSの捜査利用には本来、裁判所の許可と許可に足る証拠が必要になるが、正規の手順は踏まれていない。

「本当に大丈夫なんですね」

誠人はさざ波のような不安を覚えながら、運転席の新木に聞いた。

「捜査員の誰一人として、あの車には触れていませんからね、大丈夫だと思いますよ」

全く悪びれたところがない。「まともに尾行していたら察知される。向こうもプロですから」

『二課が山賀叶雄と田辺健太郎に逮捕状を執行。仕上げだ』

タブレット端末にメッセージが届いた。

「さて、二課の皆さんも仕事をしたようですな。次は我々です」

当初は、単純な贈収賄事件のようだった。

国土交通省・東京港湾空港技術検査局の調査係長、田辺健太郎が、同検査局が所有する海洋環境調査船の整備に関し、自身の立場を利用し書類を操作、本来入札となる案件を分割し、複数の少額随意契約に偽装、山賀総業の受注に便宜を図る見返りに、合わせて百万円相当の家電製品を受け取っていたのだ。

不自然な書類に気づいた経理担当者の内部告発により警視庁捜査二課が動き出し、田辺の内偵を開始。その過程でもう一人、山賀から家電を受け取る男が確認された。

それが草河だった。

現認は一度だけ。さらなる証拠と〝ブツ〟の押収が必要となり、二課捜査班は、複数ある家電の受領場所と保管場所を突き止めるべく尾行を開始した。しかし、追い切れず見失う日々が続いた。

そこで誠人の捜査班に出動命令が下り、草河に対する捜査を引き継いだ。

——迅速かつ波風なく解決せよ。

それが至上命令だった。一週間後にはGPS発信機が稼働、草河の足取りが明らかになるとともに、この第二事業所を突き止めたのだ。

違法捜査上等、全てが秘密裏、毒を以て毒を制す——それは誠人の警察官としての価値観と、あまりにも相反していた。

新木にしたところで、今回の案件で初めて相棒となり、日頃どこに所属しているのか、新木が本名なのかどうかもわからない。

「我々が気に病むことはありませんよ、じきに慣れます」

新木はエンジンをかけた。「さて頃合いですな、証拠品を押さえに行きますか」

警視庁警務部人事一課監察係赤坂分室・堂安誠人警部補は、深呼吸をすると「お願いします」と応えた。

およそ二時間の彷徨（ほうこう）の後、GPSのアイコンは草河の自宅近くのレンタルコンテナで停止した。

『準備完了。確保に移れ』

十数分の待機後、素っ気ないメッセージが表示される。

新木はゆっくりと車を発進させると駐車場の入口を塞ぐように停めた。

「行きます」

誠人は新木とともに降車し、ゲートを潜る。居並ぶコンテナ群の一つが開けられ、草河は受け取った空気清浄機を中に運び込んでいた。

どこから湧いてきたのか、すぐ後ろにもう一台車輛が停まり、男二人が降りてきた。バックアップだ。周辺の要所にも人が配されているはずだ。

「こんにちは草河さん」

誠人は歩み寄り、台車上の空気清浄機を指さす。「それ、見せてもらっていいですか」

「何ですかいきなり」

草河は怪訝そうに作業を中断した。

「先ほど、山賀社長と田辺係長に逮捕状が執行されました」

誠人はコンテナに視線を移す。「山賀総業の第二事業所からそれを積み込むのも確認しています」

草河は「なるほどな」と呟くと、深く息を吐いた。「監察か……」

「同行願えますか、草河警部。私どもはあまり事を荒立てたくはありません」

「俺が気づかないなんて、お前らすごいな」

草河はむしろサバサバとした表情だった。「まるで忍者か透明人間だ」

警視庁台場警察署の草河敏也。経済犯捜査で名を馳せたが、本件では山賀と田辺に書類操作を教唆し、見返りを要求した。それが、転売目的の空気清浄機だった。

「山賀、田辺との関係もわかっています」

草河はかつて、違法賭博で田辺を逮捕、不起訴にする代わりに情報提供者として利用した。その田辺の情報で複数の公務員、芸能関係者などを逮捕、一気に名を上げたのだ。

だが、草河自身も徐々にギャンブルに呑まれていった。

「山賀も田辺の紹介ですね」

新木が言い添える。「悪い虫に食いつかれてしまいましたね」

「競馬と競艇で、ご子息の進学資金を使い込んでしまったことはわかっています」

警視庁の管理職が国交省の職員を唆して（そそのか）の犯行。不正に得た額面こそ大きくはないが、あってはならないことだ。

「家族は何も知らない」

草河は憑き物が落ちたような面持ちで言った。

——今、国交省と警察庁で共同のプロジェクトが動いている。心せよ。

捜査に臨むに当たり、誠人はそう言い含められていた。

押収した車輌は、別の者が調べ、GPS発信機を取り外した上、異常なしと報告されるだろう。監察の本隊が動かなければ、マスコミも気づきはしない。

非常手段による汚れ仕事。事件が公表されようが隠蔽されようが、あとの処理は誠人の埒外であり、週明けから日常業務に戻るだけだ。

2　三月三日　日曜

窓から檜町(ひのきちょう)公園の緑と、東京ミッドタウンの背中が見えた。

民間マンションの五階の一室。事務デスクとロッカーが並ぶだけの殺風景なこの部屋が、赤坂分室の本拠だ。

室長席に置かれたノートパソコンからは、見たくもない映像と、聞きたくもない音声が垂れ流されていた。

『ええ、連絡が取れないので、自宅に電話をしたら、奥さんがここじゃないかと』

爽やかな男の声がスピーカーから響く。映し出されているのは草河の義妹、秋山香奈恵だ。

男が付けている小型のカメラによって撮られたものだ。

『確かに敏也さん、時々車を借りに来ていますけど』

『じゃあ僕が集合場所聞き違えたのかな……。どこのグラウンドに行ったのかわかればいいんですけど』

『わたしも行き先までは……』

撮影されたのは一ヶ月前の二月三日、香奈恵の自宅玄関前だ。この時点で、草河が『秋山住建』のワンボックスを借りる際、〝仲間と野球〟と称していたことが判明していた。

『草河さんのボール、綺麗なスピンがかかってて、速いんですよね』

男は野球好きであることを印象づけながら会話を支配した。

次に再生された動画はその一週間後に撮影されたものだ。

『先週は、野球じゃなかったみたいです。仲間の誰も、草河さんとは野球していないんですよね。別のチームにも顔を出しているとか、そんな話はしていなかったですか』

男の口調が一週間前より打ち解けていた。

『心当たりはないですね……』

香奈恵の視線が、少し揺らいでいた。戸惑いの中に、男への好意が垣間見える。捜査のためとは言え、三十五歳の独身女性に期待を持たせ、手玉に取るような行為には嫌悪しか感じない。

『だったらなぜ秋山さんの車を借りたのかな。チームメイトを乗せる必要はないのに』

『そんなこと……言われても』

『もしかしたら、女性関係かも。車を替えたのは隠れ蓑とか』

『でも姉は……』

『僕が見た限り、何も知らないみたいだけど……』

男は少し思案するように間を取った。『もし仮に……不倫だったとしたら、昇進に響きますね。そういうの警察はすごく嫌いますから』

男の声に、切実さが加わる。聞いている誠人も、男が本気で草河を心配しているかと錯覚してしまうほどに。

『わたし、どうしたら』

香奈恵はこの時点で、乗せられていた。

『それとなく、お姉さんに様子を聞いてみては？　さりげなくですよ。家ではなんと言って出かけているかとか』

男の誘導に、香奈恵は生唾を呑み込むようにうなずいた。

男はこのとき、香奈恵とメールアドレスを交換し、その後も情報を共有、時々会っては、関係を深めた。

そして、二月十七日撮影分――

『……敏也さん、この前はパチンコに行くって外に出たみたい。わたしは仲間と一緒に釣りと聞いたのですが』

『別々の行先を言ったんですか。気になりますね』

不安そうな視線。完全に男に頼っていた。

『どこに行くかわかれば……いいんですよね』

『そんなに大げさに考えなくてもいいですよ』

香奈恵は、完全に男を草河の同僚だと思い込んでいた。

『でも堂安さん……万が一、ほかの女の人と会うためだったら……』

あとは簡単だった。男がＧＰＳの存在を教え、香奈恵が自発的に車に仕掛ける流れとなった。

細く白い指が、停止ボタンをクリックした。

「完璧。彼は自分が警察官だと一言も口にしていないし、草河と同じ野球チームに所属しているとも言っていない」

部屋の主、小山内真水（おさないまみ）はデスクに肘をつき、眉にかかった前髪を指先で梳（す）きながら、愉悦の視線を誠人に向ける。「彼女が勝手に野球仲間と思い込んだだけ。草河の行き先にしても、彼女が勝手に言い出して、彼は請われてＧＰＳの存在を示しただけで、秋山香奈恵が自発的に仕掛けた。そういうこと」

「そんな詭弁が通用するんですか」

誠人の反論に小山内は白けたような笑みを浮かべた。

「心配はない。偽名を使ったわけでもなく、たまたま知り合った民間人が、彼女の相談に乗っただけ。とても親身に。警視庁はあずかり知らない」

「受信して追跡しました」

「証拠はない。君が類い稀なる追跡能力と洞察で、草河を追い詰めた」

眼鏡の奥の瞳には何を考えているのか一ミリも悟らせない深い闇。「お疲れ様。明日から戻って結構」

小山内真水警視は誠人にとって、二人いる直属の上司のうちの一人だ。

東大法学部卒。キャリア入庁。刑事部、警備部で現場を経験し、その後は公安に在籍。多くの実績を挙げ、去年警視任官とともに人事一課監察係赤坂分室の室長となった。

指揮本部で素っ気ない指示を出していたのも彼女だ。

三十三歳。キャリアにしてはやや遅い警視任官。怜悧さと冷酷さは市松人形のような髪型と野暮ったい眼鏡によって打ち消され、服装も人に紛れてしまうほどの没個性だ。

しかし、公安時代はハニトラの名手だったと聞いたことがある。目の前の冴えない容姿からは想像もできなかったが、あくまでも噂の範疇（はんちゅう）だ。

今は監察の汚れ仕事を一手に引き受けている。

「どう？　今から食事でも」

小山内は小首を傾（かし）げる。

「食べてきたので」

これ以上彼女の闇に触れるのは、耐えられなかった。

誠人は立ち上がり、敬礼する。

「失礼します」

「優秀な身内を持っていてよかった」

小山内は退室する誠人の背中に投げかけてきた。

誠人はその足で地下鉄、東急線と乗り継ぎ、秋山香奈恵の自宅へ向かった。

後始末だ。

二子新地駅の改札を抜け、徒歩で住宅街を進む。気が重く、足が重い。

やがて、映像で見た二階建てが見えてきた。

玄関のインターホンを鳴らすと、「どちら様ですか」と女性の声が返ってきた。

「堂安です」

誠人が応えると、すぐに玄関に小柄な人影が現れ、引き戸が開いた。

秋山香奈恵だ。

「どうしたんですか？　今日はスーツで」

香奈恵は声を弾ませたが、すぐにGPSの件と気づいた。

「敏也さん、昨日も仲間と釣りだって車を借りていきました。でも、川崎とか横浜辺りをずっと走り回っているだけで、海や川には行ってませんでした。車もまだ返してもらっていませんし、連絡も取れなくて」

香奈恵はスマホを取り出し、ディスプレイを見た。GPSの移動履歴を見ているのだろう。

「今は蒲田署に停まっていますけど、急な事件でもあったんでしょうか」

淡い不安はあるようだが、義兄の不義を信じているような表情ではない。しかし――

「昨日、草河敏也氏を逮捕しました。捜査へのご協力ありがとうございました」

誠人は深々と頭を下げた。

「捜査って……やっぱり不倫だったんですか？　不倫は罪になるんですか？」

困惑にまみれた声が漏れてくる。

「いいえ、賄賂を受け取っていたことがわかりました」

口を開きかけた香奈恵が、何かに気づいたように言葉を呑み込んだ。

「GPSの話、最初から捜査のためだったんですか」

香奈恵は強ばった笑みを浮かべる。

「いえ、結果的に草河さんの犯罪に気づきました」

苦しい言い訳だ。「いずれ、然るべき者が説明に上がると思います」

「姉への気遣いも、あの夜のことも捜査の上で？」

あの夜……。

「気遣いと捜査は関係ありません」

「なんだか別の人と話しているみたい」

失望と後悔と自己嫌悪の表情が、誠人の胸を灼いた。「じゃあ、もう捜査は終わりなんですね」

わずかな時間迷ったが、誠人は「はい」と応えた。よそよそしすぎることは自覚していた。しかし、ほかにどんな態度で接しろというのだ。

「ありがとうございました」

誠人は再度頭を下げる。

顔を上げた時には、もう扉は閉まっていた。

市谷柳町の自宅に戻ったのは五時間後だった。

体が勝手に門を開け、扉を開け、そのまま玄関で仰向けになった。

天井が回っていた。強制的に思考停止しようと無理して呑んだが、香奈恵の顔が脳裏から消えることはなかった。

時間の感覚が曖昧になる中、肩を抱えられ廊下を引きずられ、リビングのソファに座らされた。

「だいたい察するけど……」

香奈恵を勘違いさせた、聞きたくもない声が鼓膜を揺らした。「ナイーブすぎる」

「殴らせろ」

誠人は顔を上げた。見たくもない顔がそこにはあった。鏡と錯覚する、自分と同じ顔。

不肖の弟、堂安賢人だ。

「今なら楽にカウンター取れそうだけど、それでも殴る？」

弟とは言え、生まれた日は同じ。三十年と少し経過しても、顔も体のサイズも体型も寸分違わぬ仕上がりだ。十年前にこの世を去った父は、最期の日も兄と弟を間違えた。

「大丈夫、秘密は守る。守らないと、真水さんが悲しむしね」

真水さん――賢人に仕事の意識はない。当然だ。仮に履歴書を書いたとしても、職歴は空欄となる。中学卒業後は進学も就職もせず時々アルバイトをする程度。近年は動画配信である程度の収益を上げつつ、〝孤高で無頼派の小説家〟という夢を追っている。

『小説の投稿サイトで人気になってもだめだ。孤高で無頼派で学歴も皆無だけど、書くものはすさまじく、実は権威ある賞を獲っている。これがクールなんだ』

しかし、書くものは純文学風から冒険小説、ミステリ、ＳＦとジャンルも一定せず、文学賞の選考に残ったという話も聞かない。

この一月から二月にかけては、小山内真水に〝非公式〟に雇われ、草河が使う車にＧＰＳを仕掛けるよう秋山香奈恵を誘導するアルバイトをした。

「お前に罪悪感はないのか」

「そんなこと言うから、兄さんじゃなく僕に託されたんだろう？　それで違法捜査せずに済んだし、汚職警官も逮捕できたし、家計の足しにもなった。いいことずくめと思うけど」

賢人は涼しい顔だ。秋山香奈恵が賢人に好意を抱いたからこそ、自発的にＧＰＳを仕掛けたのは事実だ。

「彼女を抱いたのか」

「流れに逆らったら、かえって怪しまれるだろう？　お互い独身だし問題ない」

「人の心を弄んだ」

「それは違う」

賢人は人差し指を立てる。「誠意をもって接した。だから彼女も僕を信用してくれた。セックスはその結果じゃないか」

「物は言い様だな」

ただ、胸くそが悪かった。

「その様子じゃ夕飯はいらなそうだね。冷蔵庫に入れとくから、腹減ったらチンして……」

「就職しろ」

誠人は遮った。

「なに、藪から棒に」

「真っ当に働け」

「真っ当？ 兄さんが思う真っ当が公務員か会社員の二択なら、全世界の自営業と自由業の皆さんを敵に回すことになるけど？」

「屁理屈を捏ねるな」

「僕に時間的な自由があるからこそ、真水さんの要求に応えられる。結果誠人は実績を積み重ねることができる。裏稼業とは言え、警務部勤務は出世ラインなんだろう？」

「黙れ」

「本来なら処分されるところを、真水さんに拾われ……」

「お前が勝手に！」

「安定収入が真っ当な仕事なら、僕のサポートで警部補に昇任して、給与も上がるよね。それに退職時の階級が高いほど、年金と退職金も高いんだろう？　安定度が増したと思わないか？　誠人はもう、親父が死んだ時の階級になったんだぜ？」

「不当に手に入れたものに意味はない」

賢人は肩をすくめると、キッチンへ消えた。

まぶたが重かった。だが、今眠り込むと、またあの夢を見そうだ。

半年前の不祥事――いや、発覚していればの話だが。

仮眠のつもりだった。しかし、目が覚めるとスマホが無慈悲な時刻を表示していた。

もう、筆記試験が始まっている時間だった。

警部補昇任試験――日常業務との両立が困難であるとは承知していたが、運悪く試験と特捜事件が重なった。

筆記試験が実技以上に合否判定を大きく左右することは、誠人も周囲も承知していた。

被疑者不明の殺人事件。まだ捜査序盤の慌ただしい時期だったが、上司は誠人に一日試験休暇を与えてくれ、快く送り出してくれた。周囲からも頑張ってこいと背中を押された。

不眠不休の日々が続いていたことは言い訳にならない。先人たちもそんな状況の中で昇進を目指してきたのだ。

自身の腑甲斐なさと、周囲の期待が罪悪感となって重くのし掛かった。途方に暮れつつリビングに行くと、テーブルに書き置きが残されていた。

『代わりに行ってくるので、そのままで待ってて』

慌てて寝室に戻り、スマホのメッセージを確認した。

『最初の科目無事終了。上司に連絡する必要なし。その時点で誠人は処分されるかも』

出勤などできるはずもなく、悶々と一日を過ごした。

夕刻、賢人が帰宅した。

「起こせば済んだはずだ！」

一喝した。

「三日以上寝てない状態だったんだぜ。その前も別の殺しでずっと休んでなかったし。これで無理させて我が家の収入源に死んで欲しくなかったわけよ」

賢人は実に爽やかに嘯いた。

「発覚したら、警察にいられなくなるんだぞ」

「発覚したらね」

これまでの人生、賢人はゲーム感覚で幾度も誠人になりすましてきた。知らないうちに友人が増え、女性から身に覚えのない好意を寄せられたこともある。その擬態能力はナナフシかカレハバッタと見紛うほど完璧だった。

「僕と誠人は一心同体。一心同体なら、コンディションがいいほうが動けばいい」

賢人は何も言わなかったが、明らかに誠人と同等の試験勉強をしていた。賢人にはそれができる時間があり、頭脳もある。当然身代わり受験をして弱みを握るという打算も。

学歴は中卒だが、柔軟な思考と視点の的確さにおいては、自分以上であると誠人は感じていた。

「僕は誠人に離職して欲しくない」

その日から、誠人は葛藤に苛まれながら過ごした。正直に申し出るか、このまま時を過ごすか。迷いが拭えないまま実技試験の日が来て、面接の日が来て、誠人は釈然としない思いを抱きながらも、試験に取り組んだ。

筆記は好成績だった――そんな評価が誠人の耳に入ってきた。実技も面接も、ほかの受験者と比べ、劣っているとは思わなかった。

そして、合格した。同僚たちから祝福されたが、気分は晴れなかった。

警務部人事一課の小山内真水から呼び出されたのは、合否発表の一週間後だった。

出頭先は、赤坂にあるマンションの一室。今の小山内の居城だ。

窓を背にした小山内は、氷のような目をしていた。

顔は知っていた。面接官の一人だった。

「君、身代わり受験をしたな」

単刀直入に切り込まれ、誠人は答えに窮した。

「何も言わなくて結構、証拠は揃っている」

小山内はノートパソコンのディスプレイを誠人に向けた。

二つ並んだ指紋の画像が表示されている。

「君の指紋と、君じゃない誰かの指紋」

眼鏡の奥から怪光が放たれた。「試験用紙に残っていた指紋は君のものではない。これと同じ指紋が、君の自宅から発見された。どういうことかわかるか?」

賢人の指紋だ。まるで犯罪捜査。知らないうちに自宅を調べられ、指紋まで採取されたのだ。

「本当に巧妙。現場の監督官は見抜けなかった。危うくわたしも騙されるところだった」

筆記試験後の面接で見せたわずかな迷い、挙動から不審を抱いたという。

「なぜか君が、罪悪感を抱いているように見えたのでね」

面接終了後、小山内は誠人が以前書いた報告書の筆跡と答案用紙の筆跡を鑑定し、わずかな差異を見つけ、捜査に至った。

「どのような処分も受けます」

誠人は頭を下げた。発覚していない不正なら懲戒免職ではなく、依願退職させてくれるだろう。次の仕事はどうしようか——誠人はそこまで考えていたが……。

「どんな処分でもいいってことは！」

顔を上げると、仄暗い闇をまとった奇っ怪な笑みがそこにあった。「何でもするってことだな」

「あの、処分は……」

「しない。弟もろとも君を買い上げる」

状況が理解できなかった。

「能力と好奇心に問題はない。中卒で十五年間ほぼ世に出ていないのも好都合だし、動画でも素顔は出していない。それに彼の動画、遊び心と才気が溢れている」

「どういうことですか？」

「重要なのは、社会に痕跡を残していないこと。君も弟のことを周囲に話していない。そのことの意味、わかるな？」

賢人のことを話さなかったのは、査定に響くと思ったから。そして、有り余る能力を、社会のために使わない弟を、どこか恥じていたから。

「君の前に、ＤＪケント君と面接をした」

弟、堂安賢人のもう一つの名前。

かつて動画投稿サイト『ピカピカ動画』の実況主で、現在は『MoveTune』で活動する動画配信者、MoveTuner『ＤＪケント』。

「実況もゲームも上手くて感心した」

はあ、と声を漏らす以外できなかった。

賢人は『MoveTune』にメインとサブ、二つのチャンネルを持っていた。

メインがゲーム実況チャンネルで、ＦＰＳ（ファーストパーソン・シューティングゲーム）と、サッカーを中心としたチームスポーツゲームのプレイ動画を、毎日投稿していた。

「特に局面局面での瞬時の状況判断、三手先四手先を読んだ戦略、どれをとっても卓越している」

小山内はそう言ったが、誠人自身は賢人の動画を真剣に視聴したことはなかった。

メインチャンネルの登録者は二十万人超。

「でも、本当に評価するのはサブチャンネルのほう」

サブチャンネルでは、不定期に全く別のコンテンツを配信していた。それが『人生ゲーム実況』なるルポルタージュ動画だ。

内容は人に焦点を絞った潜入もので、日頃生活している社会からは見えにくい〝隙間〟に生きる人にスポットを当てることが多かった。

賢人曰く『小説を書くための材料と経験値稼ぎ』だという。

単純にプロの漫画家、アニメーター、舞踏家、地下芸人、路上生活者などと数日から一週間一緒に生活し、その日常を切り取った日常描写もの。

警察沙汰になった企画もあった。

ある日曜日に、SNSや取材を通じて知り合った二十数人に、その日一日の撮りたい瞬間を撮影してもらい、それをまとめた《五月二十日》というドキュメンタリーだった。ペットの入浴や散歩、恋人とのケンカや情事、仕事のトラブル処理などに追われる人々を描いたのだが、その中の一人が自宅マンション三階から飛び降りる様を自撮りしたのだ。命に別状はなかったが、その映像は物議を醸し結局BANとなった。

その後、警察が事情を聞きに来たのだが、賢人はその模様まで密かにライブ配信した。誠人が気づき、十五分ほどで止めさせたが。

「必要以上の演出を排した客観視点で、それでいて飽きさせない構成と編集は見事だ。分析も的確で、警察相手にも動じない。その筋ではカルト的な人気があるようだな」

最初はただの感想だと思っていたが、次の一言で誠人の思考が止まった「十分に使える人材と判断した」

言葉を返せないでいると、小山内はさらに続けた。「彼を嘱託という形で雇い入れる。本人も承諾した」

「嘱託……」

「S(エス)より上という意味だ」

Sは公安用語で、情報提供者のことだ。公安は過激思想の政治団体や宗教団体の内部にSを作り、組対(ソタイ)は反社組織や半グレの中に潜り込ませることが多い。

ただし、Sは時に警察の都合で切り捨てられる。

「堂安誠人、以上の理由からそのまま合格させることにした。あの成績で落とすと逆に怪しまれる」

「処分は……」

「身代わり受験については、わたしが預かる。君はそのまま警部補に昇任させるが、同時にわたしの下でも働いてもらう」

「それで私はなにを」

「監察の支援に就いてもらう」

「監察……ですか」

警察内部の不正、犯罪を取り締まる。畏怖され、同時に忌み嫌われる組織だ。

「そう、内々に。それ以外の時間は異動先で一生懸命働け」

臨時雇いのスパイのような存在と理解した。監察官の大半は公安出身者。当然小山内もだ。身内の内情を秘密裏に暴くスキルの多くが、公安のそれと重複している。

「しかし、不正をしたのは事実です。弟の非常識な行動を未然に防ぐことができず、自責の念が強くあります」

誠人が反省の弁を述べると、小山内は薄笑いし、視線を脇に流す。

「予想通りの反応だな。こちらはその弱みにつけ込んで君を利用しようというんだ。それでいいだろう。その上で、君は性格的に断れない」

小山内も小山内で、正面から言いすぎだ——誠人は自嘲の息を吐く。

「だが勘違いするな。君に利用価値があるのは、優秀な警察官だからだ」

小山内が立ち上がった。

「間もなく内示があると思うが、君は本部に異動、次席捜査主任として捜査一課特命五係勤務となる」

未解決事件、継続事件の捜査が主な職務の部署だ。喫緊の事件を抱えることは少なそうだが、憧れだった捜査一課勤務がこんな形になるなんて――

「それ以外の時間は、赤坂分室所属となり、わたしのもとで一個班を率いてもらう」

「赤坂分室なんて部署、聞いたことありませんが」

「公式には存在しない。監察特捜班、通称、赤坂分室。治外法権の遊撃部隊と心得よ」

小山内の両の口角が悪魔のように吊り上がった。

それが、悪夢の始まりだった。

第二章　死を賭したメッセージ

1　十月六日　日曜未明

千代田区神田の路上に男の死体。搬送前に現場の様子を見てこい――小山内から出動指令を受けたのは、就寝直後の午前二時半だった。

誠人はデニムパンツにジャケットを羽織ると、通りかかったタクシーに乗る。あくびを嚙み殺しながら手櫛で髪を整え、ウェットティッシュで顔を拭く。傍らに置いた赤坂分室専用端末のスマホに次々と情報が送られてくる。

《現場の所感は自殺。しかし、遺体の状態に違和感あり》

《遺体が所持していた免許証は中岡昌巳。四十一歳》

《国交省自動車局の技官に同姓同名人物、確認中》

《臨場した捜一現場担当管理官は判断を保留し、引き上げた》

現場担当は捜査一課の筆頭管理官であり、百戦錬磨のベテラン。現場見極めのプロなのだが。

——保留とは。

誠人は返信する。

《まずは自殺、事件の両にらみで当たれとの指示だったようだ。君の目で現場を確かめよ。君が行くまで遺体搬送は待ってもらうようねじ込んだ》

最後の一文で、完全に目が覚めた。

「急いで下さい」

誠人は運転手に告げた。

状況は把握できてはいなかったが、捜一ではなく赤坂分室としての出動。裏に何かあるはずだ。とにかく、自殺にしては「違和感あり」の現場所見が具体的にどのようなものなのか確認するのが当面の任務だと理解した。

靖国通りから中央通りに入り、神田駅の高架を抜けたところでタクシーを降りる。

現場は千代田区神田西福田町と美倉町の境界にある、ビルに挟まれた細い路地だった。

十人ほどの野次馬が現場を覗き込んでいる。半数は酔客のようだ。

「いつまで死体転がしてんだ、早く片付けろボケが。帰れねえだろうが」

一人が不機嫌そうに声を上げた。目つきの悪い男だった。

「うるせえよお前」

金髪の若者が食ってかかる。

「なんだ若造、やんのか」

「すみませんヤナギダさん、こいつ酔ってて」

金髪の連れらしい男が割って入る。わめく男を知っていたようだ。

「お取り込み中すみません、通して下さい」

誠人は野次馬の間をすり抜け、小走りで現場に近づくと『捜一』の腕章を装着した。

奥の一角がブルーシートで囲まれていた。

「捜査一課です」

誠人は表稼業の身分で捜査員に挨拶しつつ、ブルーシートを潜った。

途端に、迷惑そうな視線が突き刺さった。

「待ったよ、捜一第二陣さん」

四十代半ばに見える男が言った。

「堂安です」

誠人が名乗ると、男は和泉橋警察署刑事課の前野と応えた。

「待ってもらって申し訳ありません。所見に違和感があるとうかがいましたので、現場を見せて下さい」

「構わんよ。あとは運び出すだけだからな」

お手並み拝見――前野の目はそう言っていた。

誠人は合掌のあと、一メートルほど距離を空け、死体となった中岡昌巳を見下ろす。倒れている位置は路地中央付近で、俯せで腰をくの字に折り曲げ、土下座のような姿勢で倒れていた。それなりに値が張っていそうなスーツ姿だったが、靴を履いていなかった。バッグなど所持品は、周辺に落ちていない。

死体は下半身の損傷が大きく、両の足があらぬ方向に折れ曲がっていて、路面に接触している前頭部からは夥しい出血があった。

誠人は屈み込むと、顔を見た。カッと目を見開き、歯を食いしばっていた。

立ち上がると、中央通りを背に、両側のビルを見上げる。右側が一階と二階に小料理屋やバーが入った七階建ての雑居ビル、左側が八階建てのオフィスビルだ。

頭の位置は雑居ビル側を向いていた。飛び降りたとすれば、オフィスビル側の公算が高いが――

「通報者は」

「そっちのビルの警備員」

前野はオフィスビルを指さした。「警備員がいる通用口以外は、施錠されていた」

「なら、飛んだのはこちらですかね」

誠人が雑居ビルを指さすと、前野は「その通りだ」と応えた。

エントランス脇には『船井第二ビル』と表記されている。

路地側には窓だけで、通路やベランダはない。ならば屋上か——見ればビルには外付けの非常階段があった。

「屋上に痕跡は？」

「靴が揃えてあった。その脇にはカバンが置かれていた」

「遺書かそれに類するものは」

「現状未発見だ」

「非常階段で屋上まで行けますか」

「無理だ。確認した」

「では中から上がったのですね。中の飲食店はまだ何軒か営業していますね。目撃者は」

「今は、エレベーター前でスーツの男を見たというヤツが一人。店舗内に目撃者はなし」

飛び降りるためだけにこのビルを訪れたのか――誠人は再び雑居ビルを見上げた。

「自分の意思で飛び降りたのなら、頭の位置はたぶん逆ですよね」

たとえ足から落ちたにしても、通り側を向いて飛び降りたのなら、このような姿勢になることはまずないだろう。しかも俯せで。

「そうだな。少なくとも道路側に背を向け、後ろに飛ばないとこうはならない」

前野も同意した。なるほど、違和感だ。

現場担当管理官の判断は、事件と自殺の両にらみ。それが無難だとは思うが、無難が求められる立場ではない。

「事件の線が強いと考えますが」

「あんたもそう思うか」

前野の口調が改まった。誠人を話せる捜査員と認めたようだ。

「自殺だったら相当迷ったか、でなければ、落ちることを拒んだとも考えられます」

両手の指先には擦過傷(さつかしょう)があり、一部で爪が欠損し、出血していた。「彼は、落下中に窓枠か壁面を摑もうとしたんじゃないでしょうか」

「俺も同意見だ」

前野も遺体を見遣(みや)る。「管理官様もそれは把握してんだ。俺なら殺し七、自殺三くらいの比率で考えるが、管理官様の言い方は、五分五分ってニュアンスだったな」

「理由は何か話していましたか」

「さあ。管理官自身が電話で指示を受けていたようだし。ホトケさんが大物で、面倒な事情を背負っているのかもしれん」

「そう考える根拠は」

「根拠と言うほどでもないが、このビルのテナントの一つが反社の関係先の可能性があって、内偵中の物件なんでな。それは警視庁本部（本社）も把握しているはずだ」

前野によると反社組織準構成員と思われる人物の立ち入りが確認されていて、四階の消費者金融が立ち寄り先と疑われていたようだ。「この時間、三階より上に人はいないが、一応ホトケさんの背後関係は調べておかないとな」

判断の保留指示は警視庁上層部か、あるいはさらにその上からか——小山内が興味を持った理由が、おぼろげながら見えてきた。

2　同日　夕刻

次に呼び出されたのはその日の夕方だった。

朝までに報告書を作成し、小山内に送ったあと昼まで仮眠をとり、英気は十分だった。

《扱いは自殺に決定。午後五時、デスクに》

磯谷(いそがい)から素っ気ないメッセージが着信していた。

午後四時五十分には警視庁本部六階にある捜査一課に出勤、大部屋の片隅にある特命捜査五係のデスクで待機に入った。年中無休の警視庁ではあるが、日曜のこの時間、事件待機組を含め人の姿は平日の三分の一ほどだ。

誠人は据え付けのデスクトップで、ニュースをチェックした。

《神田の路上で男性変死体　自殺か》

そんな見出しが並んでいるが、身元はまだ報道されていなかった。

しばらくして、長身で髪をガッチリセットした自信満々のビジネスパーソンのような男が、テイクアウトのコーヒーを手にやって来た。〝表稼業〟直属の上司で、特命捜査五係係長の磯谷興起(こうき)だ。

「待たせたな」

「神田の変死、自殺なんですか」

「とりあえずそうなった。で、午後五時を以てその処理を特命捜査係(ウチ)が引き継いだ」

「処理ってなんですか」

「なぜ自殺したのか、その動機の確認に決まっているだろう」

「小山内室長の狙いはなんですか」

臨場の指示は小山内からで、磯谷警部もまた小山内の一味だった。

「本人が話す。捜査用に連絡デスクを設置した」

「捜査本部（チヨウバ）ではないんですね」

「自殺の原因を形式的に捜査するだけだからな。死んだのは国交省のキャリア技官で、放っておくわけにもいかない。労働環境とかパワハラとか、最近いろいろうるさいから、世間様にも警察の有用性を示すわけさ。それに家族の要望も強くてな」

磯谷が捜査を継続するかどうか、家族に意見を求めたという。その要望も、磯谷が弁舌巧みに誘導し、引き出した可能性がある。無論、小山内の意を受けて。

「圧力かかったんじゃないですか？」

国交省筋から――

「小山内にはかかっていない」

ポン、と肩を叩かれた。「行くぞ」

磯谷とともに、捜査一課の大部屋を出る。

連絡デスクは桜田通り側の一角、六階で最も小ぶりな会議室に設置されていた。

まだ誰も来ていなかったが、事務デスク二脚と「コ」の字に並べられたテーブルに、ノートパソコンが数台置かれていて、一応捜査本部の体裁は整ってはいる。

「特命から何人か人を出すが、自殺捜査の補助としてだ」

磯谷は手近なイスに背を預け、脚を組む。「お前もその一員だ」

誠人の裏稼業を知っているのは、捜査一課では磯谷だけだった。

「まずは人のため社会のための仕事をしようじゃないか」

十五分後には、誠人を含めた特命捜査係一個班、五名が揃った。

捜査員個々のタブレット端末には、午後までに和泉橋署が行った捜査の報告書が共有されていた。

遺体は中岡昌巳、四十一歳と確認。職業は国土交通省自動車局・審査／リコール課の審査官。キャリア官僚だ。

遺体発見は午前一時半頃。中岡は午前一時頃まで、現場から歩いて五分ほどの神田駅に近いカフェで、一人で食事をしていたことが判明した。

店を出たのは午前一時前後で、その後、遺体となって発見されるまでの三十分ほどの足取りが不明だった。

所持品や自宅から遺書かそれに準ずるメモ、メッセージは発見されなかった。妻や両親など家人によると、時折疲労を訴えることはあったが、中岡本人は仕事熱心で、多忙を苦にするようなタイプではなかったという。政界、有力企業との付き合いもほどほどで、職場と自宅を往復するような毎日だったようだ。

現場の雑居ビルである船井第二ビルでは、一階と二階に小料理屋やバーなど飲食店が合わせて四軒営業していた。その場にいた客や従業員への聞き込みで、午前一時十五分過ぎに、中岡とおぼしき男性がエレベーターホールにいたという目撃情報と、遺体が発見される五分ほど前に、通りからバーンという大きな音を聞いたという従業員の証言が得られていた。

「職場にパワハラその他自殺に追い込むような環境はなかったのか」

磯谷はいつになく殊勝な表情を作って説明する。「あるいは業務上、何か致命的な失策、もしくは不正が行われていなかったか、焦点はそこになる」

しかし、話を聞く同僚たちの顔には、割り切れないものが漂っている。

遺体は俯せで、頭は飛び降りたビルを向いていた。直接の死因は脊椎の離断と脳挫傷だが、両手の複数の指先には擦過傷があり、右手人差し指は爪が剝がれかけていた。そして、ビル三階の窓枠にはわずかな血痕と皮膚片が見つかっていた。

「まずは職場環境だ。上司と同僚から話を聞く。担当は――」

磯谷は空気に構うことなく誠人以外四人の担当を割り振ったが、ここで捜査員の一人が手を挙げた。

「反社との関係について調べないのでしょうか。それに、遺体所見を見る限り、単純に自殺と決めつけるのも危険かと思います」

全員が、同意するようにうなずく。誰もが前野や誠人と同じ疑問を持っているのだ。

「その件は組対が担当する。うちの領分は労働環境の確認だ」

磯谷は不自然なほど歯切れがよかった。

「組対と情報は共有されるんですよね」

捜査員の問いに、磯谷は「当然だ」と応えた。

「それで堂安に担当してもらいたいのがこれだ」

磯谷がノートパソコンを操作すると、誠人以下捜査員の端末にＰＤＦファイルが添付されたメッセージが着信した。「中岡がこの一年以上現場監督官として関わっていた国家プロジェクトだ」

『自動運転・公道実証実験プロジェクト　国土交通省／警察庁』とタイトルがついていた。

埼玉県で行われている、自動車の自動運転実験だった。

主体は国土交通省だが、警察庁も深く関わっている。自動運転となれば、道路交通法など交通に関する法整備と改正が必要になるからだ。

「中岡は審議官、現場監督官として実験に関わっていた。だが、読めばわかるが、実験は決して順風満帆ではない」

資料には『事故』『実験中止』の文字が見えた。「このプロジェクトを進める中で、中岡を精神的に追い込む何かがなかったか、堂安に探ってもらいたい」

小山内が触手を伸ばしたのだ。自殺の捜査だけで終わるはずがない。


夜、赤坂分室に近い日本料理店で、捜査会議第二ラウンドが始まる。いや、こちらが本命と言うべきか。

磯谷とともに、『桔梗』と書かれた個室の扉を開けると、小山内が一人、待っていた。

「遅い」

小山内が磯谷を睨みつける。

「遺体所見に疑問を持つ連中がいて、会議のあとも食い下がられてね。いや、優秀な部下たちで嬉しい限りだが」

掘りごたつ式のテーブルで、小山内の前にはすでにお通しと空の中ジョッキが置かれていた。

誠人と磯谷は、箸とお通しが置かれた場所に適当に座る。

そして、誠人らから遅れること、およそ一分。軽やかな足音とともに引き戸が開いた。

新木正義だった。

「どうも遅れまして」

新木は何度も頭を下げると、物怖じすることなく小山内のとなりに座る。

「久しぶりだ、元気そうだな、新木」

小山内が声をかけると、新木は愛想笑いを浮かべながら「お陰さまで」と応えた。

「堂安班長も、三月以来ですね」

誠人は「ご無沙汰しています」と応えておいた。

「こいつは気に入らないクソ上司に消えてもらうために、車に細工して事故を誘発させた」

小山内は肘をついて、いきなり新木を指さした。「誤算は、テンパったクソ上司がブレーキとアクセルを踏み間違えて、登校中の小学生を轢(ひ)いて軽傷を負わせたことだ。懲戒免職では飽き足らない、身代わり受験などほほえましいレベルの悪党だ」

「面目ございません」

新木は笑みを収め、神妙に頭を下げた。

クソ上司は車の異常に気づかなかった。細工を見つけたのは、自動車整備の資格を持つべテランの交通鑑識員で、紆余曲折あり、新木の犯行と看破した。

その時点で、小山内が新木の情報をキャッチしたという。

「だがクソ上司を駆除したお陰で、有能な後任が元クソ上司の犯罪を暴いた」

風俗店及び遊興施設から金品を受け取り、饗応を受け、引き換えに捜査情報を漏らしていたという。

「それでもプラスに倍するマイナスがあった。よって車への細工は隠蔽して、こいつを手元に置き、定年まで粉骨砕身馬車馬のように働かせることにした」

「でしたら磯谷さんの罪はなんですか」

誠人は聞く。もちろん冗談のつもりだったが、小山内は表情を豹変させ、憎々しげに磯谷を睨みつけた。

「わたしの姉と結婚したことだ」

「言い寄ってきたのは向こうなんだけどな」

磯谷は飄々と受け流す。

「佑里がお前と寝ていると思うと、反吐が出る」

「ライオン以上の肉食だぞ」

「死ね穀潰し」

まあまあと新木が取りなし、酒を頼み、最初は純粋な食事となった。しかし早飯は警察官の常。三十分と経たず全員が食べ終えた。

誰も、酔うほどは飲んでいない。

「まず状況を説明するが……」

頬を淡く紅潮させた小山内が切り出す。「中岡の件、交通局が横槍を入れてきた」

「本部の……」

誠人が言いかけたところで磯谷が「警察庁（サッチョウ）だ」と遮った。

警視庁交通部ではなく、交通局。ならば、警察庁交通局のことだ。つまり国家機関。警視庁など、警察庁の管理下にある一地方組織に過ぎない。

そして、国交省と自動運転実験を進める相棒でもある。

「では、自殺での処理は？」

誠人が聞く。

「国交省自動車局、警察庁交通局、双方からのリクエストだ」

小山内は応えた。「実際には、予断を交えず慎重かつ穏便に処理して欲しいと、遠回しに通達してきた」

「捜査が自動運転実験に影響することを懸念したとか」

誠人が聞く。

「端的に言えばそうなる。先方は明言しなかったが」

小山内は応えた。「察しろということだ」

「事件だと、穏便に扱えませんし……」

新木が言う。「中岡さんを事故死とするなら、警視庁の目は節穴ですかとマスコミに叩かれます。ならば、自殺しか選択肢がないわけで」

「実験の進行に多少ミソはつくだろうが、弔い合戦と言い換えれば、続行は可能だろうな」

磯谷が皮肉る。

「全ては国のプロジェクトを推進させるため。七ヶ月前の半隠蔽もこいつのせいだ」

草河を逮捕した、三月の贈収賄事件のことだ。

結果的に草河、田辺の両名が主体的に謀議し、山賀を巻き込んだ事件だったが、あの時、警視庁は単純な贈収賄事件として、即日田辺と山賀の逮捕を発表。マスコミには山賀が田辺に犯行を持ちかけたと説明した。

二人の供述から草河の関与が判明、犯行を見逃す代わりに山賀から金品を得ていたと事件の筋を書き換え、草河をあえて後日に逮捕していた。

国交省職員と警察官の二人がともに主犯であることは、国交省と警察庁の共同プロジェクトの進行に対し、大きな障壁となる。下手をすればマスコミが騒ぎ、実験の見直し論も出てきかねない。そのため、せめて傷が浅く済むように山賀を主犯とし、田辺と草河が乗った形にしたのだ。

無論、それでも国交省と警察に対する批判の声は小さくない。しかし、実験の継続を揺るがすほどではなかった。それが結果だ。

「山賀と田辺は、草河の情報を提供したことが考慮されて、実刑は免れ、ションベンみたいな罰金刑で済んでいる。そこが落とし所だったんだろう。要するに、わたしの仕事が台無しにされた。正義が踏みにじられたのだ」

小山内は憎々しげに吐き捨てた。誠人の不正受験と、新木の犯罪を隠蔽してなおかつ二人を利用している時点で説得力はなかったが、彼女の面持ちは真剣だった。

「とは言え、我々がこれを捜査するからには、中岡さんの件の先に、警察の不正があるんですよね」

でなければ赤坂分室の出る幕はない。

「せっかちだな、堂安君は」

小山内は誠人の前に一枚の写真を置いた。

スーツ姿の男の画像だった。おそらく三十代後半から四十程度。

「警察庁交通局交通企画課自動運転審議室長、淵崎謙介。彼が今回の標的」

警察庁キャリア――「淵崎室長は、自動運転実験プロジェクトの警察庁（サッチョウ）側代表。法律面を淵崎室長が仕切って、中岡氏が技術面の監督という関係だ。いわばタッグだな」

警察庁の室長なら、階級は警視正。警視の小山内よりさらに上になる。

「なるほど、自殺の捜査ならいの一番に話を聞くべき人ですな」

新木は何かを察したようだ。「でもそれだけじゃ標的とは言えない」

「まずはこの動画を共有するが、扱いは極秘。保存するならプロテクトしろ」

小山内が動画データが添付されたメッセージを送ってきた。ファイルは二つ。

《検証動画①》とタイトルが付けられたファイルを開く。

ベッドに横たわる全裸の女性が映し出された。モデルのようにすらりとしなやかな肢体だ。時々荒々しい息遣いとともに、男がフレームに入り、乳房を摑み、股間に手を伸ばす。女性も反応しているが、顔は映っていなかった。

次に《検証動画②》を開く。

『野獣だね、あれ』

二十代とおぼしき裸の女による自撮りだった。背後にはベッドがあり、全裸で眠る男が映っていた。淵崎だった。最初の動画とは、別のホテルのようだ。

『撮ったらだめでしょ。というわけで、後ろで寝ている人は割と変態です』

目鼻立ちも整い、体も引き締まった女性だ。『証拠はこれ』

女性は自身の左乳房の下側を映した。ホクロが二つ並んでいる。誠人はもう一度、検証動画①の映像と見比べた。

「左乳房下のホクロの位置、体型、声質から同一人物と断定した。ただし、撮影されたのは別の日だ」

誠人の確認を見計らったかのように、小山内は言った。「状況的には女性がどこかのタイミングで盗撮に気づき、淵崎のスマホを確認、盗撮映像を見つけたと考えられる」

「ワンナイトラブではないと。それに無断撮影は犯罪ですな」

新木の表情が、邪(よこしま)な好奇心で満たされてくる。

「それで、淵崎には妻と二人の娘がいる」

警察官の不貞も、場合によっては監察案件だが、問題はこの動画がどのような経路で、小山内の元に届いたのか。

「内部告発ですか」

「いい線だ堂安君」

小山内は応える。「これを直接監察に送ってくれたのは、淵崎室長の奥方だ。画像は淵崎室長のスマホに保存されていたそうだ。データを調べたら、二つの動画とともに室長のスマホで撮影されたものだった」

状況的には渕崎が行為の際に女性を撮影、それに気づいた女性が、恐らく警告か何らかの意思を持って、撮影者が渕崎であることを示すために、渕崎のスマホで自撮りした。

「撮影日は①の動画が三月二日。場所は東京、恵比寿のオリエントロイヤルホテル。②の動画が三月八日、埼玉県加須市のホテル、グランタワー加須シティ」

画像の解析と位置情報で特定したという。

「裸を撮られたことで精神的苦痛を受けたのなら、動画を消去するという手がある」

小山内は続ける。「しかし、女性は自身の姿を撮ってまで証拠を残した」

「要は告発か戒めか脅しの材料というわけですな」

新木が口許に笑みを浮かべた。「派遣型の風俗嬢でしたら、店に報告するためですな」

「両ホテルは派遣型風俗嬢を中に入れない。フロントでチェックされる」

小山内は応える。ならば女性は同行者か宿泊者の誰かになる。しかも継続的な交際が考えられた。「スマホは奥方が認知していないもので、渕崎氏の居室で発見。たまたまロックがかかっていなかったようだ」

妻に秘密のスマホ――

「当然、女は動画のデータをコピーしたでしょうね、どちらも」

新木の推論に、誠人も異議はなかった。

「だが、現状淵崎室長に対する刑事告発はない」

「だったら淵崎さん個人に対する戒めか、別の用途で脅迫か強要のネタに使われたか」

新木は勿体ぶったが、状況が見えてきた。「それで奥方の要望は」

「画像の女の特定」

小山内は応える。

「告発する意思は」

誠人は確認する。盗撮を含む東京都の迷惑防止条例は〝非親告罪〟となっていて、被害者本人の告発がなくとも、逮捕と起訴が可能になっている。つまり、犯罪の証拠を見つけた妻が告発することも可能なのだ。

「被害女性が告発しない限り、現時点では考えていないそうだ」

「まあ当然でしょうな」

新木の言葉に、誠人は再び資料に目を落とす。

淵崎の妻は元外務官僚。妻の父である淵崎の義父は元警察庁刑事局長で、政界転身後は法務大臣、総務大臣を歴任した与党の大物。告発となれば大きなスキャンダルとなり、警察、与党、淵崎の家族親族一同ともに傷を負う。しかも自動運転実験の法整備にも影響を及ぼしかねない。

実験の本格始動は去年五月で、実験車輛の開発、実走コースの整備が行われた。今年三月八日から実走実験が始まったが、その二日目に事故が発生した。

「実験車輛が暴走してスタッフが二人、重傷ですか」

誠人はここで、日付の合致に気がついた。「ちょっと待って下さい、二つ目の動画が撮られたのは、実走実験当日ですよね」

「正確には実験初日未明だ。日付は変わっていたが、前夜と呼んでもいい」

小山内は特に表情を変えることもなく応えた。

「これはいけませんな」

新木が嬉しそうに声を上げる。「実験前にエンジン全開ですか」

「グランタワー加須シティは、実験時の来賓と幹部スタッフの宿舎に充てられていた」

磯谷が言った。この情報は、女性特定の大きな手がかりとなるだろう。

「話を実験に戻すぞ」

小山内は続ける。「九日の事故で、実走実験はいったん中止。国交省が事故調査委員会を編成して、原因究明に乗り出した。メーカー側も調査チームを立ち上げて独自調査を進めた」

しかし、三ヶ月経っても事故車輌や管制システムから暴走に至る技術的原因は見つからず、公式には現在も『原因不明のシステムエラー』のままだ。

「自動運転は我が国の基幹産業の未来を賭けた国家事業。足踏みは許されない。五月下旬には国交省と交通族議員筋からそんな声が上がり始めた」

資料には、事故から三ヶ月後の六月に、政府与党と国交省、警察庁が実験再開を決定したと書かれていた。

「だとしても原因不明のままですよ。国交省はともかく、よく警察庁（サッチョウ）が了承しましたね」

誠人は疑問を口にする。「まず安全確保が優先だと思うのですが」

「実験車輌を提供する自動車メーカーの変更。それが落とし所になった」

小山内の言葉を受けて、誠人は再び資料に目を落とした。

当初実験車輌は業界三位の『ジェミニ自動車工業』が開発、提供していたが、七月からは国内最大手で、世界でも三指に入る『ミヤタ自動車』に変更になっていた。

「ミヤタも独自に自動運転車の開発を進めていて、大きな混乱もなく引き継ぎが行われた。実走実験の再開は十一月。今はミヤタの下、準備が進められている」

「強引な上に、ジェミニさんは面目丸つぶれですな」

新木が大げさに目を丸くした。「私なら、自動車に原因がなかったか徹底的に調べますがね」

当然、「お前が言うな」と小山内に釘を刺された。

「留意しておいて欲しいのは、現場監督官だった中岡昌巳が、原因が究明されるまで、実験の再開はすべきでないと強く主張していたこと」

小山内はここでいったん言葉を切り、誠人を見据えてきた。「だが淵崎氏は実験再開を強く推進した。メーカー変更というアイデアを出し、慎重論に傾いていた警察庁(サッチョウ)内の意見を推進の方向にとりまとめ、国交省側に提示したのも彼だ。まさに豪腕を発揮したわけだ。無論、政府与党も国交省も大歓迎だった」

資料には、実験続行の可否に関し、六月中旬、参考人として国会の答弁に立った淵崎の発言も載せられていた。

『ここに来て止まるという選択肢はないわけです。法整備は順調に整いつつあります。しかし法だけ整っても技術がついてこなければ意味はないのです。長期におよぶ中断は、技術立国日本の未来に対し甚(はなは)だしい停滞をもたらします。自動運転の研究を進めるメーカーは一つではありません。実験を進めながらも、事故原因の調査はできます。進めるからこそ見えてくる技術的問題もあるでしょう。落雷を恐れて外出を取りやめるのですか。火事を恐れて火の使用を禁じるのですか』

大演説だ。

「淵崎さんが、流れを変えたのですな」

新木の言葉に、小山内がうなずく。

「義父の後ろ盾もあったはずだ。警察庁が実験再開に回ったことで、事故原因究明の優先を主張していた慎重派は勢いを失った」

ここで強引とも思える自動運転実験の続行と、淵崎の不貞行為が繋(つな)がった。

そして事故原因究明の優先を強硬に主張していたという中岡の、疑問が残る死。これで不穏を感じるなというほうが、無理がある。

「我々としては、自動運転実験の続行に対して、淵崎室長へ脅迫なり強要の事実はなかったのか。まずはそこを突けばいいんですね」

誠人は言った。そこには、動画の女性がいわゆる美人局(つつもたせ)かハニートラップに使われた可能性も含まれている。その先には、中岡の変死との関係も――

「話はまだ終わっていない」

小山内はバッグから共同通信速報のプリントアウトを出すと誠人と新木に手渡した。「さらに面倒なことが起こっている」

《遺体の身元は団体職員（28）県警は殺人と断定　捜査本部を設置》と見出しが打たれていた。発信は今日午前。

昨日の早朝、茨城県古河市の渡良瀬川河川敷で、女性の遺体が見つかった事件の続報で、身元が判明したという記事だ。

「これはなんですか」

「見ての通り、殺しの報道だ。茨城県警から入手した資料を共有する」

小山内が資料を送ってきた。

被害者は矢木沢美優。二十八歳。死因は胸部刺創による失血で、性的暴行の痕跡も認められていた。

住居は埼玉県南利根郡瀬野町。大学卒業後、大手警備会社に四年間勤務。去年から瀬野防犯連絡会の非常勤職員、瀬野少年スポーツ育英会指導員になっていた。

「彼女は警備担当として、自動運転実験に関わっていた。中岡氏と面識があったとの情報もある」

プロジェクト関係者が立て続けに二人、命を落とした——誠人の理性が、すっと冷えた。

マップで確認すると、埼玉県瀬野町は渡良瀬川を挟んで、茨城県古河市と隣接していた。

遺体発見場所は、居住地域からそう離れていないことになる。

「先方にも中岡昌巳の自殺の報は届いているだろうから、自殺の補助捜査で、東京から捜査員が送り込まれることも不自然ではない」

東京から捜査員——

「俺が行くんですか」

「その通りだ堂安。君の行き先は渡良瀬署になる。茨城県警渡良瀬警察署だ。この殺しの捜査本部（チョウバ）が今日、立った」

磯谷が注釈してくれた。「そこに加わって欲しい、ということだ」

小山内もうなずいた。

「帳場には埼玉県警南利根警察署の捜査員も入っている」

ならば、被害者の周辺捜査は南利根署側が行うのかもしれない。「我々がすべきことは、淵崎氏が女性の動画を盾に、実験再開のために警察庁（サッチョウ）を動かすよう脅迫なり強要を受けたか否か、強要があったのならそれは何者によるものなのか、明らかにすること」

それは同時に、実験再開の裏に犯罪が介在していたのか否かの問題にもなる。

「ただ、中岡昌巳が不審死を遂げ、矢木沢美優が殺害されたことを、どう評価するのか。これも捜査次第で重要な事案となる」

磯谷が補足する。「堂安には中岡の捜査とともに、淵崎の現地での行動、殺人への関与があるのか否かを探って欲しい。無論、先方の帳場に感づかれないようにな」

「盗撮だの不貞だのは、胸くそ悪いが監察本隊が握りつぶすことも可能だ」

小山内の目が据わる。「だが、たとえ間接的にだったとしても、殺し案件に関与しているのなら話は別だ」

「一つ、確認したいのですが」

誠人は聞く。純粋な疑問だ。「なぜ、警察庁の案件をウチが？」

「次の異動で、淵崎は警務部の参事官として我が社へやってくる公算が高い」

警視庁の要職への異動。特に警務部勤務は出世階段のワンステップだが――「淵崎氏が仮に犯罪に関与していて、警務部参事官任官後に発覚すれば、警視庁はその見識を問われ、部長クラス以上の首が飛ぶだろう。その意味でも、赤坂分室の案件だ」

「茨城県警にはもう話は通した」

磯谷が続ける。「明日朝イチで行ってくれ。身分は捜一特命の堂安。本部の主任が単身乗り込んでいくんだ、向こうも無下には扱わんだろうさ」

「単身って、新木さんは」

今回も新木が相棒になると考えていた。

「新木には和泉橋署と組んで、中岡が墜死するまでの足取りを精査してもらう」

小山内は不敵な笑みを浮かべた。「動画の女性はこちらで特定に動くが、堂安君も余力があるなら探ってみてくれ。具体的な指示は追って出す。情報は磯谷に集約してくれ」

「淵崎さんの聴取はどなたが？」

新木が確認する。「我々クラスじゃ釣り合わないですな」

「わたしが直接行う」

小山内が応えた。「ただ、急ぐ必要はない。被害女性を特定後、事実関係と告発の意思の有無を確認する。そのほうが聴取の主導権を握れるだろう。然るべき時にアポを取る」

七ヶ月ぶりに、赤坂分室が動き出した。

3　十月七日　月曜　午前

大きなボストンバッグを担ぎ直し、誠人は駅舎を出た。

正面に延びるメインの通りには地元金融機関、不動産業者、学習塾、チェーンの飲食店などが贅沢な間隔をもって並び、典型的な地方都市の趣となっている。

誠人は駅に近いビジネスホテルに荷物を預けると、徒歩で茨城県警渡良瀬警察署に向かった。メイン通り沿いを歩くことおよそ十分、左手に地上三階建て、白い壁に煉瓦(れんが)模様がモダンな佇まいの建物が見えてきた。

午前八時半からの捜査会議までには、まだ十五分ほど余裕がある。

磯谷から、『青井』という捜査員の携帯電話番号を聞いていた。エントランスに入ったところで、電話をした。

『青井です』

若い女性の声だった。誠人は名前と来意を告げ、待った。カウンター奥のデスクに数人、当直の捜査員がいるほかは会計課、交通課の窓口に来た市民が数人いるだけで、フロアは割と静かだったのだが、そこへ——

「お待たせしました！　堂安さん！」

快活な声とともに階段を駆け下りてきたのは、グレーのパンツスーツ姿も初々しい、若い女性だった。満面の笑みで、誰かを探すように首を左右に振る彼女に、「堂安です」と控えめに応え、小さく手を挙げた。

「南利根署刑組強行の青井凜子です！」

やや浅黒い肌に髪はショートカットで、身長は百七十センチ以上あるだろう。大学のラクロス部か、水泳部にいそうなタイプで、ユニフォームや競泳水着が似合いそうだ。

誠人は「お世話になります」と一礼した。

「ご案内します！」

凛子について階段を上る。引き締まったヒップラインが眼前で左右に揺れ、目のやり場に困った。

合同捜査本部は最上階の講堂に設置されていた。茨城県警捜査一課強行犯捜査係が一個班、渡良瀬署とその近隣警察署の応援、そして、埼玉県警南利根署の捜査班を合わせた五十人規模と事前情報で聞かされていた。現場指揮を執るのは茨城県警捜査一課の沢田（さわだ）秋広（あきひろ）管理官。地元で叩き上げたベテランだという。

すでに大半の捜査員が着座し、顔を突き合わせて捜査会議の準備をしていて、入室してきた誠人と凛子に注意を向ける者はいなかった。設置二日目の捜査本部は、殺伐とした空気が漂っていた。

「君は渡良瀬署の人じゃないんだ」

誠人はてっきり茨城県警の人間が案内役になると思っていた。

「はい、埼玉からの応援組です。春に強行に配属されたばかりで、殺しは初めてです」

後方の空いているテーブルに並んで腰掛けた。

「間もなく沢田管理官がやって来ます。ご挨拶は会議のあとですね」

やがて、捜査幹部らしい数人が入室してきて、起立がかかり、一礼して捜査会議が始まる。

雛壇中央で議事を進めるのは沢田管理官だ。

地取り、敷鑑、遺留品担当と、粛々と今日の担務割り振りと方針が決められてゆく。

「真ん中が沢田管理官で……」

凜子が小声で茨城県警の捜査幹部の名を伝えてくれた。「右端のほうに並んでいるのが埼玉からの応援組で、右から二番目が南利根署の広瀬刑事官です」

広瀬は、グレーの髪をオールバックにした五十年配の男で、現場経験が豊富そうな雰囲気がにじみ出ていた。

「それで一番右が高城刑組課長」

刑事組織犯罪対策課長の高城は四十代半ばに見えた。制服姿で、終始捜査資料に目を落としているが、時々上げる視線は冷酷で神経質そうだ。

「南利根署は組対係中心の布陣です」

反社会組織が絡んでいる場合、殺人の捜査でも組対中心の布陣になるが——スマホでざっと検索すると、瀬野町は移民を積極的に受け入れていて、南米系移民のコミュニティが広がり、その二世によるギャング団も確認されているという。

「埼玉県警からは何人派遣されているんですか」

「わたしを含めて南利根署から十二人です」

広瀬刑事官、高城刑組課長の幹部二人に加え、組織犯罪対策係から六人、強行犯係から四人という陣容だった。「茨城県警との調整と南利根署本隊の仕切りは広瀬刑事官で、高城課長が埼玉側の捜査の陣頭指揮を執ります」

会議は事件当夜の矢木沢美優の足取りについて、協議が進んでいた。

「矢木沢美優は、四日午後十時過ぎまで、アルバイト先である栗橋駅前の居酒屋、『白金家』にいたことが確認されている。退勤は午後十時半。これは従業員の証言とタイムカードで確認されているんだが、その後遺体で発見されるまで、ぷっつりと足取りが途切れている。引き続き防犯カメラ映像の収集と聞き込みで、この間を埋めて欲しい」

沢田管理官が、熱弁を振るう。回ってきたメモによると、居酒屋から暴行現場まではおよそ二キロ。

同僚によると、矢木沢美優が退勤後、着替えて店を出たのは十時四十五分頃。だが、従業員用の駐車場には、矢木沢の車が停まったままだった。

「四日夜、居酒屋で外国人グループが騒いでいたとの情報は、南利根署さんからでしたね」

沢田の確認に、「南米系という証言があります」と高城が応えた。「人数は七名」

「でしたら南利根署さんには引き続き、その外国人客の特定と、居酒屋周辺の不審者情報を重点的に追ってもらいたい。こちらからも一個班の応援を出しましょう」

「いや、ヌークリオをつかせてくれませんかね、沢田管理官」

高城が甲高い声で異議を示し、茨城県警の捜査員たちがざわめき始めた。

「ですから高城さん……」

沢田も気を遣いながらも不快げに応える。「交友関係と不審者情報の中で、ヌークリオが関与した可能性が強くなってから改めて人員を厚く充てても……」

「それでは遅いんですがね」

高城は動じることなく言い返す。「一日、一時間でも対処が遅れれば、彼らは国外に逃げてしまうんですよ、ご存じないかもしれませんが。現在我々は、少ない人数でヌークリオ構成員の監視を余儀なくされています。レイプに執拗な暴力。あの残忍な手口は彼らの仕業と見てまず間違いない。ヌークリオを叩き、ボロを出させる。それが早道と思いますがね」

「ヌークリオって？」

誠人は小声で聞く。

「ブラジル移民二世のギャング団です。あちこちで事業を営んでいるので実質マフィアですけど」

法的には準暴力団扱いだという。「南利根署からしたら、不倶戴天の敵です」

「外国人客がヌークリオの関係者だったら対処しましょう。だがその店は暴力団お断りの店なんですよね。店長も気をつけて見ていると証言していたが」

沢田も高城に対し声を張った。

「店長に見分けはつかんでしょう」

高城はにべもなく言い返す。「優先すべきは時間なのです。たとえ間違いでも勇み足でも、相手は不良移民です。殺しでなくとも何か別の悪さが明らかになるだけのこと。考えるより行動が、彼らに対して一番有効な手段であるのは、これまでの経験則からも明白だと小官は考えておるのですが」

ここで広瀬が「そこまでにしろ」と鷹揚に間に入った。

「申し訳ない、沢田さん。現実問題としてギャングの中には、矢木沢さんが所属する防犯連絡会に敵愾心を持つ構成員も多くて、ここは我々の事情を汲んでもらえませんか」

絶妙な連携だった。聞けば、南利根署は茨城県警との合流当初から、ヌークリオというギャング団の関与を強く主張していたという。

結局、茨城県警と埼玉県警南利根署の協議の末、ブラジル系反社組織『ヌークリオ』の捜査に、茨城県警捜査員若干名が充てられることで落ち着いた。

広瀬、高城コンビの押しの強さが際立っていた。

「最後に今日から着任の……」

凜子に腕を小突かれ、我に返った。視線も集まっていた。誠人は小さく息を吐くと立ち上がる。

「警視庁捜査一課の堂安誠人です」

いつもよりもキッチリと敬礼した。

「彼は中岡昌巳氏の自殺の件で来た。必要な情報を提供してやってくれ」

会議終了後、捜査幹部に改めて挨拶をした。

「……遺書がなかったもので、ご遺族の意向もあって原因の究明が必要となりまして」

腋の下に冷えた汗を感じながら、誠人は説明する。「自殺の理由が自動運転実験にあったのか、その確認が主な任務となります」

「春の実験に関しては、広瀬さんのほうが詳しいだろう」

沢田は言った。「我々としても協力は惜しまない」

「我々も中岡君の自殺は気になっていてね」

広瀬が応える。「彼には世話になったし、実験の時は、我々も彼の実験プランを元に、警備計画を策定したのでね」

凜子を手招きして呼び寄せた。「青井君をつけるから、いろいろ案内してもらうといい。彼女は実験の警備も担当していて、中岡さんとも面識があった。適任だと思う」

そう言ってくれたものの、広瀬の視線は冷ややかで、必要以上に首を突っ込むなと語りかけていた。

誠人は「ありがとうございます」と頭を下げ、凜子とともに捜査本部を出た。

「まずは実験コースを見てみたい。そのあとに関係者から話を聞こうか」

「わかりました。ご案内します！」

凜子の指には自動車のキーがかかっていた。

まずはキッチリと中岡の〝労働環境〟の捜査だ。

古河駅前の市街地を抜け、道路に勾配を感じると、前方に橋と堤防が見えてきた。

「中岡さんとは、どんな関係だったの」

誠人はハンドルを握る凜子に聞いた。

「警備上の要点について、よく話し合いました。走行中の車輛とどのくらい距離を取ればいいのか、緊急時の対応とか、細かく念を押された感じです。自動車がトラブルで止まっても、救助が必要な場合以外は技術員が来るまで触るなとか」

キャリア技官が一警備担当にまで、口を挟むものなのだろうか。

「……確かに神経質なところはあったと思います」

誠人が放つ空気を察したのか、凜子は言った。「警視庁さんは、実験の失敗が自殺の原因と考えているんですか？」

「それを含めて総合的判断ということになる。青井さんは、事故の時は？」

「わたしは瀬野側の公道の担当で、事故自体は見ていないんです」

実走実験は三月八日から十日までの三日間の日程で行われる予定で、事故が起きたのは二日目だ。「事故後の捜査は少し手伝いました。目撃者探しを」

車が堤防の傾斜を登り、橋に差し掛かった。渡良瀬川だ。堤防の内側には、整備された広い河川敷を持っていた。木立の中、野球やサッカー用のグラウンドも見える。

「橋の真ん中から埼玉県瀬野町です。実験の実走コースは、埼玉県加須市と瀬野町にまたがっています」

埼玉県南利根郡瀬野町は、渡良瀬川と利根川の合流地点にある。

その巨大な「Y」字の谷間が瀬野町。東が茨城県古河市。西が埼玉県加須市となる。その「Y」字の左辺を挟んだ地域に実験コースは設定されていた。

車が瀬野町に入ると、田園風景と点在する住宅地が広がり、その奥に大規模な工場地帯が見えてきた。

人口は約二万五千。渡良瀬川と利根川に挟まれ、北部には渡良瀬遊水池がある。町のキャ

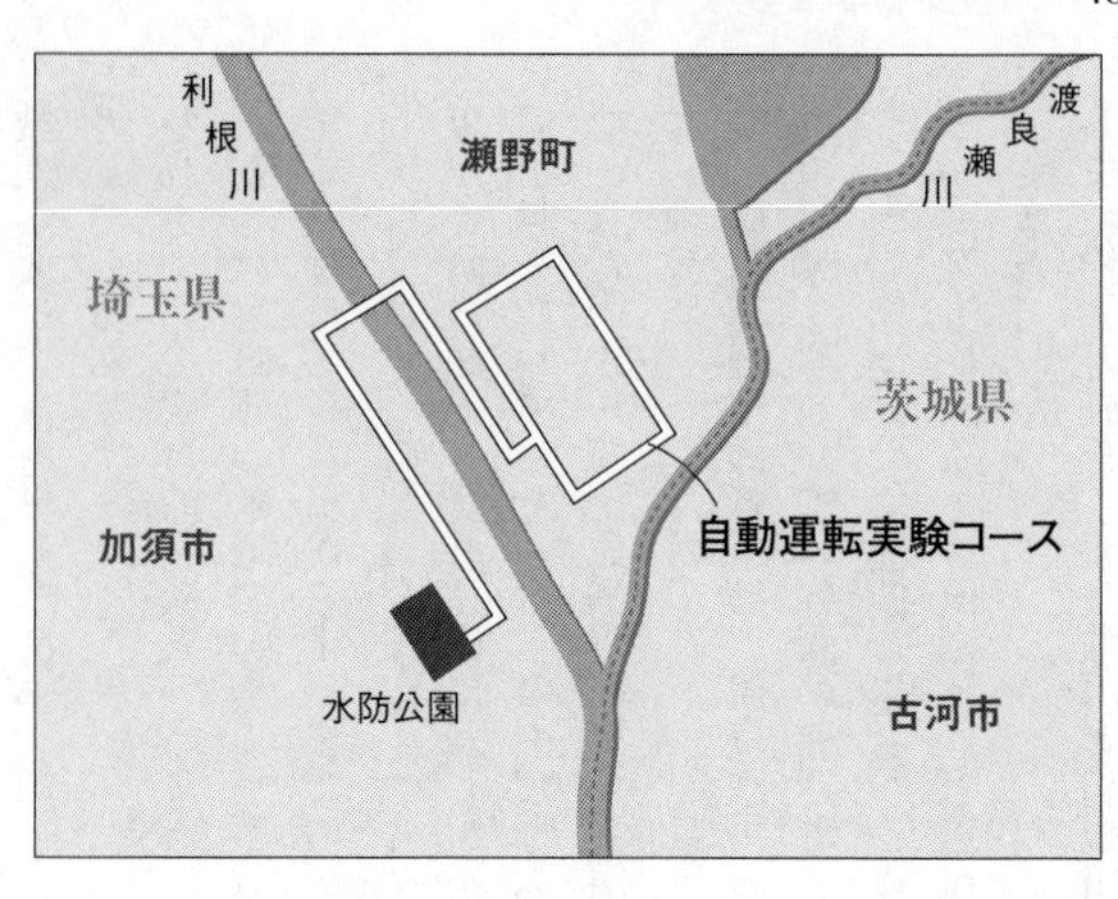

ッチフレーズは《水と鉄とサッカーのまち瀬野》。

その瀬野町を横断し、今度は利根川を渡った。

「今渡っているのが埼玉大橋です」

橋を渡りきると、二キロほど下流の堤防上に造成された公園に到着した。

駐車場と芝生の広場が敷地の大半で、片隅に二階建ての飾り気のない建物と平屋の資料館が建っているだけだ。

「利根川水防公園です。奥に見える二階建てが、国土交通省・関東地方整備局の南利根出張所です。加須と瀬野一帯の河川管理と治水の拠点ですね。となりは水防資料館で、一帯の治水の仕組みや歴史がわかるようになっています」

降車すると、爽やかな風が吹いていた。

出張所と駐車場の間には、白い平屋のユニットハウスがあった。屋根には数本のアンテナやカメラが設置されている。

「白い建物が自動運転実験コースの管制本部です」

実験のために臨時に建てられたものだ。今は固く扉が閉じられ、全ての窓にブラインドが下りていて、中を見ることはできなかった。

誠人は堤防上から、利根川河川敷を利用した実験コースを見渡す。

「ここが実走実験のスタート地点で、ここから河川敷に下りて……」

凜子はコースを指さし、なぞりながら言った。コースは水防公園前駐車場から、河川敷に下り、上流側へと進んだ。そして、前方に見える埼玉大橋と並行するように、小さな橋が架かっていることに気づいた。

「あれが仮設橋です。治水工事用に造られたものを実験に再利用しているんです」

コースは仮設橋を渡り瀬野町側へと続いている。「川を渡って瀬野側の河川敷コースから公道のコースに入ります。そこで工業団地と住宅街を抜けて、またこの河川敷に戻ってきます。全長で十五キロくらいですね」

誠人はスマホを取り出し、カメラモードにしてズームした。真新しく整備された舗装路面があり、堤防越しに、大型の工場が並んでいるのが見えた。

「自動運転は基本GPSと車載カメラ、複数のセンサーでコントロールするんですが、コースには先月、新たに磁気マーカーが設置されました。見えませんか？　道路に貼ってある丸い絆創膏みたいなの」

　コースの路面をズームすると、直径十数センチほどに見える黒い円が、数メートルおきの等間隔に並んでいた。シールのようで、厚みはほとんどない。

「磁気のレールのようなものですね。第五の安全機構として期待されていて、提供したのは瀬野にあるアイダ特殊鋼です」

　ネットで調べると、アイダ特殊鋼は金属素材や半導体基板を開発、生産していた。本社はさいたま市で、瀬野町に技術開発センターと生産工場があった。

「地元企業の製品が採用されたので、瀬野も結構盛り上がってます」

　ミヤタ自動車が自動運転車の開発に乗り出す際に、備品供給で提携関係を結んだという。

「河川敷のコース自体は治水工事用のものを整備し直しました。一から造るより予算は半分以下で済んだみたいです。実験の後はまた治水工事用の道に戻ります」

　仮設橋も二車線分の幅が確保され、地図で見る印象より大きかった。

　渡良瀬川の河川敷には、様々な運動施設が整備されていたが、ここは幾つかグラウンドがあるほかは、目立った施設はない。それだけにコース自体整備しやすかったのだろう。

「この辺り、昔台風で堤防が決壊して、利根川流域で千人以上が亡くなったんです」

一九四七年のカスリーン台風で、堤防が決壊し、溢れた水が現在の葛飾区や江戸川区にまで流れたと凜子は説明した。

「詳しいんだね」

「小学生の時、そこの水防資料館の体験学習で係の人にそう説明されました」

国交省の出張所に併設されている小さな資料館だ。

「ここが地元なんだ」

「高校の時は、この辺の河川敷は練習場でしたし」

「クラブ活動の？」

「中学高校と瀬野学園でサッカーをやってました」

凜子は豪快なフォームでボールを蹴る仕草をした。「ポジションはフォワードで、高等部時代は県大会で得点王になったんですよ。今でもお呼びがかかれば試合に出ます」

瀬野学園。誠人も知るサッカーの名門だった。男子は全国大会の常連で、常に上位にいる。瀬野町自体、サッカー熱が高く、地元に有志チームが幾つもあるという。

「事故は、あの橋で起こったんだよね」

治水工事のために造られた仮設橋だが、重機の移動に利用されていて、頑丈さも評価されたようだ。

「正確には、渡ったところですね」

瀬野町側だ。事故発生は三月九日。実験にはジェミニ自動車製のシャトルバスとステーションワゴンが使われ、事故はステーションワゴンの実走実験中に起きた。水防公園を出発した実験車輌は仮設橋を渡り、瀬野町の工場地帯を順調に一回りして、再び河川敷のコースに戻ってきていた。

事故の様子は、メーカーと防犯連絡会が撮影していた映像にはっきりと残されている。コースを時速三十キロで走る乗用車。コーナリングもスムーズで、障害物の前や信号でもきちんと停まっていた。実験は順調に見えた。しかし、仮設橋の手前、三百メートル付近から突如蛇行を始め、速度を上げたのだ。

実験車輌は、本来左折し、仮設橋を渡るはずだったが、直進。コースを外れ、鉄柵と安全用マットを薙ぎ倒し、そのまま約三メートル下の河原に落下し、横転した。

事故の瞬間は、車内カメラにも映っていた。車がコントロールを失う直前、突然エアバッグが誤作動して、テストドライバーを吹き飛ばしたのだ。それでも緊急事態に対処しようと、シートに押しつけられた状態で手動運転に切り替えたが、コントロールし切れずに衝突事故を起こした。

テストドライバーはエアバッグが誤作動する直前まで、ハンドルはおろか、一切の機器に触れていなかった。

負傷者は二名。テストドライバーは頸椎捻挫と左肩鎖骨骨折。さらに、異変を察知し、見学者を避難させ逃げ遅れた警備担当の男性が車輌に接触、右大腿部を骨折する重傷を負った。

システム開発を手がけたメーカー、ジェミニ自動車傘下の『ジェミニ・テック』と、国交省の事故調査委員会が原因究明に取り組んだが、三ヶ月経っても結果が出なかった。

今回の実験は、国交省が設定した「レベル4」相当で、運転操作は全て自動。ドライバーはあくまでも不測の事態に備えた緊急要員でしかなかった。

「磁気マーカーは、事故を受けて取り入れた技術です」

凛子は言った。結果的に、実験コースの誘致に加え、技術開発ともに瀬野由来となった。

「事故の時、中岡さんは」

「管制本部に詰めていました」

それは報告書にもあった。そして、事故後は原因究明に尽力した。

――誤作動の原因が解明され、技術的問題が解決するまで実験は控えるべきだ。

中岡は事故直後から主張していたという。しかし受け入れられず、国は車輌メーカーの交代で実験再開へ動き出したのだ。

「実験再開で、瀬野の人たちの反応は？」

「喜んでいる人が多いかも……不謹慎ですけど」

凜子は一度、逡巡したあと――「事故が起こってよかったんじゃないかって空気も、ほんの少しですけどあります」

実験が再開され、上手くいけば、磁気マーカーの継続的な生産、取引も予想されるのだ。

「そろそろ関係者巡りを始めようか」

誠人と凜子は車に乗り込んだ。切り返しの時、公園の片隅に自転車が一台停まり、キャップを目深に被った男が、双眼鏡で河川敷を眺めているのが見えた。

あいつ、東京から自転車で来たのか――誠人は見て見ぬふりをした。

最初に訪れたのは、瀬野駅前にある瀬野防犯連絡会の事務局だった。

「……ご本人も言っていましたよ、再開は本意ではないって。だからって死んでしまうなんて。これでまた実験中断になんてなったら……」

副理事長の筧義男（かけいよしお）は、言った直後、表情を強ばらせた。「失礼、失言だった。個人的な戯（ざ）れ言（ごと）だと受け取ってくれ。こっちも誘致と準備で散々苦労したからね」

だが、それは偽らざる本音だろう。

六十三歳だというが、肩幅は広く精悍な面立ちだ。防犯連絡会で働く傍ら、町内で柔道教室も運営しているという。

連絡会事務局には筧のほか、事務員の女性がいるだけだ。理事長以下、複数いる理事は実験再開を受け、新たな警備計画の策定のため、関係各所との折衝に動いているという。

副理事長は警備ボランティアの窓口として、中岡と直接話す機会が多かった。

「実験の失敗に関して、心を痛めていた様子はありませんでしたか」

誠人は聞いた。副理事長は事故当日、水防公園の警備本部テントに詰めていたという。

「痛めるというよりは、情熱を傾けたというんですかね、事故原因の調査に」

「例えば今後や責任問題に関して悩んでいたとか、そんな一面はありましたか」

「気にしていなかったように思うな、私の見る限りですがね。目の前の問題に全力、といった雰囲気でしたね」

中岡は実験再開が決まった後の七月から、実験再開に向け、足繁く瀬野町を訪れるようになったという。

「実験再開に当たり、何か不満を漏らしたりは」

「再開は拙速だとか、多少言っていましたけどね、決して手は抜いていなかった。瀬野のために、実験のやり直しのために頑張ってくれていた。それは確かさ」

副理事長は改まった様子だ。

「自殺の兆候は見られなかったと？」

「さあ、人の心の中はわからないですよ。ただ、技術より先に法律がどんどん整っていったしね。地元もイケイケどんどんだし、実験再開より原因究明だって言っていた中岡さんに、風当たりが強かったのは確かだね」

聴取を終え、誠人は連絡会事務局を辞した。事務局前の掲示板には、地元選出の国会議員、県会議員のポスターが貼られている。《ストップ人口減！》という文字が並んでいた。

瀬野町内では、ほかに中岡と面識があった町役場の担当職員複数名に話を聞いたが、中岡に対する印象については筧副理事長と大差はなかった。

日程の最後は、さいたま市大宮区の中心街にあるオフィスビルだった。

「佐々木(ささき)です」

差し出された名刺には、《SSトレーディング＆コンサルティング　代表取締役社長佐々木伸介(しんすけ)》と記されていた。

「いや驚きました、あの中岡さんが」

佐々木は、髪を七三に固めた、五十がらみの男だった。今は《瀬野産業連合会》の会長を務めていて、実験の誘致から実行に至るまで、瀬野町と国交省の間に立ち、調整役として実験に関わっていた。

当然、中岡と接する頻度も多かった。

「中岡さんには瀬野で実験を行う意義を理解して頂きました。自動車メーカーさんと取引のある企業も多くて、自動車産業に関心と理解が高いのが強みでした。ほかの自治体さんよりも、予算規模が小さかったのも評価して頂きまして」

治水工事中の河川敷と仮設橋を実験コースに組み込むこと、同じ埼玉県の加須市と共同で取り組むことでの地元負担軽減、防犯連絡会を中心とした市民ボランティアによる警備など、アイデアを出したのは佐々木だという。

「私も実務ではスタッフなどの宿泊先から食事、移送手段の手配、関連イベント企画と仕切らせて頂きましたが、中岡さんは合理的な考えの持ち主で、こちらの提案も柔軟に取り入れてくださいました」

佐々木はどこか自慢げだった。

「ただ先月くらいでしたか、疲労を訴えたことがありまして」

「単純な体の疲れですか」

「ストレスを受けていたという意味ですか？　そこまでは断言できませんよ」

佐々木は大げさにため息をついてみせる。「ただね、政治家さんは現場の声や現状を知らずに大きな決定を下すことがあります」

「具体的には」

「メーカーの変更は使われる技術、機材、仕様の変更ですから実験計画書を一から書き直して、審査をやり直すわけです。しかも、再開までは実質五ヶ月です。ジェミニさんの時の三分の一の期間ですよ。一度実走実験まで行ってノウハウはあるだろうという言い分はわかります。我々も対応できます。ですが技術面は違います」

実験のスケジュールの大半は運転システムと機材、車輌の調整で、それは数ヶ月に及び、人を乗せての実走は仕上げ的な意味合いが強い。そこで出た技術的問題、運用上の問題、法律上の問題を洗い出して、また数ヶ月準備して次の実走実験に臨む。その繰り返しなのだ。

「メーカーの変更は、機材と仕様の一新です。審査手順はジェミニさんの時と変わりません。本来ならジェミニさんの時と同じだけの時間が必要だったはずです」

企業コンサルならではの視点だと思った。

「しかし、時間が足りないと政府や国交省上層部に訴えることはできたのでは」

「どうなんでしょう、事故を起こしてしまった上に原因もわからない。技術面の現場責任者として、強くは要求はできなかったんじゃないでしょうか」

審査が甘かったから事故が起きた——そんな責任論もあるという。「後任の話も噂では聞きましたが、やはり実験については中岡さんが一番熟知しているわけです。だから続けることになった。中岡さんも無理を承知で受けた。それが中岡さんを追い詰めた……いや滅多なことは言えません。ただ、そんな状況だったと」

激務と省内での責任論——厳しい環境が浮き彫りになった。

4　同日　夕刻

渡良瀬署に戻る前に、矢木沢美優の遺体が見つかった現場を訪れた。

渡良瀬川東岸の堤防上だ。

利根川堤防上より整備が行き届き、サイクリングロードが延びていた。両側の芝生や野草の花もしっかり養生されている。

そこに小さな献花台が設けられ、花が置かれていた。

「美優さんの同級生が置いたんです」

「慕われていたんだね」

誠人はしばし瞑目し手を合わせた。

資料によると、矢木沢美優は学生時代から柔道選手として知られ、高校卒業後は大手警備会社の柔道部に所属し、全国大会で上位に食い込むこともあったという。だが二年前の業務中に負傷し、選手生命が絶たれてしまった。その後、瀬野町の実家に戻り両親とともに生活、週二回のアルバイトの傍ら瀬野防犯連絡会に所属して、事務連絡や児童の登下校時の見守り、イベント時の警備、柔道教室など地域活動に携わっていた。

自動運転実験では、地元スタッフとして実走コースとなる公道と周辺の住宅や事業所との調整、実走実験では交通整理や警備を担当していた。

その矢木沢美優は、一昨日の午前六時過ぎ、サイクリングロード脇の草むらに俯せに倒れていたところを、サイクリング中の大学生に発見された。大学生はすぐに救急と警察に通報したが、すでに死亡していた。

発見時、彼女は薄いブラウスを肩に引っかけていただけで、裸足(はだし)で下着も着用していなかった。致命傷は右胸部の刺創と頭部の陥没骨折だったが、そのほかに顔面や腹部に殴打の痕跡があった。その上、司法解剖で性的暴行を受けていたことが認められた。

唯一残された手がかりは、彼女の額に刻まれた血染めの指紋だった。何者かが血のついた指で、被害者の額に触れたのだ。ただ、その指紋に前歴はなかった。

発見の時点で、死後三時間から五時間程度が経過していたという。つまり、死亡推定時刻は五日午前一時から三時頃までの間だ。

死体の周辺に彼女の持ち物、遺留品はなかった。別の場所から運ばれてきた可能性も考えられたが、彼女の足もとから、河川敷の方向に延びる踏み跡が見つかった。堤防の斜面に人が立ち入らないよう、管理が行き届いていたが故の発見だった。捜査班が辿っていくと、踏み跡は河川敷に降りてから渡良瀬川に向かって続いていた。

「美優さん、どんな思いで歩いてきたんでしょう」

凜子の口許が悔しげに歪む。「瀕死の重傷を負って、川を渡ってまで」

踏み跡は、川で途切れていた。

渡良瀬川と利根川の合流地点の近くで、「Y」の谷底に近い右辺だ。利根川東岸と渡良瀬川西岸の堤防は、「Y」の形に沿うように繋がっていて、その外側、谷底の先端部分は槍の穂先のような形の荒れ地になっていた。

彼女の踏み跡は、その穂先を横断すると、利根川に消えていた。

捜査班は対岸に渡り捜索、そこでまた踏み跡を見つけた。そしてその先に新たな現場を発見した。

利根川西岸河川敷の中央、廃土が置かれ、堤防側から死角になった一角に、多量の血液が付着したブルーシートが広がっていて、その上に衣服、靴、バッグが散乱していたのだ。

周囲には彼女自身の靴跡と、二十六センチ前後の靴跡が少なくとも三人分確認された。

捜査本部はそこが暴行の現場と断定し、ブルーシートを精査したところ、数人分の指紋と、わずかだが付着した精液を見つけた。

ブルーシートの指紋の一つは、矢木沢美優の額に残されたものと一致、唯一と言えるが、有力な手がかりだった。

誠人は洟をすする音に気づいた。凜子が目に涙を浮かべていた。

「信じられますか？　矢木沢さんは利根川の向こうからここまで歩いてきたんです」

矢木沢美優は暴行を受けた後、利根川西岸河川敷から、渡良瀬川東岸堤防上まで自らの足で歩いたと断定された。その距離は、直線で約千二百メートル。しかも途中、利根川と渡良瀬川を渡ったのだ。

「本当に強くて優しい人だったんです……」

あれほどの深傷を受けた人間が川を渡り、千二百メートルを歩くなど考えられない。鍛え抜いた肉体と精神だったからこそできたのかもしれない――それが監察医の所見だ。

「警備員のときケガしたのも人を救うためで……」

さいたま市内で行われた、ローカルアイドルのイベントの最中、出演者の一人につきまとっていた男が刃物を振り回して乱入したという。当時現場を警備していた矢木沢美優は、男が出演者に接触する直前に間に入り、組み付き、取り押さえた。その際、肩や腕を複数回刺され、重傷を負った。刃先は長掌筋腱など複数の腱と筋肉を切断、その後日常生活に支障ない程度に回復したが、道着を摑むに足る握力は戻らなかった。

それで彼女は柔道を諦め、柔道部を退部、会社もやめた。

「高城課長がギャング団に拘っていたけど、根拠は？」

「瀬野近辺で起こる暴力事件、麻薬売買、恐喝、窃盗の多くがヌークリオかその関連組織の犯行なんです。特にここ十年くらい抗争事件も増えていて、署全体でピリピリしているのは確かです」

「でも、瀬野には大きな繁華街もないし、平和そうに見えるけど」

「出身は瀬野でも、組織の経済基盤は別なんです」

ヌークリオの拠点は、瀬野町と隣接し、繁華街を抱える埼玉県久喜市と茨城県古河市一帯を中心に広がり、ヌークリオがバックにいる飲食店やクラブ、さらには違法カジノが増えているという。「それにここ四、五年はいろんな組織を呑み込んで、大宮周辺、春日部、越谷辺りにも勢力を伸ばしています」

外国人組織をのさばらせるとは、南利根署は何をしている——周辺自治体や埼玉県警本部からそんな声も上がっているという。

「ヌークリオは、ポルトガル語で〝核心〟とか〝中心〟を意味する言葉で、構成員は百人前後と見られています。課長や刑事官がヌークリオの犯行を疑っているのは、その残忍さからです」

ヌークリオは自発的に抗争を仕掛けることはないが、仕掛けられた場合、徹底した暴力で対抗するという。残忍な手口は他勢力への戒め、見せしめで、仲間が裏切った場合の制裁も、苛烈きわまりないという。

「ヌークリオも、もとは自警団みたいなものだったんです」

外国系半グレによくある成り立ちだった。

埼玉県南利根郡瀬野町は、大規模な工業団地の誘致に伴い、一九八〇年代後半から積極的な移民の受け入れを行ってきた。工場で働く人手が不足していたためだ。その多くがブラジルを中心とした南米からの移民だった。次に多いのがベトナム、インドネシアなど東南アジア系だ。

「わたしたちの世代は、幼稚園とか小学校の頃から周りに移民二世がいて、当たり前に友達になっていたんですけど、親の世代は反感を持つ人が多かったと思います」

肌の色や容姿の違い、異質さへの恐れがあったところに、移民への優遇政策、バブル崩壊が重なり、彼らが仕事を奪っていると考える住民が増えたという。

「小学校でも中学校でも、移民の子供たちに対するいじめはありました。学校では移民たちが固まって対抗するようになって」

凜子自身も対立を目の当たりにしてきたという。身を守るための集団化——

「移民たちも身を守るために、舐められないためにやり返す。でも傍目からは外国人が暴力事件を起こしたことになるんです」

古くから居住する年配層と、その子息たちが特に移民を敵視したという。

「決定的になったのは、移民の少年にちょっかいを掛けた少年が返り討ちに遭って重傷を負ったことなんです。二十年くらい前の話なんですけど」

現場は渡良瀬川の旧川に架かる橋の上だったそうだ。少年は突き飛ばされた勢いで足を滑らせ、川に落ちた。その際、護岸のコンクリートに後頭部と首筋を打ち付け、頭蓋骨を骨折。体に障害が残った。

「その少年の父親が、割と大物の県議で」

しかし裁判では、一人の移民に負傷した少年を含む四人が囲んで一方的に言いがかりを付け、移民の少年は拳を振り上げ迫ってきた少年を押し返しただけと認定された。

「事実関係がどうであったにしろ、その判決で、移民を受け入れる側と反対する側の溝が深まったんです」

この事件をきっかけに、移民たちに対する警察の取り締まりが目に見えて厳しくなったという。

「単純です。その県議が所属する会派が、県警本部と公安委員会にいろいろ働きかけたみたいで。警察がそういう姿勢なら、移民だって反発したくもなりますよね」

自衛のために集団化した移民と移民二世の一部は抗争の中で過激化、ギャング化して、地元の反社組織や不良グループを浸食し始めた。そして、壊滅させた組織がシノギとしていた麻薬密売、中古車等の密輸、風俗店を吸収し、勢力を拡大させていた。

「移民たちに友達はたくさんいますし、陽気で世話好きないい人がほとんどです。でもギャング化した人たちには同情しません。彼らは明確な悪です」

夜の捜査会議では、白金家にいた外国人客グループが午後十一時前後に店を出たことが、新たに確認された。彼らが矢木沢美優を拉致したとしても時間的に矛盾はなかったが、現状、それは想像の域を出ない。

しかし、広瀬に押される形で、翌日以降埼玉県警南利根署の捜査班が、外国人客とヌークリオの関係を洗うことになった。

会議の終わりに、誠人は手を挙げた。

「中岡昌巳氏についてですが……」

「あ、中岡氏のことはあとで個別に処理しよう」

メモを手に立ち上がった誠人を沢田管理官が制し、広瀬が小さくうなずいた。

だが捜査会議終了後も、〝個別の処理〟はなかった。

誠人は報告書だけ提出すると、釈然としない思いを抱きつつ、ホテルへと向かった。

駅前に差し掛かった時、白いフレームの眼鏡にハット姿の男が、立ちふさがる。

「ちょっと話そうか」

賢人だった。髪を下ろし、メイクで人相を変えている。ＤＪケントの扮装だ。

「嫌な予感しかしないんだが」

「刑事と情報提供者の関係で」

賢人は小声で設定を伝えてきた。

通りの脇に、ワンボックスが停まっていた。

「助手席に乗って」

ケントの指示通りに乗り込むと、ルームミラー越しに後部シートに座る男が見えた。パーカのフードを目深に被り、うつむいているが、南米系の顔立ちであることは確認できた。

「すまないね刑事さん」

賢人が後部座席を一瞥したあと、よそよそしく言う。

「役に立つ情報なんだろうな」

誠人も設定に乗り、やや横柄に応じる。

「とりあえず出ますよ」

賢人が車を出した。

そっと後部座席の男を観察する。車内は暗く、顔の上半分に影が差していたが、若い。

「ミゲル、言ってた知り合いの警官だよ」

ハンドルを握る賢人が促す。「聞きたいことがあるんだろ」

情報提供か。

「おれはミゲル・サントス・ウエダ・オリヴェイラ」

ミゲルはカタカナ発音で言い、ミラー越しに会釈したが、強い警戒感が発散されていた。

「この人のことは信じて大丈夫だよ、僕が保証する。その辺の刑事より二十五倍くらい公平で物わかりがいいからさ」

賢人が緊張を解くように、後部座席の男に声をかける。

「堂安だ。君の年齢は」

誠人も若干口調を和らげた。

「十八。ミゲルでいいよ」

両親のどちらかが移民のようだ。ミラー越しでも、肩幅と上半身の様子から、身長は百八十センチ程度と推測できた。ギャングなのだろうか。

「女性が殺された事件について、言いたいことがあるみたいなんだ」

賢人が言う。矢木沢美優殺害――

「あんたは、あの事件を捜査しているのか？」

ミゲルが聞いてきた。

「別件で東京から来ているんだが、捜査の担当者と協力はし合っている」

誠人は慎重に言葉を選ぶ。

「担当者って、茨城の警察か？」

ミゲルの反応に、誠人は素早く状況と想像を巡らせる。警察の管轄区分を知った上で、接しようと考えたようだ。

「そうだな」

誠人は応える。「埼玉の警察も来ているけどな」

「だったら茨城の警察に伝えてくれないか。埼玉の……いや南利根署の奴らはヌークリオがミユウをやったと決めつけて、嫌がらせしまくってる。街にも悪い噂が広がってる」

声に焦燥と悔しさが混じる。

「凶暴なギャングなんだろう？」

誠人は少し煽ってみた。

「確かに乱暴な連中だけど、ミユウを殺すなんてあり得ないんだ」

「矢木沢さんは、知り合いなのか」

誠人は興味を抱いたと思わせるよう、口調に熱意をまぶす。

「高校の時、学校に柔道を教えに来てくれた。優しくて楽しくて強くて、彼女のこと嫌いな人はいない」

誠人はミゲルから、少年らしい感情の先走りを感じ取った。

「結局のところ、移民の二世の中には、彼女と接して、好意を抱いている人間もいるってことですよ。恋愛感情に限らずね」

賢人が補足してきた。「南利根署の刑事たちは、それを一切無視してるってこと」

「ミゲル君、君はヌークリオのメンバーなのか？」

「……違う」

ミゲルはわずかな逡巡のあと、応える。「卒業してメンバーになった先輩もいるけど、おれは仲間にはならない」

ミゲルは今年、瀬野工業高校を卒業し、今はクラブでアルバイトをしながら週四回、さいたま市内の専門学校で機械工学を学んでいるという。

「再来年卒業して、試験に受かれば瀬野の工場で正社員登用されるんだって」

賢人が言う。ミゲルは真っ直ぐな道を歩んでいるようだ。

「ヌークリオは誇れる連中じゃないけど、無闇に日本人を殺さない。それが鉄の掟だから」

ミゲルなりに、彼らを信用していることがうかがえた。しかし――

「それでは証拠にならない。ルールが常に守られるとも限らない」

誠人は口調を刑事らしいものに戻した。

「ヌークリオに憧れる連中はたくさんいるけど、簡単に仲間になれるわけじゃない。みんなが生きてくための軍隊なんだ。だから掟も厳しいし約束を破った時の罰も大きいんだ」

「だが犯罪に手を染めているのも事実だろう」

南利根署の資料によれば、この十年の抗争事件で、双方に複数の死者が出ていた。中には日本人もいたが、反社組織の構成員だった。

「確かに人を殺すこともあるけど、それは向こうが仕掛けてきたから、仕方なくやっつけたんだ。仲間を守るために」

ミゲルの口調が熱を帯びてくる。「それにヌークリオだけじゃない。警察はおれたちのことも悪人と決めつけて、とても乱暴に扱う。道で友達と話をしているだけで難癖付けられるし、ちょっと文句言っただけでパトカーで連れて行かれる。おれたちの評判を落とすためにやってるんだ。今度だってそうだ」

「どうしてそう思う」

「ミユウがバイトしてた店で外国人が騒いでて、そいつらが怪しいって言ってるんだろ、南利根署の連中は」

報道されていない事実だ。

「店に知り合いがいたのか？」

誠人は聞き返す。

「直接見たわけじゃないけど、騒ぐのはいつものことさ」

「騒ぐというより、陽気に楽しく呑む、というのが正解なんですよね」

賢人が補足する。「酔うと多少声もアクションも大きくなるけど、別に特別なことじゃなくてね、彼らの文化みたいなものです。瀬野周辺の店も理解してるしね。店長も彼らが騒いでいたと警察に証言したみたいだけど、別にそれは特別なことじゃないってはっきりと言ってましたし」

賢人はすでに〝取材〟も済ませているようだが――捜査会議では報告されなかった事実だ。そこに南利根署側による恣意的な情報操作を感じた。「それで僕、このままギャング団の仕業にしていいのかなって思って、こうやって相談に来たってわけ」

「留意しておこう」

誠人は応えた。


ミゲルを家の近くまで送り届けたあと、近くの小さな繁華街の前で車を停めた。周囲は暗かったが、ここだけ明かりが点（とも）っている店が多かった。

「ここは？」

「ブラジルタウン」

賢人は応えた。ミゲルの自宅は瀬野にある公団で、移民の多くがそこに住んでいるという。公団に寄り添うように、小さな繁華街が形成されていた。看板の大半がポルトガル語で、時折通り過ぎる騒々しい酔客の半数が南米系だった。

「彼に接触したのは、小山内さんの指示か？」

「それもあるけど、実際はゲームを通じて仲良くなった」

「ヌークリオ側の視点を重要視しろってことか？」

「どちらかと言えば移民側の空気かな。実験に協力していたんだろう？」

賢人も事件の背景を把握していた。

「それで彼は信用できるのか？」

「僕は信用する。ミゲルは移民たちの日常をＳＮＳで発信していて、それで目を付けた。それに僕のチャンネルも知ってくれてたし。それが一番大きいかな」

ミゲルもまた、地元の草サッカーチームのメンバーだという。「発信もほとんどがサッカーとスケボーの動画だけど、移民アンチとか警察の横暴についても語ってる。それが実に客観的で公正な視点でさ。自分たちの主張だけをしてはいけない、ある程度郷に入れば郷に従えの精神が必要だって言ってる」

賢人がアドレスを送ってきて、誠人は彼のＳＮＳをざっと確認した。

文章は短く要点がまとめられ、動画では移民反対派にも話を聞き、彼らの論理を噛み砕いてまとめ、理解を示す部分もあった。

「多少、反対派が意固地というか、感情的になっているのも浮かび上がってくるな」

それが、動画を見た誠人の印象だった。

「でもそう思わせようって演出は入ってない。本当にノー編集で、ありのままを映してる。

それでそんな印象持つってことは、土地柄なんだよ、ここの」

「警察は反対派の思いを汲んでいるわけか」

「特筆すべきは、ミゲル自身がヌークリオに憧れていながら、犯罪組織化した一部の連中を割と強い表現で批判していることさ、恐れることなくね」

そして改めて考える。

不可解な殺人と実験中の事故。そして、国交省の担当官の死。

「真水さんにも明確な道筋が見えているわけじゃないだろうけど、大河二本渡って、千二百メートル歩き通すなんて、普通考えられないだろう。どう解釈する？」

賢人は真っすぐな目で問いかけてくる。

「助けを求めたんだろう」

「違うよ。それなら川を二本も渡る必要はないよ」

不自然なことはわかっている。矢木沢美優が現場から移動した痕跡はあったが、その後を追った人間の痕跡はなかった。つまり彼女は襲撃者が引き上げたあと、行動を起こしたのだ。

しかし、川を越えずとも、すぐ近くには栗橋の街がある。襲撃者が戻ったであろう街に行くのが怖いなら、少し上流に行けば、いくらでも民家がある。混乱して利根川を渡ったとしても、そこには瀬野の街がある。

「極度の恐怖と混乱で、ただただ遠くへ逃げたかった。そう考えることもできる」

「僕と真水さんの解釈は違う」

賢人はきっぱりと言った。「彼女は柔道で心身ともに鍛えていたし、話を聞く限り優しくて正義感に溢れていた」

「鍛えていたからこそ、混乱しても歩き続けることができたんじゃないのか」

「違うよ、これは彼女のメッセージなんだよ」

『美優さん、どんな思いで歩いてきたんでしょう』

ふと、凜子の言葉が蘇った。

「単純に、逃げたんじゃないのなら……」

「結果を考えれば、メッセージは明白だと思うよ」

彼女は瀕死の状態で一キロ以上を歩き、川を二本渡った。そして渡良瀬川の堤防上で斃れた。結果何が起こった……茨城県警が捜査に当たることになった——!

「気づいたかい?」

賢人が微笑を浮かべた。「埼玉県警に事件を委ねたくない……いや、南利根署に事件を委ねたくない。そんなメッセージが込められていると思わないか?」

栗橋で助けを求めても、瀬野町で助けを求めても、捜査するのは南利根署だ。

「彼女は少なくとも南利根署を敵としてとらえていた。だから自分の身に襲いかかったことを、第三者に捜査してもらいたかった。それは死を賭して行うほどの価値を持っていた」

「県境を越えたのは、茨城県警に捜査してもらうためなのか」

「僕はそう思ってる。彼女の行動がメッセージなら、確実に伝わったよね。彼女が望んだ以上に」

「望んだ以上に？」

誠人は思わず聞き返した。

「だって僕と兄さんが、ここに来たじゃないか」

第三章　不協和音

1　十月八日　火曜

捜査本部二日目、誠人は小山内の指示により、会議終了後早々に東京に戻った。

ただ行き先は警視庁本部ではなく、小田急線東北沢駅に近い世田谷区北沢のマンションだった。

自動運転実験のスタッフ、下井健太から話を聞くためだ。

通されたのは、大きな窓があるリビングだった。

「聞いています。中岡さんのことですよね」

木製の広いテーブルにはノートパソコンと複数の資料が置かれていた。

下井は資料や紙束を、無造作に脇に退け、慣れた手つきで二人分のコーヒーを淹れた。

「今朝電話を頂くまで、中岡さんが亡くなったと知らなくて」

彼は三十二歳で独身。ジェミニ自動車傘下の半導体メーカー『ジェミニ・テック』の元技術開発スタッフで、自動運転システムの開発では主導的な立場にあった。事故の後は、調査チームを率いたという。当然中岡との接点も多かった。

ただ、東京での聴取など、新木や特命の連中に行かせればいいと思う。なぜわざわざ呼び戻されなければならないのか、理解に苦しんだ。

「朝から申し訳ありません」

誠人は改めて頭を下げた。

「今は浪人中なんで、いつでも時間はあるんです」

浪人──下井は七月まで自動運転実験事故の事故調査チームに所属していたが、ミヤタ自動車にメーカーが変更になった時点でチームを離脱、八月末日で勤務していた『ジェミニ・テック』も退社していた。

「どうして退社を？」

「無責任かと思いましたけど、心が耐えられそうにないと思って区切りを付けたんです。幸いしばらく一人でのんびりできるだけの蓄えもあったので、一時撤退という感じです」

下井はそう言って、パソコンを起動させた。脇に退けられた書類の中には、複数の名刺も交じっていた。それとなく見ると、自動車系のメーカーのほかに、電子機器メーカーや半導体メーカー、誠人も知るゲーム開発会社のものも目についた。

「一応就職活動も始めているので」

視線に気づいたのか、下井は苦笑混じりに言った。

「でも、システム開発の責任者にしては若くて驚いています」

「会社ごとジェミニさんに買われたので、たまたまそうなったんですよ」

下井が勤務していた『ジェミニ・テック』社は、元々半導体開発のベンチャーだったが、ジェミニ自動車が自動運転車の開発に乗り出す際に、システム開発の一翼として買収されたという。

「元々『アリス・テック』という小さなベンチャーで開発部の主任をやってたら、いつの間にか買収されて社名が変わって、そのまま自動運転のセンサー開発に関わっていた感じです。大企業の系列になって、生活は安定しましたけど、我はそんなに通せなくなりましたね」

下井は肩をすくめる。「それで、ある程度技術的な話はしますが、守秘義務の部分もあるのでそこはご勘弁下さい」

「あくまでも中岡さんが働いていた環境の調査です」

資料によると、下井はセンシングという自動運転の核となるセンサー技術の開発に携わっていて、事故当日は水防公園に設置された管制本部で、実験車輌の運用管理を行っていた。

「ジェミニ側の調査報告ですが、読みますか？」

下井は誠人の前に紙束を置いた。「事故調のものとあまり変わりはありません。平たく言えば原因はいまだわからず、引き続き調査するという内容です」

誠人は手にとってぱらぱらと捲ってみたが、事故調の報告書以上に図面と数式、グラフばかりでとても理解できそうになかった。

「下井さんが担当したセンシングというのは？」

本題に入る前に、聞いてみた。

「センシングは、各種センサーによって計測された道路、他の車、建物などの距離や配置、移動速度を算出して、立体的な空間認知として運転制御ＡＩに伝えるための技術です」

「目の役割と考えていいですか」

「そうですね。例えば遠くのものはゆっくり動いているように見えて、それがだんだん大きく見えてきて、近くなるとものすごいスピードで過ぎていく。人間はそれを簡単に認識して、お互いの速度や距離を本能的に計算しています。例えばあと何秒くらいですれ違ったり衝突するのか瞬時に感じ取りますよね。それを感知して、ＡＩに伝え、取るべき行動を判断させるわけです。これが非常に難しい」

下井は手近な紙に、《網膜像の面積》《時間経過による網膜像の面積変化量》を絡めた数式を書いた。「センシングでは困難なことを、運転手はごく短時間に無意識に行っているんです。人間のすごさを改めて感じますよ」

事故の直接原因はテストドライバーの操作ミスだった。しかしそれを誘発したのは、エアバッグの誤作動だ。

《無我夢中で、自分がアクセルを踏んでいるという認識はありませんでした。ただハンドルを握って、ブレーキを踏もうと、それだけで。対処が適切であったかどうかは、その瞬間判断できませんでした》

ドライバーの証言が残っていた。

不意なエアバッグ射出により、テストドライバーはシートに撥ね飛ばされ首筋を強打、体が硬直し足先がアクセルを強く踏んでしまった。

自動運転時は、ドライバーがアクセルを踏んでも反応しない仕様だったが、管制システムに残る操作履歴では、エアバッグ作動の直後に運転モードが自動から手動に切り替えられていた。それで車が暴走を始めたのだ。ドライバーはハンドルを握り、ブレーキを踏もうと試みたが、結果的に事故は防げなかった。しかし、エアバッグの衝撃で頸椎を捻挫しながら、対処行動に出たと判断され、責任を強く追及されることはなかった。あくまでも問題は、エアバッグの誤作動だったということでまとまった。

「非常時は管制本部が遠隔で対処するとマニュアルにはあったんですが、僕がコントロールする前に、車輌側でモードが手動に切り替えられてしまった。彼が何もしなければ、僕が車を止めていました。僕的にはドライバーの判断ミスで完全なる有責なんですが、そこは日本的な温情なんでしょうね」

下井は言いすぎたと思ったのか、「ただの愚痴です。確かに僕も、遠隔操作への切り替えが遅れましたから」と付け加えた。

「エアバッグはなぜ誤作動を起こしたんでしょう」

「それがわからないから、困っているんです」

エアバッグの作動も、センシング技術によって制御されているという。

「エアバッグ用のセンサーは、目というより三半規管と表現したほうが適切ですね。車体が傾いたり急制動がかかったり、スピンや横転といった異常な姿勢や動きがあれば検知します」

下井がキーボードに触れると、ディスプレイに自動車のCGが映し出され、横転やスピン、衝突で、エアバッグが開くまでが再現されていた。「ですが、残された映像を見ても人や動物が横切ったわけではないですし、システム自体にもおかしなところは見つからなかったんです」

事故調の報告書にも、エアバッグのシステム、動作機構ともに不具合はなかったと記載されていた。

「幸か不幸か、あんな事故でもエアバッグの動作機構とセンサー部分は無傷だったんです。それでややこしくなって。事故調さんの報告でも異常なしだったでしょ。システムの構造自体に問題はなかった。これはもう確定なわけです」

「中岡さん自身は、個人的な意見は持っていませんでしたか？」

誠人は話の流れを、中岡へと誘導する。

「イレギュラーな不具合という認識でしたね。希少ケースだと言っていました」

誠人もスマホやパソコンを使って作業をしていると、時折《不明なエラー》という表示に出くわすことはある。その類いと考えればいいのだろうか――

「でも、国が関わる事業において、そんな返答は許されないとはっきり言われましたよ、中岡さんに直接」

国交省の技官にとって、安全性は絶対的な課題なのだろう。

「ミヤタ自動車のシステムは大丈夫なんですか」

「大丈夫だから、来月から走らせるんでしょう？」

どこか捨て鉢にも聞こえる口調だった。使われているセンシング技術はジェミニ自動車のものと大差ないという。「エンジンの基本構造がどのメーカーでも同じように、システム自体に差はほとんど出ません。僕が開発したと言い張るのも、少し恥ずかしい話です。もちろん細部にはミヤタさん独自の技術も使われているんでしょうけど」

「中岡さんは実験再開より、徹底した原因究明を求めていたようですが」

「技術屋としては、当然のことだと思います。僕だって原因を知りたいし、原因がわかれば技術研究は一歩も二歩も前進しますからね」

「でも、結果そうはならなかった」

六月にメーカー変更決定、翌七月にはミヤタ自動車も動き出した。

「外国との競争とか、政治屋は目の前の勝ち負けにしか興味ないんですかね」

皮肉めいた口調だった。「技術競争に勝ちたいならまず信頼性でしょ。それが日本の売りでしょ。長期的視点で海外と勝負するならこっちを徹底したほうがいいと思うんだけど」

「リスクをともなって走り続けるか、リスクを排除するために一度立ち止まるか。中岡さんのお考えは後者だったと」

「そんな感じですね。ちょっと病的でもあったけど」

言った直後、下井は後悔したように視線を落とした。「言いすぎでした」

「いいえ、下井さんが感じたことを話して下さい」

下井は数秒間の逡巡のあと、顔を上げた。

「中岡さんはシステムとしての完全性に拘っていました。事故の時も周りが救急車って騒いでいた中で、僕を呼びつけて、原因の検討を始めたんです。後ろじゃ警察の人たちが大騒ぎしていて、こっちもテンパっているのに、関係なしっていうか。事故の原因が一番重要であるみたいに」

管制上のミスや不具合など、前兆はなかったのか。システムエラーを示すシグナルは出ていなかったのか。中岡は細かく追及してきたという。

「ケガ人が出たって情報が入ってきても質問攻めで、正直この人大丈夫かって」

中岡は事故調査委員会発足後も、調査スタッフの尻を叩いたという。

「それで、新たなメーカーで実験続行が決まった時は」

「怒り半分諦め半分ですかね。あくまでも僕の印象ですが」

下井は言ったあと、また何かを躊躇(ためら)うかのように視線を彷徨わせた。今度は自発的に何か言いたそうで、誠人は黙って待った。

「あくまでも内々の話で、噂話程度に聞いておいて下さい」

下井はそう前置きした。「六月の頭くらいだったかな、非公式ですが中岡さん、外的要因の可能性があると上に報告したそうです」

「人為的ミスという意味ですか？」

「それもあるんですが、いや、そうとも言えるのか……」

下井にはまだ躊躇（ちゅうちょ）が残っていたが、表情を見れば言いたいことは明白だった。

「ミスではなく、故意という可能性ですか」

誠人が水を向けると、下井は意を決したようにうなずいた。

「そうですね、何者かが事故を誘発させた可能性です」

事故に関しては、二つの調査チームのほかに、警察による現場検証や捜査も入っていた。

「中岡さんはそれだけの証拠を摑んでいたんですか？」

「それは、ちょっとわかりません。僕的にはどう考えても不正な操作が入る余地はありませんでした。事故調のメンバーに確認してもいいです。とにかく技術的に不可能なんです」

細工の痕跡がなかったことを、第三者を含めた複数の技術者が確認したのだ。

「管制本部も、僕を含めて複数のスタッフがいましたし、警備拠点でもあったので、警察も詰めていましたよ。何かできる状況じゃない」

「それは断言できますか」

「できます」

下井は即答した。

「それに事故のあと、同じ車輛で事故発生当時と同じシステム、手順、状況で走行検証を重ねましたけど、誤作動は起きませんでした。本当にあの一回だけというか」

検証はジェミニ自動車が保有する試走コースで二百回以上繰り返し、車輛は車体の損傷部分こそ修理したものの、基本システムは事故を起こしたのと同じものを使っていたという。

「本当に完璧に走ってくれましたよ。開発した自分を褒めてやりたいです」

『落雷を恐れて外出を取りやめるのですか』

淵崎も国会でそう言っていた。しかし――

「テストドライバーの不正は考えられませんか？」

「それも百回聞かれましたけど、答えは同じです。不可能です」

車輛には車内カメラが取り付けてあったが、エアバッグの誤作動まで怪しい動きは一切なかった。システム上の記録でも、事故直前まで車輛は自律制御されていた。

「車内カメラの映像は県警の科捜研も分析したそうですが、特に問題はありませんでした」

下井はパソコンに別の映像を呼び出した。「本来僕が持っていてはいけないんですが、連絡してきた小山内さんは、捜査が必要になったとしても、この動画素材の存在について外部に明かさないと約束してくれました」

事故発生時の車内カメラの映像だった。カメラは六箇所に取り付けられていて、それぞれドライバーや各種計器、フロントからの視界が撮影されていた。

何度見返しても、テストドライバーはエアバッグの誤作動まで一切機器に触れることなく、窓の外にも不審な機器や人物は映っていなかった。

「実走コース上には三十台の定点カメラと、十人のスタッフがコース上の要所で実験を撮影していましたけど、何も怪しいところはありません」

下井はディスプレイの映像を切り替える。

横転した実験車輛、ドライバーの救出活動、スタッフによる検証作業まであらゆる角度からとらえられていた。多くは誠人が事前に観たものと同じ映像だ。

「ドライバーが大けがを覚悟してまで、不正を行ったとは信じがたいですけどね」

「では実験現場の状況とか、天候が影響したなんてことは」

誠人は自分が知る科学知識を総動員する。「例えば大陽フレアによって地球の磁場が影響を受けて、電子機器に誤作動が起きるなんて話を聞いたことがあります」

「当然考えました。実験の日に磁場の変調は観測されていません」

「では同じことを人為的に起こした可能性は？　例えば遠隔操作の機器を現場に仕掛けておいて、妨害電波とか電磁波で機器を暴走させるなんてことは。中岡さんはその可能性を疑ったと考えられませんか」

「どうでしょう、自律走行中は電波誘導は無効化されていますし、電磁パルスによる攻撃なら破損の痕跡が残ります。無論、車輌自体に電波電磁波対策が為されていますし。目に見える歩行者や車輌、急に飛び出す動物だけが障害ではないですから」

電波や電磁波対策など、この現代社会、基本の基なのだろう。「例えばですが、離れた位置から自動運転車に影響を与えるレベルの電磁パルスを放射させるんでしたら、相応の高圧電流と然るべき装置が必要です。造れないこともないですけど、作動させれば近くにいる警備員や見学者のスマホにも障害が出るはずです。でも、そんな報告はありませんし、そんな装置も発見されていません」

下井の説明は明快で、誠人にもすんなりと理解できた。

「では中岡さんはどんな状況を想定して、仕組まれた事故と報告したんでしょう」

「わかりません。八方塞がりになって、感情的になったのかもしれません」

「メーカーの交代はすんなりといったんですか。違う技術を使うわけですし」

誠人は質問を変えた。

「メーカー選定のコンペ段階で、中岡さんはミヤタさんのシステムも審査しましたからね、内容は熟知していました。ただ、不本意だったと思いますよ。自分が推奨したジェミニのシステムが、調査結果も出ないうちに専門家でもない連中から、頭ごなしに否定されたんですから」

そのシステムを構築したのは下井だ。

「失礼を承知で聞きます。正直、メーカー交代での実験続行に関して、どう思いましたか」

「これを悔しいと思わないヤツは、エンジニアの資格はないですね」

下井は嚙みしめるように、言葉を吐き出した。

「では、ジェミニ自動車とミヤタ自動車の違いは、どこにあるんですか？」

中岡がジェミニを、下井のシステムを選んだ基準だ。

「磁気マーカーを使うかどうかでした。ジェミニとミヤタさんの基本システムに優劣はありません。ただ、中岡さんは自由な個人ユースを見据えて、マーカーなしで進めたかったんだと思います」

「磁気マーカーというのは？」

凜子に聞いてはいるが、専門家の口から改めて聞きたかった。

「道路に埋め込む磁気式のセンサーで、車輛と信号の交換をして位置や速度を割り出します。車輛はマーカーに沿って走ることになるので、要するに磁気によるレールですね」

磁気マーカーはバスや物資運搬といった、決められたコースを走る車輛に対しては非常に有効で手堅い技術だと、下井は説明した。「トンネルや悪天候時の走行は、ＧＰＳや車載センサーの制御だけでは現状の技術だとまだ心許ないのが実状です。そこをフォローするのが磁気マーカーというわけです」

「そんな手堅い技術を、中岡さんが選ばなかった理由は？」

「日本の道路の総延長は百三十万キロ近くあります。林道とか農道とか、細々とした道を除いてですよ。全部に設置するのにどれだけの費用と時間がかかるのかという話です。それに、長期的な視野ならマーカーなしの技術を磨くほうがいい。中岡さんはそう思ったのかもしれません」

「ハードルが高いほうを選んだんですね」

「将来的に海外が磁気マーカーを使うという保証もないですしね」

「もしミヤタ自動車の実験が上手くいったら、日本の自動運転システムに磁気マーカーが標準装備されるってことはありますか」

「それは利便性とコスト面から、役人と政治家が決めることでしょうね」

下井の表情に不快感の皺が刻まれる。

「ミヤタ自動車への交代で新たにアイダ特殊鋼が参入している。磁気マーカーの生産は利益になるでしょう」

「それで儲ける会社が、仕組んだと？　まさか。磁気マーカー自体は町工場でも造れます。利益があるとしても一時的なものだと思いますよ」

少数の会社が独占的に利益を得るというものでもないようだ。

「最後に、事故の時、淵崎さんはどちらにいましたか」

「管制本部ですよ。僕の後ろにいました。随分テンパってましたね。それはそれで大丈夫かってくらい」

下井の聴取で、細工による事故誘発が困難だったこと、中岡がそれでも外的要因に拘っていたことが浮き彫りとなった。

東京強制帰還に次ぐ小山内の理不尽指令第二弾。誠人が次に向かわされたのは、埼玉県和光市だった。

『下井の話を踏まえた上で、テストドライバーに話を聞け』

そう指示を受けて新宿、池袋と電車を乗り継ぎ、東武東上線和光市駅からタクシーでおよそ十分、訪れたのはジェミニ自動車技術研究所・四輪R&Dセンターだった。

車輌の試走コースがある広大な施設で、下井が言っていた事故調査の検証走行もここで行われていた。

案内されたのは試走コース管理室で、窓からはレース場のようなオーバルコースが見下ろせた。

向かいに座る川合聡(かわいさとし)は、四十二歳。シャツの上にレースのピット作業員のようなワーキングウェアを引っかけていた。現在の所属は総務課で、試走コース管理室長だった。負傷からの復帰後は、デスクワークになったようだ。

「……事情聴取でも言いましたけど、本当に無我夢中で、記憶は曖昧なんです」

非常時は管制本部が遠隔操作で車輌を制御するところ、川合は自身の判断で手動運転に切り替え、結果的に事故に繋がった。「でも、マニュアル通りに動かなかったのは事実ですし、開発の下井君が怒るのも無理はないと思います」

川合に対しては、誠人なりの留意点があった。

暴走が始まった地点だ。仮設橋の約三百メートル下流の地点で、仮設橋に向かって左側に、高さ五メートルほどまでに育ったハンノキの群生があった。そして、木々の根元は高さ数十センチから一メートルほどの下生えに覆われていた。

そこに何かを隠すことはできなかったのか。そして、中岡もハンノキの群生に着目したのではないのか——

「例えばエアバッグの誤作動の直前に、何かが飛んできたとか、何かが光ったとか、そんな記憶はありませんか」

川合の表情がわずかに曇る。「中岡さんにも同じことを聞かれましたよね」

カマをかけると、川合は目を泳がせ、口をきつく結んだ。

的中したようだ。

「聞かれたんですね」

強めに念を押すと、川合は「ええ」とうなずいた。

「正式な調査ではなく、個人的にですね」

川合はわずかに逡巡を見せたあと、「その通りです」と再度うなずいた。

「最初は病室で、体が動かせない時でした。国交省の事情聴取が始まる前です」

「最初ということは、何度も？」

「月に一度か二度か……退院してからも、何度かメールを」

予定にない指示を受けなかったか、コース上に異物はなかったか、不審者はいなかったか、発車前に車輛やシステムにわずかでも異常や違和感はなかったか、そう繰り返し質問されたという。

「異常はなかったと応えました。国交省さんの調査委員会にも同じ回答をしましたし」

「エアバッグが開く予兆めいたものは」

「心当たりはありません」

現場映像で気になる点といえば――

「エアバッグが開いたのは、確か小さな林に差し掛かったところですよね」

対岸の管制本部前のカメラからは、一時実験車輛が見えなくなっていた。「林の中に誰かいたとか、何か不審物があったとか、気づいたことはありませんか？」

「人はいませんでした。私も注意していましたし、実験開始前から警備員がいましたから、人がいればすぐに気づくはずです」

実験時の当該区域に不審者、不審物の報告はなかった。さらに実験初日に、コース上に障害物や不審物はないか入念にチェックされたという記録もあるが――

「コースのチェックですが、あの林の中も対象だったんですか」

「当然です。私も事故前日に、草むらを調べる警備員の姿を見ています」

中岡にも伝えたという。

「中岡さんは納得されましたか」

「一応は、そう思いますけど」

「中岡さんと最後に会ったのはいつですか」

「二週間か、三週間くらい前ですか」

思いのほか最近だった。

「その時点ではもう実験担当はミヤタ自動車に変更されていましたよね。どうして」

「ですから、事故原因について……」

短時間だったが、池袋で食事をともにしたという。「時間が経てば思い出すこともあるだろうって」

「いつもと変わらなかったと」

誠人が言うと、川合は何か思い出したように「あ」と声を漏らした。

「その時は、実験の日の体調は万全だったのか聞かれました。体だけではなくて、精神的な重圧はなかったか、悩みを抱えていなかったか」

事故調の報告書はテストドライバーの精神面については触れていなかった。中岡なりの新たな視点なのかもしれない。

「それに幻視や幻聴はなかったか、妄想を抱くことはなかったのかも聞かれまして。思わず人をなんだと思っているんだって、少し言い返してしまいました」

テストドライバーには厳しい健康基準が設けられていて、チェックをパスしなければ実験車輛に乗ることはできないという。

「その時の中岡さんの様子は？　例えば中岡さんのほうが何か妄想を抱いているような印象

を受けたとか」

「いや、それはなかったです。理路整然としていて、一つ一つ事実を検証してるようでした。私が体調面も精神面も問題なかった、実験前に健康診断を受けて異常はなかったと改めて応えると、納得してくれましたから」

「例えば中岡さんがミヤタ自動車側を疑っていたとか、そんな兆候はありませんでしたか」

世界三指に入る自動車メーカーで、ハイブリッド車の雄。ここで実験を乗っ取って自動運転技術でもトップになれば、未来は安泰だ。そこに利権が入り込む余地があるかもしれない。

淵崎がミヤタ側の意を受けてメーカー変更に動いた可能性も。

「それはないと思いますよ。政府主導の急な実験参加は、ミヤタさんにとってはいい迷惑だったはずです」

「どういうことですか」

想定外の返答だった。

「ミヤタさんが無理して瀬野町での実験に参加するメリットはなかったと思うので」

ミヤタ自動車は静岡県富士市に、独自の実験コースを持ち、資本関係のあるフランスのメーカーと共同で欧米仕様の自動運転車を開発中だという。

誠人もスマホで検索し、事実であることを確認した。

「すでに欧米の技術を使っての開発も順調だと聞いていますし、それを見据えてジェミニも早く追いつこうと開発を急いでいたわけです」

「実験参加にあたってミヤタ側からの働きかけはないという理解でいいですか」

「そうですね。宮田社長が会社の利益より、国や業界の発展のために採算度外視で引き受けたというのが、自動車業界全体の評価です。瀬野の実験は国内仕様車が対象になるんですが、ミヤタさんが今力を入れているのは欧米仕様車です。まず世界マーケットで勝負できる車を造るということです。自動運転技術は制度面でも欧米が先んじていますから」

欧米が先んじている——それが政府主導で開発を急ぐ理由でもあるのだが。

「そこへもって、国内仕様車の実験です。もちろんミヤタさんも国内仕様車の開発は進めていますが、開発リソースの大半は海外仕様車の実験施設に注ぎ込んでいるはずです。今回のプロジェクトに参加すると、瀬野の実験用に新たに施設と人を充てなければならない。政府の補助金以上の出資が必要になりますよ、たぶん」

ミヤタ自動車からすれば、仮に不正をして、今回の実験を勝ち得たとしても、得られる利益より、不正が発覚した場合に失う信頼のほうが遥かに大きいということだ。

そこに淵崎が介在する意味は、あるのか？

川合の聴取を終え、和光市駅に向かう途中、凜子からメッセージが入った。
《瀬野町側の実験スタッフを段取りました。戻られ次第話が聞けます》
——ありがとう。今から戻ります。
誠人は返信すると、気合いを入れ直すように深呼吸した。

2　同日　午後

午後三時に瀬野駅前で凜子と合流し、事故の目撃者と会った。

野崎加奈。元埼玉県警の警察官で、凜子の知人だった。矢木沢美優を瀬野防犯連絡会に推薦したのも彼女だと聞いていた。

結婚を機に退職、現在は瀬野駅から近い一戸建てで、夫と子供と暮らしていた。夫は高校の同級生で、古河市内の信用金庫に勤めているという。加奈自身は子育てをしながら、瀬野防犯連絡会の常勤職員をしている。

「自殺にしては手厚い捜査ですね」

誠人と凜子をリビングに招き入れた加奈は言った。十八歳から三十歳まで所轄の地域課、交通課、刑事課を渡り歩いたという。身長は凜子と同等で、引き締まった立ち姿は警官のそれだった。

「やはりキャリア技官ですので。ご遺族の要望もありますし」

誠人は声量を抑え、応えた。部屋の奥を見やるとベビーベッドに、一歳ほどに見える女の子が眠っていた。

「美優の件、どうなってる？」

加奈が凜子に向き直り、肩を摑んだ。「ホシの目星は？　ヌークリオと揉めてたって話は聞いていないけど」

「だめです、加奈さん。わかっていますよね」

元警察官だろうが、捜査情報を漏らすことはできない。

「高城さんが帳場に入ったんでしょう？　あの人じゃだめ……」

思わず出た言葉のようで、誤魔化すように咳払いをする。「……ホシの検挙より外国人や移民を叩くことにしか興味がない人だから、殺しの捜査じゃ役に立たない」

「今日は別件です」

現役の凜子にぴしゃりと言われ、加奈は我に返ったように「だね」と深く呼吸した。

誠人は加奈が落ち着くのを待った。

よく整理整頓がされた部屋だった。木目調のキャビネットの上には、警察の制服を着た加奈が壮年男性と並んだ写真が置かれていた。父親だろう。となりには父親の近影と思われる写真が並んでいて、花が添えられていた。

「自動運転実験の事故について調べています」

誠人はタイミングを計って本題に入った。中岡は事故原因について何かを摑んでいたのか、摑んでいたとしたら何を。

資料によると、加奈は事故当日、撮影担当兼警備員として利根川東岸の仮設橋前を持ち場としていた。事故現場の至近だ。

「撮影と言っても、カメラを固定して決められた場所を撮るだけでしたから、実質警備が主な担務だったかな」

「事故の瞬間はご覧になっていましたか」

「見学している人が危ないって叫んで、初めて異変に気づいたんです」

返答は事故調査報告書と同じだった。

「ではコースを見ていなかった」

「基本、コースを背にして、近づく人を監視するのが役目だったので」

振り返ると、実験車輛はもう蛇行して迫ってきていたという。加奈は即座に声を上げ、付近の見学者たちにコースから離れるよう警告した。

「その時、コース付近に怪しい人物がいたりとか、不自然に感じた動きは？」

コース内に警備員やスタッフ以外の人間が入っていないことは、複数の証言、カメラ映像で確認されていたが、誠人は改めて聞いた。

「何も気づきませんでした。と言うより事故への対応で頭がいっぱいで」

「実験中の対応を順を追って話してみてください」

元警察官の目と感覚を期待した。

「スタート前に、コース上に人がいないか、障害物はないか目視で確認して、そのあと、カメラの向きを確認して……」

「向きを確認とは？」

「指定された場所にきちんとカメラが向いているか確認したんです。結構注文が細かくて、実験車輌が来る直前にもう一度チェックして」

加奈のカメラは、実験車輌のコーナリングと橋への進入部分を撮ることになっていた。

しかし実験車輌は暴走を開始、橋を渡ることなくコースを直進すると、カメラの前を横切り、防護壁を薙ぎ倒して河原に落下した。

「車が落ちたあとは、周囲の人に近づかないよう注意して、ドライバーとけが人の救出に向かいました」

何度も説明したのだろう、職員とドライバー救出のくだりは淀みなく語った。

「救助は自発的に？　それとも指示があったのですか？」

「まず持ち場にケガ人がいないか確認してから、自発的に」

「ちょっと待って下さい」

誠人は加奈の言葉を遮った。「カメラは固定だったんですよね」

「そうですけど……」

「それはほかの場所のカメラも？」

「全部じゃないですけど、ほとんどは固定でしたね、確か」

誠人は、残された事故車輌の映像と、加奈の証言の間にある矛盾に気づいた。下井も定点カメラが三十台あったと言っていた。だが、多くのカメラが、横転した実験車輌をとらえていた。

「救助活動に入る前に、カメラを操作しませんでしたか」

加奈がいた位置から撮ったと思われる映像もあった。

「そう言えば……」

加奈は何かを思い出したようだ。「事故車にカメラを向けろと、無線で指示されました」

当日、警備と撮影担当は無線を携帯し、管制本部から指示を受けていた。「一斉連絡みたいで、誰か個人への指示ではなかったような気がします……」

加奈は指示通りにカメラの向きを事故車輌に向けたあと、救助活動を始めたという。

「それは警察に話していませんね」

事故調査報告書にも、警察の捜査記録にも、カメラを事故車輌に向ける指示のことは書かれていなかった。

「そう言えば、していないですね」

「固定カメラに関しては、事前に細かい注文を受けていたんですよね」

「ええ、正確に画角を決めたら動かさないようにって」

それは、徹底されていたという。

「中岡審議官からの指示でしたか」

「そうですね。亡くなった方に申し訳ないけど、ほんと細かかった」

「現場にカメラを向けろと言ったのは、誰の指示でしたか」

「ちょっと……わかりません」

「何の疑問もなく、カメラを事故車に向けたんですか？」

「疑問ってなんですか？」

加奈は逆に聞いてきた。「事故原因の調査に必要だからじゃないですか？　警察の捜査にも使われましたし」

誠人の見立ては違った。カメラはコース上のあらゆる場所に向けられていた。しかし、何者かが、意図的に横転した事故車輌に向けるよう指示した可能性はないのか。

「改めて聞きます。現場付近から誰かが逃げたとか、不自然に立ち去ったとか記憶はありませんか」

「誰かが事故を仕組んだって筋をつくりたいみたいですね」

さすがに元警察官、誠人の見立てを読み取った。同時に警戒感も抱いたようだ。

「そうですね、その筋も考えています」

誠人は素直に認めた。

「警察の捜査にも協力しましたけど、そんな話一度も出なかったですよ。なにか根拠でも？」

加奈が問いかけてきたところで子供が目を覚まし、ぐずり始めた。

「一応の確認です。あらゆる視点で考えようとしています」

「では応えます。不審者には気づきませんでした。救助活動に全ての注意を向けていましたから」

加奈は言いながら子供を抱き上げ、あやし始める。静かな拒絶。ここまでのようだ。

「何か思い出したら、連絡を下さい」

誠人は一礼した。

駅前の駐車場に戻り、車に乗り込んだ。

「びっくりしました、事故が仕組まれたという筋」

「中岡さんがその可能性を上司に伝えたようなんで、一応確認と思って」

カメラの向きを変える指示が作為的――まだ淡い疑いの段階だ。凛子に話すつもりはなかった。

「でも、カメラの指示のことは、わたしも気づきませんでした」

凛子がスマホで資料を確認すると、国交省側が設置した固定カメラのうち、現場を撮影可能なカメラの全てが、事故直後に事故車輛に向けられていた。

「野崎さんとは、付き合いは長いのかい？」

誠人は話題を変える。

「知り合ったのは加奈さんが警察を退職されたあとですけど、ハコ勤めのイロハをいろいろ教えて頂きました。美優さんとも仲がよくて、一緒に柔道教室のコーチをやることもあったみたいです。わたしは柔道はからっきしなんですけど」

瀬野では増える外国人犯罪の中、加奈は退職後も瀬野の治安維持に関わり、警備会社を退職した矢木沢美優を防犯連絡会に誘った。

「実は美優さんが亡くなったあと、守ってあげられなかったって、すごく悔やんでて……」

誠人の前では、気丈に振る舞っていたようだ。「加奈さんのお父さんも元警察官で、先月まで防犯連絡会の理事長をされていました。治安の向上に力を入れていたんです」

瀬野防犯連絡会の理事長と、理事の半数が警察ＯＢだった。

「部屋に写真があったけど、その人？」

「はい、加奈さんが警官になったことをとても喜んでいました。ただ先月、脳梗塞で亡くなったんです。最近まで葬儀とか相続とか立て込んでいたところに、美優さんの件があって」

「ほかの自治体と違って、警察と防犯連絡会の距離が近い印象を受けるね。やっぱり移民の関係で？」

「トラブルが多いのは事実ですから」

外国人居住者の数では埼玉県なら川口市、蕨（わらび）市が全国有数だが、人口比だけなら瀬野はその両市を大きく超えていた。川口、蕨の外国人の大半が中国、韓国、東南アジア系なのに対し、瀬野はブラジルを中心とした南米系が大半だ。彼らは陽気で活発であると同時に、好戦的な一面もあるという。

「高城課長の話、本当なのかい？」

移民叩き——警視庁管内にも、特定の集団を執拗に叩く捜査員がいることはいる。

「よく知りません。二年前に蕨北署の刑組から来た人で、外国人犯罪の手練れと聞いています。わたしはあまり接点がないんですけど、加奈さんは蕨北署にいたことがあって、そこで一緒だったみたいです」

「広瀬さんも移民には厳しい方針のようだね」

「考えの方向性は同じかもしれないですけど、課長が割と暴走気味で、広瀬さんのほうがすこし神経を使っている印象です」

「暴走というと？」

「微罪でもすぐに逮捕、わずかな抵抗でも公妨で逮捕、取り調べも執拗で、取引もちらつかせてありもしない悪事を吐かせることもあるって。そうやって結果を残してきたそうです」


その後、事故現場付近と水防公園の管制本部付近にいた警備、撮影担当三人から話を聞くことができた。三人とも、事故の直後に現場の事故車輛にカメラを向けるよう指示を受け、従ったことを思い出してくれた。

話を聞き終えた時点で日が暮れていた。渡良瀬署への帰途、ブラジルタウンを通過中、歩道を歩く三人組が見えた。全員男性で揃いの黄色いキャップを被り、腕章を着けている。凜子が横付けするように、車を停めた。

「窓、開けて頂けますか」

凛子に言われ、誠人は助手席の窓を開けた。

「お疲れ様です！　様子はどうですか？」

五十年配のリーダーらしい男が、身を乗り出す凛子に気づいた。

「ああ、どうもお疲れさん。凛子ちゃんも殺しの捜査なんて初めてだろう」

「一日も早く解決したいです」

三人とも赤く光る誘導棒を持ち、腕章には《瀬野防犯連絡会》の文字。リーダーのほかに三十代とおぼしき青年が二人。うち一人は警備会社の制服を着ていて、腰に警棒まで装備していた。

「コミテも遅くまで外に出ないようみんなに言ってくれているんだが、若い連中はなかなか言うことを聞かんようでね」

リーダーは顔をしかめる。

「では気をつけて、何かあったらすぐに警察に連絡して下さい！」

短い会話を終え、凛子は車を発進させた。

「コミテって？」

誠人は聞く。響きからポルトガル語と推察した。

「ブラジル系居住者たちの自治会です。防犯連絡会と消防団に人を出してくれていますし、新しい移民たちにゴミの分別とか、行政手続きのやり方とか、全部レクチャーしてくれます。地元向けにサッカー教室も開いているんですよ」

それが瀬野の小中学生たちのサッカー技術を下支えしているという。

「コミテには、事件が解決するまであまり遅くまで遊び歩かないよう、移民たちに呼びかけてもらっているんです」

「特殊警棒なんて、見回りにしては重装備だね」

「過去、何度かトラブルの仲裁に入って、けが人が出ているんです。だから見回りの時は必ず警備会社の人を最低一人入れることになっていて」

「町民の皆さんは、コミテのことをどう思っているの」

「時々荒っぽいけど、基本明るくて楽しい人たちですね。わたしもそう思っています」

凜子は応えた。「ただ、上の世代の人たちは遠巻きにしている人が多いかもしれません」

世代間に溝があるようだ。

「これ以上移民を入れるべきではないと言う人もいますし、町の発展には必要だと言う人もいます。選挙の度に、争点になっていて、なかなか難しいですね。確かに彼らがいるお陰で、近隣の市町に比べて税収も出生率も安定していますけど」

不意に《ストップ人口減！》の議員ポスターを思い起こす。人口の維持は、すなわち納税者の維持でもあった。

「今は、外国人居住者に参政権を与えるかどうかで、町議会が揉めています」

「難しい問題だな。東京でも揉めている自治体がある」

「移民の定着が目的なんでしょうけど、移民にばかり手厚いと反発も大きいんですが」

「ヌークリオとコミテの関係は？」

新たな興味でもあり、ミゲルの協力を得る中で必要な知識でもあった。

「基本、対立関係、時に協力関係ですね」

凜子は応えた。「コミテはヌークリオの犯罪を抑えようとしています。実際にコミテの監視や通報でヌークリオの構成員が逮捕されるケースもあります。ですが、移民が理不尽な暴力や強要を受けた場合は、手を取り合って対抗することもあります」

生き方や価値観は異なっていても、異国で生きる者同士の連帯感はある——誠人はそう理解した。

誠人と凜子は渡良瀬署に戻り、報告書を作成後、捜査会議に臨んだが、ここにも大きな対立があった。

埼玉県警南利根署捜査員からは、ヌークリオの動向を中心とした報告が上がっていた。

――幹部クラス数名の居所、動向についてはまだ確認が取れません。

――ヤサにも戻っていないようで、あえて姿をくらました可能性が高いと見ています。

「連中の自治会は情報を持っていないのですか⁉」

南利根署の捜査員を問い詰め、発破をかけるのは、高城の役目のようだった。

自治会とは、コミテのことだろう。日頃彼らと連携しているが、今回の事件に関しては情報の共有が上手くいっていないようだった。

――彼らも手を焼いているようで。

「連中を匿っている可能性は」

――今のところありません。

「明日にはあるんですか！　徹底的に探りなさい！　お前さんたち、ハコからやり直しますか？　いつもの元気はどこですか！」

そこに「少し待て高城君」と広瀬が割って入る。

「自治会も完全には信用できないのはわかる。いざとなればヌークリオと団結もする。だが現実的に人繰りの問題もある。自治会は監視にとどめ、ヌークリオの拠点を叩いた際の反応を見るということでどうだ？」

「刑事官がそうおっしゃるならそれでいいですが、何か使えそうな罪状はありませんかね」

高城は薄笑いで応える。高城が高飛車に要求を示し、広瀬が間に入り、合同捜査本部の空気を埼玉側に有利な形で収めるのが手なのだと誠人は気づいた。

「まずは幹部と主要構成員の動向をしっかり見極めるべきだ。まだ高飛びはしていないんだろう？」

沢田が言ったが、完全に術中に嵌まっているような気がした。

「確かに高城君の発言は乱暴に思えるかもしれませんが。日本人女性の殺しだけに、町民の警戒が強くなっています。今までの対ヌークリオの捜査とは明らかに感触が違うんです。そこを加味して頂かないと」

「その件は後で話そう、次だ」

表情を殺した沢田が会議を進め、茨城県警側の報告が始まる。

まずは事件当夜の矢木沢美優の足取りだった。

——午後十一時前、駐車場に向かって歩く姿が、近隣住民によって確認されました。

白金家から五十メートルほど歩いた場所に、時間貸しの駐車場があった。矢木沢美優はいつもそこに車を停めていたが、退勤後も車は駐車場に置かれたままだった。

――白金家で騒いでいた外国人ですが、半数が先に帰ったことがわかりました。店の前からミニバンに乗ったようです。店員から確認が取れました。

――瀬野方面に走り去ったという証言もありますが車種、持ち主に関しては明日以降の精査となります。

「移民が経営する運転代行業者がいくつかありますが、叩きますか」

また、高城が口を挟んできた。「茨城県警さんのお陰で、理由が見つかりましたな」

「その前に通常捜査で確認が必要でしょうが」

沢田は広瀬と高城に視線を向ける。

「ですからそれでは遅いのです。彼らに時間を与えないことです」

高城が言い返す。「急襲なら我々が」

「南利根署さんはまず、ヌークリオ構成員の動向把握が先なのでは？」

沢田がさらに反論する。「運転代行は、渡良瀬署組対から一個班出して調べます」

しかし高城は沢田の提案を「いやいや」と遮った。

「できることなら我々の指揮下に入っていただけないかと。移民に対する捜査のさじ加減がなかなか難しいもので」

「我々も日常的にヌークリオと対峙しているんだが」

渡良瀬署の組対捜査員が声を張り上げ、その周囲もうなずく。古河市にもヌークリオの拠点が複数存在していた。

「それは理解できますが、我々が常日頃対応しているのは、住民に紛れた反社会分子です。看板掲げたわかりやすい構成員相手とは、ワケが違います！」

「熱心なのはいいが、そう逸(はや)りなさんな」

広瀬が高城の肩に手を置いた。ここまで来れば猿芝居だ。

「我々の力不足で迷惑をかけているのは重々承知していますが、ここで彼らを刺激して殻に籠もられてしまうと、また捜査が困難になります」

結局、協議の末、南利根署側が情報を提供し、渡良瀬署組対が運転代行業者を捜査することで落ち着いたが、茨城、埼玉双方の捜査員に険悪なムードが漂っていた。

会議が終わり、各捜査班の分科会が始まる中、誠人は広瀬に声を掛けられた。

「どうですかそちらの調子は」

雛壇脇のデスクで広瀬と向かい合う。「手応えはありましたか」

慇懃(いんぎん)だが威圧感を覚え、かつ周囲に届かない声量だ。

「中岡さんが実験再開に不満を抱いていたことが、強く印象に残りました」

誠人は言葉に感情を乗せないよう注意しながら応えた。

「自ら死を選ぶほどですか？」

「人の感じ方はそれぞれですから。もう少し精査が必要かと思います」

「東京の現場では、自殺ではないという見解もあるとか」

現場の詳細は報道されていない。独自に調べたのか――「長いこと警察にいると、方々に知り合いができるものでね、詮索するつもりがなくても耳に入ってくるんです」

「ええ、自分で飛び降りたにしてはおかしな点があるのは確かです」

「そのおかしな状況に回答があるとすれば、後悔ですな」

広瀬の口調が、ふと柔らかくなる。「人間、自死を実行した瞬間に後悔するケースがままあるんですよ。首をくくって体重を預けた瞬間、飛び降りた瞬間、後悔して生きようと足掻くんです。私もそんな死体に何度も出会っていてね」

それが不自然な姿勢と指先の傷に対する彼の答えか。

「その可能性も大いにあると思います」

そう応え、様子を見る。

「堂安君はやはり、殺しの可能性も視野に入れているのですか」

「先入観は持たないようにしています」

「先入観を持たないこと自体が先入観であることは、あとになって気づくものです」

広瀬は子供を諭す熟年教師のように微笑を浮かべた。「失敗というのはある職業にとっては死活問題なんです。特に官僚は。中岡君が自分のミスで膨大な時間と資財、予算を失ったと考えてもおかしくはない。なによりも重傷者が二人も出ました」

「心の負担になっていた可能性も否定できません」

「つい最近まで彼は事故の原因調査をしていたようですが、それは失敗に対する後悔と未練を引きずっていた証左でしょうな。それが何かの切っ掛けで、逃げたい、楽になりたいという衝動に切り替わってしまう」

「確かにそうかもしれませんが」

中岡はそんなタマではない。この二日間で、誠人はそう強く印象づけられていた。それがわずかながら表情に出てしまったようで、広瀬の口許が引き締まった。

「それ以外に自殺の要因と言えるものがありましてね。私も殺しの捜査に気をとられて、伝え忘れていたことがありました」

広瀬は申し訳なさそうな表情で一度目を伏せた。「中岡さんは、来月の実走実験の終了後、異動が決まっていたんです。大きな声では言えませんが、事実上の左遷です」

初耳の情報だったが、誠人は表情を殺し、「事故の責任でですか？」と聞いた。

「そういうことになりますな。これまで歩んできた自動車行政とは全く関係のない部署で、地方勤務と聞いています。残酷ですな、中央のお役所は」

「なら、なぜ再開した実験に関わっていたんですか」

「実践的なノウハウと人脈を持っていた。飛ばされる前に段取りを済ませてから、後任にバトンタッチしろということです。私なら絶望するかもしれませんな」

3　十月九日　水曜未明

ホテルに戻り、シャワーを浴びて着替えたところで、部屋のドアがノックされた。賢人だった。まだ〝DJケント〟のメイク、扮装のままだ。

母方の姓を使い、同じフロアに部屋を取っているのは聞いていたが——

「なんの用だ」

「捜査会議」

賢人は缶ビールの入った袋を持ち上げた。

部屋に迎え入れると、勝手に誠人のベッドに腰掛け、優雅に脚を組んだ。誠人は仕方なく、ドレッサー前のイスを持ち出し、座る。

まずは缶を開け、お互い黄金色の液体を体に流し込み、大きく息を吐いた。

「それで今日は何をしていた」

「瀬野町の人と親交を深めていたんだよ。五、六試合したかな」

「試合って」

「サッカー。〝ワールド・スター・イレブン〟のほうね」

「なんだ、ゲームか」

「なんだって、僕の本職だし」

ゲーム実況動画による広告収入が、一応賢人の収入源だった。「新着見てないな、今日の分アップしたのに」

「そんな余裕はない。それより、捜査会議とはなんだ」

小山内から何らかの指示を受けているはずだが。

「まずは捜査本部の情報を聞かせてよ。真水さんから許可は得ている」

小山内に、茨城県警の捜査に対する許可を出す権限などないのだが——誠人は思いつつも今夜の捜査会議で得た情報、広瀬の接触について伝える。

「なるほど揺さぶってきたね、南利根署の古狸が」

賢人は知った風な口を叩く。「高城って課長も曲者らしいけど、それ以上に広瀬という刑事官は外国人犯罪のエキスパートなんだって」

小山内からの情報だろう。高卒で任官し、若い時分は川口、蕨、大宮で外国人犯罪対策の経験を積んだ。そして瀬野町の移民事業が進み、治安の悪化が不安視されると、外国人犯罪のスペシャリストとして南利根署に異動し、刑組課長を拝命した。以来、十年あまり実績を上げ続け、管轄内の刑事事件全体を実質的に差配する刑事官にまで上り詰めた。

「今じゃ南利根地域の生き字引。署長も副署長も、広瀬刑事官の方針には口を出せないんだってさ。高卒現場叩き上げの警視なんて、めったにいないんだろう？　超優秀な人だね」

十年以上異動がないのは、地元から必要とされているからだ。

「中岡氏の左遷の件は、たぶん本当だね」

情報はすでに磯谷に伝え、確認してもらっている。「あとは、誰が事故現場を撮れと指示したのか。それは大きいかもしれないね。作為を感じる」

賢人も同じことを考えているようだ。

「明日にでも、当日に管制本部にいたスタッフに確認を取る」

「誰に聞くかが大きな問題だと思うけど」

賢人が核心を衝く。

下井の話では、少なくとも下井、中岡、淵崎が管制本部の中にいた。

「それと、中岡氏が個人的に事故原因を調べていたなんて、報告書にはなかったね」

賢人は続けた。広瀬は自殺と念押ししたかったようだが、殺人の疑いが完全に拭い切れたわけではない。

「まずは外堀を埋めようよ。事故を撮った映像だけど、まだ世に出ていないものを探してみる。アップしないでハードディスクに眠ってるやつがあるかもしれない」

メイン、サブ両チャンネルの登録者二十万人余に情報提供を呼びかけるという。「それと、真水さんから言づてがあるんだけど」

直接連絡すればいいのだが——誠人は「なんだ」と返答もぶっきらぼうになってしまう。

「誠人、南利根署の方々から注目の的。初日から監視されてるって」

「新人の女性と組まされた。全部想定内だ」

自分の言動が凜子によって報告されることは想定済みで、彼女の前では聞かれても構わない内容しか話していなかった。故意の事故説についても、その場の思いつきを装った。

「違う、南利根署の署員二人が誠人に張り付いてる。東京に戻った時も、のこのこついてきたから、身元を割ることができたって」

行確——自嘲の息が漏れた。小山内が誠人を東京に呼び戻したのは、尾行の有無、尾行者の身元を割るためだったのか。

「その顔は気づいていなかったみたいだね」

「うるさい」

誠人は吐き捨てたが、小山内本人に言われるよりはよかった。

「でもそれでいいと思うんだよ。もし気づいていたら動きが不自然になっていたかもしれないでしょ、誠人素直だし演技へただし」

それは誠人自身も自覚していることだ。ただ、尾行に気づいていないことを前提に、小山内が動いたことがなによりも悔しかった。

「東京で実験関係者に会って、事故が仕組まれた可能性に言及した。だから広瀬刑事官は反応して兄さんに揺さぶりをかけてきたんだと思う」

何か疚しいことがあるからなのか――「で、僕のほうでも一歩前進があった」

賢人はスマホに画像を呼び出した。サッカーのユニフォームを着た、やや太めの南米系男性が写っていた。四十代か。

「彼はルーカス。ミゲルのバイト先の店長で、移民で作るグループの幹部だって。紹介してもらえる」

「ヌークリオなのか」

「いや、ブラジル人自治会の幹部で……」

「コミテか」

「そう。移民たちの自治会だけど、時々ヌークリオのように荒っぽくなることもあるって」

二世のグループが近隣の不良グループに一方的に抗争を仕掛けられた時、コミテが総力を挙げて反撃したという。「自治会から自警団に変身することもあるけど、基本は陽気なサッカー猛者揃い」

「協力は得られそうなのか？」

「当然。コミテも矢木沢美優を殺した犯人を探してる」

防犯連絡会にも協力していると言うが――「もし移民が一般の日本人を殺したとなったら、分断と反感がさらに深まるかもしれないし、そうなると彼らの生活が脅かされる。だからコミテはヌークリオから目を離さない。自己防衛のためさ」

現状、捜査のポイントは事件前の矢木沢美優の足取りと、白金家にいた外国人客の特定と動向だ。

「だったら確認させてくれ。南利根署はヌークリオの犯行を疑っている。コミテはどうなんだ？」

「コミテはもう白金家で騒いでた連中を特定している」

するりと出てきた言葉に、誠人は思わず言葉を失った。「その上で、少なくともヌークリオは事件には関わっていないと彼らは言っている」

「それは……確かなのか」

「コミテを信じるならね」

「確実に彼らと接触できるんだな」

「コミテとはね。ヌークリオに関しては現状不確実」

「じゃあ、明日にでも」

実験コースの調査と時間を調整しなければならないが――

「いや、今から行ってくるよ」

賢人がスマホに目を落としていた。「そろそろ店がはねる時間だし」

それがＤＪケントのままである理由か――

「危険はないのか」

「それは行ってみないと」

「俺が行く」

自治会ではあるが時に暴力も辞さない。そんな連中のところに一般市民をましてや弟を行かせるなど、警察官の立場としてできなかった。

「ＤＪケントの姿で交渉して信頼関係築いたんだけど。いきなり警官が行ったら彼らは口を閉ざすだろうし、僕も信用を失ってしまう」

「俺がＤＪケントになればいい」

こんな発想、去年までは絶対できなかっただろう。

三月、草河の捜査で、賢人は〝警察官・堂安誠人〟になりきった。

「お前には護身の心得がないだろう。俺に任せろ」

啖呵を切ったものの、胸には不安しかなかった。

階段を下り、重い扉を開けると、グランジロックの荒々しい重低音が耳を圧迫してきた。

茨城県古河市と利根川を挟んで隣接する、埼玉県久喜市。その中心部でＪＲ久喜駅に近い『ディロイ』という小さなクラブが、ミゲルのアルバイト先であり、面談の場所だった。

カウンターにボックス席、小さいがダンスフロアもあった。午前二時を過ぎていたが、十数人の客がいた。カウンターでは南米系の若い女性が接客し、客の半数は南米系だった。ミゲルの姿はない。まだ未成年であり、マスターが午後十時までしか仕事をさせないという。

体のラインが浮き出るミニスカートの女性が、歩み寄ってきた。

「いらっしゃいませ、一人？」

日本語で聞いてきた。

「ルーカスと話したい。ケントが来たと伝えて欲しい」

誠人は言った。

「ケント？ちょっとそこに座ってまっててね」

髪を下ろし、メイクを施し、ハットと眼鏡、服も賢人と同じものを着用している。それだけですでに落ち着かなかった。

カウンターの端に座ると、バーテンダーが、「これサービス」と誠人の前に炭酸水を置いてくれた。口の中がカラカラで、すぐに半分ほどを飲んだ。

『マスターの名はルーカス。瀬野に移住してきて二十年以上、地域と移民の間に立って働いてきて、瀬野町はもちろん久喜の商工会からも信頼されている人だよ』

賢人は言っていた。

十分ほどすると照明が明るくなり、音楽の音量が下がった。騒いでいた客たちも帰り支度を始め、そこへまた女性がやって来た。

「店長が会うよ」

案内されたのは店の奥にある、事務所兼応接室だった。

「DJケントさんか。ミゲルから聞いています」

マスターのルーカスは事務デスクから立ち上がると、日本風のお辞儀をした。落ち着いた雰囲気の男だった。誠人もここは折り目正しく挨拶した。渡された名刺には、『クラブ・デイロイ／店長ルーカス・ダ・シルバ・サントス』と記されていた。

「ルーカスでいいですよ。コミテでは事務局長の職を預かっています」

日本語は外国訛りを感じさせなかった。「ワールド・スター・イレブンでカミカゼドリブルの達人と聞いていますよ」

ルーカスが手にするスマホには、ミゲルと一緒に写った賢人の画像が表示されていた。

「こちらへ」

応接スペースに移動し、テーブルを挟んで向かい合う。そのタイミングでバーテンダーが入ってきて、コーヒーを二つテーブルに置き、出ていった。

「ミゲルに言われ、あなたの動画を見させてもらった。公平で嘘のない作品だと思った」

サブチャンネルのことだ。「ミゲルも君を信じている。だから私も信じますが、我々を騙そうとしているのなら、相応の報いを受けることになります」

「承知しています」

声と口調は賢人を真似ているが、言葉遣いの模倣は苦手だった。

「あなたの友人という警察官も信じていいのですね」

「僕は彼を信じてます」

「いいでしょう。なにを知りたいのですか」

「矢木沢さんが殺された夜に、白金家にいた人たちのことを。ミゲルから特定していると聞きました。その情報を頂きたい。友人の刑事、堂安誠人には、県警には伝えないという約束を取り付けています。もちろん、個人情報は守ります。現時点で、ルポ動画の参考という形でのみ使用し、データを頂いたり、メモを取るといったこともしません」

「信じよう」

ルーカスは厳然と告げると、デスクからノートパソコンを持ち出してきて、長いパスワードを打ち込んだ。

ディスプレイに映ったのは、防犯カメラの映像だった。分割された二画面で、マンションのエントランスを、内側と外側からそれぞれ撮影したものだ。右上に日付と時間が表示されている。

「グランデソル・キタカワベの二号棟です」

瀬野の工業団地に近い公営住宅だ。三十年前、国からの補助を得て、主に外国人居住者を受け入れるために建設された。地元の人は単純に『公団』と呼ぶことが多い。今は住人のおよそ七割が、移民とその子息たちだ。

防犯カメラ映像の時刻は四日午後十一時十七分。変化があったのは、外付けのカメラ映像だ。エントランス前の車寄せにワンボックスが入ってきた。

「運転代行です」

ワンボックスから三人の男女が降りてきた。「白金家にいた七人のうちの三人です」

《車で走り去った半数》か。

「その三人が、この時間には帰宅していたということですね？」

「帰宅と言いますか、ブラジルタウンで呑み直しています。映像に細工はしていません。管理会社からもらったままの映像ですよ」

ルーカスは言った。「信用できるかはそちらで確認して下さい」

矢木沢美優の死亡推定時刻は午前一時から三時。彼女が深傷を負いながら一キロ以上移動したのなら、犯行時刻はもっと前になる。

移動にはどれだけの時間がかかった？　一時間……しかしあの深傷、歩くことすら奇跡。二時間か、いや深傷を負ったからこそ、目的があったからこそ、予想より速く歩いた可能性もある。

スマホのマップで公営住宅の位置を確認する。瀬野中央部の北。板倉北川辺バイパスの近くに六階建ての集合住宅が十二棟。総戸数七百余。

矢木沢美優が仕事を終えたのが午後十時半頃。

「代行車が白金家前に着いたのは十一時少し前です。これは我々が確認しました」

目撃情報とも一致していた。「代行業者は、コミテの一人が経営する中古車販売店が副業で行っているもので、身内ではありますが、ここは信じてもらうしかありません」

栗橋駅前の白金家から公団まで十五分ほどだという。スマホでのタクシー料金シミュレーションでも、同様の時間が算出された。

「三人が二軒目に入る姿は、防犯カメラの映像で確認できます」

三人が入ったのは、ブラジルタウンの入口に近い、小さなバーだという。

映し出されたのは、バーの近傍にある駐車場の防犯カメラの映像で、四日午後十一時二十分に、駐車場の向かいにある店舗に入っていく姿が確認できた。出てきたのは五日午前二時五分。

「裏口から出て殺しに行くことは可能と考えるでしょうが、そこは信頼関係です。バーのマスター、お客さんから、三人がずっと店にいたと聞いています」

客のうち二人は地元の人だったという。

矢木沢美優が現場に行った、もしくは連れて行かれた時間と犯行時間を考えれば、この三人の犯行はほぼ不可能。しかし、三人――白金家で騒いでいた外国人は七人だった。

「残りの人たちは？」

「知らない人たち。公団の三人だけ先に帰った」

北川辺に住む三人は、残りの四人と店で初めて会い、意気投合して一緒に呑み、そのせいか、いつもより騒々しくなってしまったという。

「最近は知らない人たちも増えたし、最初から古河や久喜に住む人も増えているので、我々も全てを把握しているわけではないのです」

ならば、白金家にいた外国人への疑いは残る。それは三人が名乗り出られない理由でもあるのだ。

「知り合った四人がどこに住んでいるとか、そんな話は」

ルーカスは小さく首を横に振った。

「久喜と言っていたそうだが、久喜のどこかはわからないと」

「把握していない人がヌークリオに所属することは」

「その疑問は根本から間違えています。ヌークリオは瀬野で生まれた子息によって構成されています。道を外していますが、瀬野で暮らす同胞でもあります。血と絆を重んじます」

その即答ぶりが、二十年以上瀬野で生き抜いてきた矜持(きょうじ)を感じさせた。「今は三人について、身元を明かしません。少しでも疑われたら、たとえ関係がなくても、職を失う可能性が高くなり、地域からはじき出されるかもしれません。少しでも噂になったら、終わりなのです。そこは配慮して下さい」

「わかりました」

誠人は応えながら、分断の深さを感じとった。その後、継続的な協力関係を約束し二、三杯ルーカスに付き合うと、ホテルに戻った。

小山内に送る報告書を書き上げ、送信しベッドに入ったのが午前四時半。

利根川河川敷で男の死体が見つかったのは、その三時間後のことだった。

第四章　強行捜査

1　十月九日　水曜

渡良瀬署が慌ただしかった。

捜査本部に出向くと、一個班規模の捜査員が出立の準備をしている。

誠人は凜子を見つけ、駆け寄った。

「何があった？」

「死体が見つかりました。利根川の河川敷です」

広瀬ら南利根署の面々の姿がなかった。「南米系の男性のようです。もう南利根署の人たちが現場に」

現場は埼玉県瀬野町飯積（いづみ）の利根川河川敷だという。

「視察の時間を延ばすことは？」

自動運転実験コースの視察だ。凜子は午前九時からでアポを取っていた。

「午後から実験再開の準備があるそうで、それ以降、時間は取れないかもしれません」

今は午前八時過ぎ。

「現場へ行こう」

「でも……」

「同じ帳場にいるんだ、文句は言われないさ」

誠人は凜子を伴って渡良瀬署を出ると、現場に向かう車列の最後尾に車を付けた。

「知りませんよ、堂安さん……」

ハンドルを握る凜子が、か細い声を出した。

「初動は得てして混乱するもので、俺たちがいたところで目立たないから」

反射的に厚かましい言葉が出るようになったのも自己嫌悪の種だ。

現場は埼玉大橋の上流およそ一キロの利根川東岸河川敷だった。すでに先着した埼玉県警の車輛が並んで停まっていた。

ミニバンをその後方に付け、降車すると、誠人は『捜査一課』の腕章を着用し、凜子を引き連れ現場へ向かう。下流とは違い、芝生の広場になっていた。その一角がブルーシートで囲われている。堤防の上には野次馬が十数人。

「捜査一課です」

現場保存をしている制服警官に声を掛け、「とりあえず、外で待ってて」と凜子に言い残し、何食わぬ顔でブルーシートを潜った。

現場検証をする捜査員、鑑識係の間から、芝の上に俯せに倒れている男が見える。一目で南米系とわかった。黒いニット帽。赤いパーカーにジーンズ。血と糞尿の匂いが鼻をついた。顔は腫れ上がり、頰の辺りが陥没していた。鈍器によるものだろう。投げ出された腕も、妙な角度で折れ曲がっていた。まるで長い時間を掛けて、拷問されたかのようだ。

そして、靴を片方しか履いていなかった。

遺体を挟んで向こう側では、広瀬が声を張り上げ、周囲の捜査員に初動の指示を出している。誠人は合掌したあと、気づかれないようスマホで死体を撮影した。特に顔や体格がわかるようなショットを複数切り取った。

「おおよその死因は？」

足を止め、近くにいる鑑識係に聞いた。鑑識係は振り返ると腕章を一瞥し、「おそらく頭部への打撃」と応えた。

「鈍器？」

「だと思います」

「死後どのくらい？」

「六時間か七時間程度です。概ねですが」

「もう片方のシューズは？」

「見つかっていません」

十秒にも満たない会話だったが、広瀬が渋い表情で誠人を見ていた。誠人は一礼すると、ブルーシートの外に出た。

遺体周辺の芝に乱れはなく、別の場所で殺され、ここに遺棄された可能性が高かった。その上郊外の河川敷で、街灯もない。ならば遺棄は深夜だろう。目撃者はあまり望めそうになかった。

「死体は酷く殴られていたみたいだけど、これまで似たような事件は？」

誠人は凜子と合流すると、聞いた。

「時々あります」

凜子は即答した。「だいたいが抗争か制裁で、被害者、被疑者ともに外国人がほとんどです。外傷が酷いのでしたら、制裁の可能性が高いです」

「なるほど。じゃあそろそろ行こうか」

誠人と凜子は、車に乗り込んだ。

十分ほどで水防公園に到着し、凜子が南利根出張所で実験コースの見学の手続きをしている間に、賢人にメッセージを送った。

——利根川東岸河川敷に南米系死体。殺人。コミテに身元確認をしたい。画像を送る。

《OK！》

十秒と待たずに返信があった。

誠人は画像を賢人に送った。違法行為だが心を殺す。

凜子とともに出てきた職員が、コースのゲートを開けた。

「サイレンの音がしますけど、何かあったんですかね」

三十代半ばに見える男性職員は上流を見遣った。ネームプレートには『八島友也（やしまともや）』の文字。

「外国人の抗争みたいですよ」

誠人は応えた。

「またですか。ここはケンカ場じゃないのに」

八島はぼやくように言うと、誠人に視線を向けた。「中岡さんのことは残念です。真面目で熱意のある方でした」

「自殺の兆候はありませんでしたか？」

「それがわかるほど、近い距離にはいませんでしたが」

八島には、中岡の自殺の件で労働環境や状況を調べていると伝えていた。

「ここには何時までに戻ればいいですか」

「十一時半までには」

今日も午後から、除草などのコース整備作業が入っているという。

「わかりました。その前に……」

管制本部の扉が開き、中が見えていた。「少し覗いてもいいですか」

「中に入らなければいいですよ」

誠人は入口に立ち、中を覗いた。八畳間ほどの空間で、中央にメインモニターが二台。その前にデスクトップパソコンと、大小のモニターが連なり、ラックには管制機器が設置されている。メインモニターの前には、自動車用のハンドルが据え付けられていた。ゲーム機のようにも見えるが、非常時の遠隔操作用コントローラーだという。

「八島さんは、三月の実験の時ここに？」

「いましたよ。スタッフではありませんが、一応河川敷と公園を管理している立場ですから」

シフト制で他の職員と交代で立ち合ったという。

「この管制本部には誰がいたんですか」

「ジェミニのスタッフが二人と、中岡さんと淵崎さん。あとは入れ替わり立ち替わりで、把握はしていません。一番奥が警備指揮所になっていたので、担当の方が常駐していたはずです」

「無線で記録カメラの指示を出していたのもここで？」

「そうですね、記録カメラの映像も、ここに送られてきますので」

部屋の後方に大型のテーブルが置かれているが、実験時はそこにカメラ映像用のモニターと無線機が設置されていたという。

「事故の日に指示を出していたのは？」

カメラを事故車に向けるように指示をした人物だ。資料を調べると、『埼玉県警担当者』としか記されていなかった。

「日によって担当者が替わっていましたが……ちょっと待って下さい」

八島はスマホを取り出して、カメラ画像を探り始めた。

「写真か動画があるんですか？」

「南利根出張所の活動や、水防公園でのイベントの様子を撮影しています。半分趣味ですね。

上手く撮れた写真は出張所のホームページですとか、水防公園のホームページに載せているんです」

　スワイプする指が止まった。目当ての画像を見つけたようだ。「これが事故当日の管制本部です」

　狭い部屋に男性が八人。コンソールに座る二人の技師のうち、一人は下井だった。その背後のテーブルには、ノートパソコンを前にした中岡と渕崎。そのさらに後方に、高城刑組課長がイスにもたれていて、部屋の最後方では男が無線マイクを握っていた。

　広瀬刑事官だった。

「事故が起こった時も、このメンバーが？」

「そうですね、大騒ぎでした。こちらが事故直後の管制室の写真です。不謹慎かと思いましたけど、これも記録になると思いまして」

　コンソールの二人は必死の形相で機器を操作している。その間に中岡が割り込んでいた。渕崎は棒立ちで後方を見遣り、その視線の先に無線マイクを手にした広瀬の姿。

「自動運転実験関連の画像、いくつか提供頂けますか」

　公務員である彼の立場は理解していた。「あくまで参考です」

「参考でしたら、どうぞ……」

誠人は八島から、実走実験が行われた八日、九日を含む実験関連の写真、百数十枚を入手した。思った以上の量だった。「画像は主に、二月十六日のコース試走、三月七日の前夜祭と前日準備の様子ですね。あとは八日と九日の実走実験の様子です。いくつかは公園のホームページに載せてありますから、よろしかったらそちらも見て下さい」

誠人は礼を言って、凜子とともに車に乗り込み、河川敷のコースに下りた。

路面はシャトルバスが余裕を持ってすれ違えるだけの幅があった。

次第に仮設橋が近づいてくる。

「少し緊張します。実験じゃないのに」

凜子はゆっくりとハンドルを右に切り、仮設橋を渡る。事故で破損した防護壁は修復されていた。下流へ三百メートル進むと、右手がハンノキの群生で遮られた。

「ここで停めて」

誠人は声をかけ、降り立った。高さ五メートルほどに生長したハンノキが川沿い数十メートルにわたって並び、木々を囲むように緑の下生えが覆っていた。その密度は思ったほど濃くなく、人が完全に身を隠すのは難しいように思える。

時間をかけて、ハンノキの群生を丹念に撮影する。物理的に何かを仕掛けるとすれば、対岸からの視界が奪われる群生の中だ。

例えば、カメラの方向を事故車に集中させたのは、ここに仕掛けられた何かを回収する必要があったから――しかし、下井は電子的工作を否定した。周辺にいた多数の人からも、異常を示すような証言はなかった。

「この場所を疑っているんですか？」

凜子に声をかけられ、我に返った。

「あらゆる選択肢を考慮する必要があるから」

本命はハンノキの群生だったが、一時間ほどかけて実験コースを一周し、ポイントごとに降車し、数十枚の写真を撮った。

水防公園に戻り、凜子が出張所に調査の終了を告げに行っている間に、広瀬に電話を入れた。捜査の初動段階であり、明らかに迷惑そうだった。

「……ええ、コースの調査も終わりました。あと、プロジェクトのスタッフ何人かと話をしたら終わりです」

『ええ、ご苦労さんでしたね』

「それで、何かお手伝いできることはありますか」

『大丈夫ですよ、手は足りています。それでは』

広瀬のほうから電話を切った。これで多少なりともこちらが愚かだと思ってくれればいい

――誠人は思いながら録音を終了した。

「……たぶんこの声だったと思います」

野崎加奈は応えた。凜子は隣室で赤ん坊をあやしている。

「もう一度聞かせて下さい」

誠人は再度、スマホに記録された声を再生した。

『ええ、ご苦労さんでしたね』

『大丈夫ですよ、手は足りています』

聞き取りやすい一節を抽出していた。

「やっぱりこの声です」

当日の撮影担当で連絡と時間が取れた別の二人は、『似ているかもしれない』『似ているような気がする』と曖昧な返答だったが、さすがに元警察官だ。

カメラを事故車輌に向けるよう指示した声はやはり――

「誰の声なんですか？」

「南利根署の広瀬刑事官です」

加奈は一瞬表情を静止させたが、何かに気づいたようにうなずいた。「さすが判断が早いですね」
そう解釈するか——
野崎家を辞したところで、メッセージが着信した。
《たぶん身元判明》
賢人からだった。そっとスマホをしまい、車に乗り込んだ。

渡良瀬署に戻ると、捜査本部は喧噪に包まれていた。

ホワイトボードには、まだ被害者の名は書かれていない。

埼玉県警は単独の傷害致死事件として捜査を始めているが、矢木沢美優殺害事件との関連が見つかれば、指揮権はこの捜査本部に集約される段取りのようだった。

凜子はすぐに地取班に組み込まれ、短時間の打ち合わせのあと、出立した。

誠人は最後列のテーブルにノートパソコンを置き、報告書を作成しながら音声通話を賢人と繋ぐ。

沢田管理官を始めとする捜査幹部は、デスクを囲んで次々集まる情報の検討に集中していて、誰も〝員数外〟の誠人に注意を向けてはいなかった。

『聞こえてます？』

賢人の声がイヤフォンに届く。口調が他人行儀だ。周囲に誰かいるのだろう。

「聞こえている」

唇を動かさず、小声で応える。「身元の情報源は」

『コミテっすよ。まず死体の手の甲を見てもらえます？　コンドルの羽を模したタトゥがあるでしょ。これはヌークリオの証（あかし）だって』

誠人は死体の写真を呼び出し、手の甲を拡大した。確かに鳥が羽を広げたような紋様のタトゥがあった。

『名前はフェルナンド。二十六歳で無職』

「ヌークリオの構成員なんだな」

『違う。あり得ない』

ミゲルの声が割り込んできた。やはり、行動をともにしていたようだ。『フェルナンドがヌークリオに入れるわけがない』

「なぜそう言える？」

『あだ名はイキリナンド。いつもイキっているからイキリナンド』

「だがタトゥがメンバーの証なんだろう」

『自分で勝手に入れたんだ、きっと。イキるために』

「タトゥの意味、警察は把握しているのか」

『もちろん』

ミゲルが応えた。『フェルナンドの画像を送るよ。三年くらい前のだけど』

すぐに添付画像付きのメッセージを受信する。

二十代と思われる南米系の男が五人。その端がフェルナンドだとすぐにわかった。赤いTシャツから出る腕はそれなりに鍛えられ、威嚇するような目つきだったが、どこか虚勢も感じさせた。

「全員ヌークリオのメンバーなのか？」

『この中にメンバーになれるほど気合い入ったヤツはいないよ』

ミゲルが応えた。『それでイキリナンドの死体だけど、あれは制裁スタイルだね』

「フェルナンドは殺されるような問題を起こしていたのか？」

『ウソつきホラ吹きのイキリナンドが、そんなやばいことするわけないし。普段は強い人にくっついてイキリ倒して、うざがられてただけなんだけど』

フェルナンドは地元の高校を中退、いくつかの不良グループに顔を出していたという。

「こちらはまだ身元を摑めていない。顔の判別が難しいのもあるけど」

『今公団にいるんですが、こっちに警察が来ていますね』

賢人が言った。

「フェルナンドの住居は公団なのか？」

『そう。フェルナンドがいないってなれば、住民は警察に協力すると思いますよ。早く帰って欲しいでしょうし』

埼玉県警が身元を割るのも時間の問題ということだ。

『それと、三月の事故当日の動画で、役に立ちそうなものを手に入れたから送ります』

賢人が言ったあと、動画ファイルが添付されたメッセージが送られてきた。『サイトにアップされてない、レア動画だからありがたく精査してくださいね』

ファイルを開くと、固定カメラによる映像だった。

『警備スタッフの息子が回していたもので、実験車輌が暴走を始める瞬間が映ってます。ずっと固定になってるのは撮影者本人がカメラを放置して、事故現場を見に行ったからですよね。録画終了まで画面は動かない』

瀬野町側の堤防から見学者が撮影したもので、ハンノキの群生を画角に収めていた。ほかの動画とは違い、カメラが動くことはなく、車輌が転落した現場は映ってはいないという。

『提供者によると、一応、警察に提供したけど、リアクションはなかったそうですよ』

ならば、この動画からなにも見いだせなかったことになるが――

「わかった。恩に着る」

通信を切り、映像を見始める。ハンノキの群生と実験コースが同じフレームに入っていた。

事故の時間まで進めると、左から実験車輛がフレームインしてきた。走りは安定していたが、ハンノキの群生を過ぎたところで、突然、暴走を始めた。

映像を拡大すると、サイドウィンドウ越しにエアバッグが突然開く瞬間もとらえられている。ただ、暴走発生の瞬間はとらえていたが、裏を返せばほかの映像と何ら変わりがない。

それでも賢人が送ってきたのだ、誠人は何度も暴走が始まる瞬間を見直した。しかし、画面内に異常や異変は確認できなかった。

堤防の斜面に点在している見学者も、暴走前後に不自然な動きをしている者はなく、暴走後も秩序は保たれていた。

《固定カメラ映像の提供者と接触。動画の提供は今回で三回目と確認》

突然、磯谷からメッセージが入った。今検証している映像のことだ。

《一回目は警察》これは賢人からの情報にもあった。

《二回目の提供は九月。提供先は元ジェミニ・テック技術開発部・下井》

下井健太――しかし彼は七月に事故調査チームを離れていたはずだ。

――下井本人に事情を聞きましたか？

《事故を映した映像で未公開のものがあれば探して欲しいと中岡氏に頼まれたと回答。依頼メールが送られてきたのは九月七日。当該映像の入手は九月十日。動画の提供主にも確認》

――でもなぜ下井氏に依頼を？

《中岡の個人的な依頼として受けたと話している。調査チームを離れて時間が経って、もう一度真相を確かめたいという気持ちが湧き上がってもいたそうだ。それと、この件に関しては、他言無用と釘を刺されたとのこと》

次に誠人は八島から提供を受けた画像を、ディスプレイ上に並べた。

事故当日、三月九日の管制本部付近を撮影したスナップショットだ。

事故発生は午後三時四十五分、まさに実験終了の直前だったが、八島は午前の準備段階から写真を撮っていた。

誠人は写真を時系列に並べかえた。

午前八時過ぎに広い駐車場で撮られた数枚は、警備、撮影などの腕章を着けたスタッフが集まり、ブリーフィングを受けているものだ。マイクを手に訓示をしている中岡の姿が記録されていた。数えると警備、撮影スタッフは合わせて五十人あまり。その中には野崎加奈、矢木沢美優の姿もあった。

午前九時台になると、各スタッフが持ち場に向かうため、駐車場に並ぶ車輛に分乗していく姿がとらえられていた。

次にカメラが向けられたのは、管制本部脇にある大型のタープテントだった。中には実験車輌であるステーションワゴンが収められていて、整備スタッフが点検する姿が撮影されている。資料によると特設の車輌用テントで、各種の点検を行うピットだった。

事故調査報告書には事故当日について《午前七時車輌到着。ジェミニ自動車スタッフによる整備点検開始。この時点で故障等は発見されず》との記述がある。

少なくとも午前七時には事故車輌は管制本部脇にあった。

ここに細工の機会はないのか――誠人は下井に電話を入れた。

『随分熱心に調べているんですね』

誠人は実験開始までの時間について、実験車輌の周囲の状態を聞く。

『当日朝に行われたのは普通の自動車整備です。足回り、エンジン周り、モーター周り、ブレーキ周り。僕の出番はありません』

さらに車輌は常に十人前後のスタッフに囲まれていたという。

「センサー類の点検などは」

『もちろんしましたよ。遠隔による緊急ブレーキが作動するか、センサーは正常に動いているか、その程度ですが』

車輛に直接触れるような点検はしていないという。

『整備段階で、誰かが細工をした可能性を探っているんでしょうけど、センサーやジャイロに直接細工するなら、技研で然るべき手順を踏まないと難しいですよ。運転席のインパネの一部を取り外すことになるし、専用端末でないと制御できません。それだとログも残る。ぼくらも散々検証しました』

電話を終え、再び八島のスナップ写真に集中した。

誠人は二十七枚目の画像で、スワイプの指先を止めた。午前九時半、実験スタート三十分前にテントから引き出される実験車輛を撮ったものだ。

誠人の目が留まったのは、テントの中だった。

中岡と向かい合い、なにかを話している女性の姿。太陽の加減で顔の部分が影になっているが、拡大して明度を上げてみると、矢木沢美優だった。

中岡は穏やかな笑みを浮かべ、矢木沢美優も表情にわずかだが喜色を浮かべているように見えた。

「結果が来たぞ！」

デスクにいる捜査員が、パソコンのディスプレイに目を落としたまま手を挙げた。「死体の指紋と、矢木沢美優の額及び、ブルーシートに残された指紋が一致！」

沈滞した空気がはじき飛ばされ、刑事たちが発する熱波のようなものが誠人を押し包んだ。

捜査幹部たちは各々警電、スマホを手に取り、各所に連絡を始める。

「北川辺の公団で、所在不明者が一名」

別の声が上がった。ミゲルの言葉が現実になったようだ。

「氏名はフェルナンド・サノ・カルモナ。二十六歳。移民二世。ヌークリオ所属との情報あり！　死体は本人と酷似！　現在兄が確認中」

「ヤサと関係先ガサ準備だ！」

指示を出す沢田管理官の声が躍動する。

矢木沢美優殺害と、フェルナンド殺害が繋がった。

2　同日　午後

捜査本部は家宅捜索の準備が終えられつつあった。すでに捜査員が令状を取りに、さいたま地裁に向かっている。

容疑は矢木沢美優殺害。被疑者は死亡しているが、必要な手順だ。

——恐らく一時間以内に、フェルナンドの自宅にガサが始まる。

賢人と小山内にメッセージを送った。

《当然同行するのだろう？》

十秒も経たず、小山内から返信があった。

──当然です。

そう返信し、誠人は自身も捜索に加わると名乗りを上げ、了承された。

数十分が経ち、班編制が終わったところで、家宅捜索令状発行の連絡があった。

二十名に近い捜査員たちとともに、誠人も車輛に分乗していく。

誠人は公団の外周を警戒する班に組み入れられた。

渡良瀬署を出発し、午後四時前には公団三号棟前に到着した。家宅捜索組が集合し準備する中、誠人は公団で聞き込みを続けていた凜子と合流した。

「一緒に外を警戒だ。職務質問（バン）も積極的に」

「少し緊張します。こういうの初めてなんで」

「気負うことはない、俺たちは保険だ。本隊がキッチリ仕事をするはずだから」

フェルナンドの自宅は三号棟三〇五号室で、移民である母、二世である兄と同居していた。

父親はすでに離婚し、大阪で新しい家庭を持っていた。

誠人と凜子は裏手に回り、南側通用口前に陣取った。三〇五号室の真下に当たる。

南北の通用口には、それぞれ捜査本部の要員二名が配置され、その周囲を制服警官が固める布陣だ。

「母親が帰宅」

無線の音声を聞いたのだろう、凜子が告げた。「本隊、自宅に入りました」

フェルナンドの母親は食品加工工場に勤務していて、別班が勤務先で令状を提示し、母親を自宅まで同行させたのだ。

周囲に住人たちが集まり始めていた。学校が終わる時間で、小学生や中学生の姿も目立った。

「近づかないで下さい。すぐ終わります」

制服警官が三号棟に背を向け、声を張り上げている。

しかし、騒ぐ者はいない。感じるのは静かだが重い空気、そして敵意。

「なんだろう、この雰囲気」

奇妙な緊張感に、誠人は小声で聞いた。

「日常茶飯事とは言いませんけど、公団の捜索はままあることですので」

凜子は応える。ヌークリオの抗争や犯罪の度に、家宅捜索が行われているという。

視界の端に、野次馬に紛れた賢人の姿が映った。賢人は三〇五号室にスマホを向けていた。

だが一緒にいたはずのミゲルの姿はない。

凜子の無線により、断続的に情報が入ってきた。

フェルナンドは週に二、三度しか帰ってこない。仕事のことは話さない。仕事をしているのかどうかもわからない。もし息子が人を殺めたのなら、殺されたとしても仕方がない。息子が犯人なら、大変申し訳ないことをした——母親はそう話しているという。

家宅捜索が粛々と進む中、野次馬の中に目つきの鋭い南米系の若者が目立ち始める。五人から六人のグループが幾つか。彼らは捜索の様子をスマホで撮影していた。

——お前らヌークリオの仲間か。

複数の捜査員が気づき、若者グループにドスを利かせた声をかける。

——ガサを心配して見に来たのか。知っていることがあったら話せ。

——やばいもん見つかる前に話したほうがいいぞ。

絡んでいったのは、南利根署の捜査員たちのようだ。それでも若者は怯むことなく、無言で捜査員たちを撮影している。

——撮影をやめろ！

そんな怒号がきっかけだった。制服私服問わず、続々と捜査員が裏手に集まってきて、若者グループと押し問答になった。

——てめえ逮捕するぞ！

刃向かった数人が取り押さえられ、荒々しい手つきで身体検査を受ける。警視庁管内なら、問題とされる行為だが——

「対応しているのは南利根署の組対係です」

その口調から凜子は、彼らに苦手意識を持っているようだった。

「いつもこうなのかい？」

「こうした姿を見せないと、安心できない市民もいます」

さらに十数分が経過し、凜子がイヤフォンに指を添えた。

「捜索班がベッドの下から、スマホを見つけたようです。隠してあったみたいで、いま母親とともにロック解除にかかっています」

相当時間がかかりそうだと思っていた矢先、凜子自身も拍子抜けしたように「ロック解除」と告げた。「生年月日で解除できたみたいです……フェルナンドは素直なのでと母親が言っています」

そこからさらに十分余——

「美優さんの画像を見つけたみたいです……」

凜子が耳を澄ませる。「南米系男性と一緒に写っているそうです。どこかで密会しているような感じで……フェルナンドではないと言ってます。母親は知らない男だと」

「野崎加奈さんは知っているかもしれない。矢木沢さんとは懇意だったんだよね」

誠人がイヤフォンをしていないほうの耳に囁くと、凜子は緊張した面持ちでうなずいた。

「南通用口の青井です。野崎さんが知っているかもしれません！」

凜子は勢い込んで無線に告げる。

――そういや、お前野崎と仲良かったな。

そんな返答がイヤフォンから漏れ聞こえてきた。

「瀬野の防犯連絡会に照会します！　画像提供お願いできますか」

凜子と捜索本隊の中で何度か応酬があり、数分後に捜査用携帯端末に画像が共有された。

「一応俺も共有させてもらえないか」

誠人は捜査本部の共有端末を持っていなかった。「実は、八島さんに提供してもらった写真の中に、こんなものを見つけてね」

誠人は凜子に中岡と矢木沢が話す写真を見せた。

「俺たちの捜査にも関係があるかも。責任は俺が取る」

凜子はわずかな逡巡のあと、画像を送ってきた
「とにかく、野崎先輩に照会します」

電話をかける凜子の死角に移動し、小山内と賢人に素早くメッセージを打ち込む。

――フェルナンドのスマホから、矢木沢と南米系男性が写った画像が複数。

メッセージに画像を添付して小山内と賢人に送信した。

すぐに賢人から返信があった。

《ミゲルを通じてルーカス氏に照会をかける。たぶんこっちのほうが警察より早い》

その自信はどこから出てくるのかと思いつつ、スマホをしまった。

同時に凜子が連絡を終えた。

「加奈さんはこの男性を知りませんでしたが、防犯連絡会に知っている人がいるかもしれません。彼らへの画像提供を提案してみます」

凜子は興奮気味に告げた。

「いいと思うよ」

彼女の背中を押すように言いながらも、ミゲルとコミテの頑張りに期待した。

家宅捜索終了とともに、誠人は捜査本部に戻った。本隊は別室に押収品を収め、検分に入っている。また別班が編制され、南米系男性の割り出しに動き始めているが、まだ身元特定には至っていない。誠人は後方に戻り、再度八島から提供された画像を見ていると、広瀬刑事官がやって来た。

「ガサに付き合わせて済まなかったね。感謝するよ」

　薄い笑み。

「少しでもお役に立ちたくて」

「今時間はあるかね？」

「大丈夫ですよ」

　誠人はそのままタブレット端末を手に、階下の小さな会議室に移動した。

「少し待ってくれ」

　促され、空いているイスに座る。すぐに扉が開き、高城刑組課長が無言で入ってくると、逃げ道を塞ぐかのように出入口前にイスを置き、座った。

「青井君も君の落ち着きぶりに感服したようだ」

　広瀬が鷹揚に話し始める。「それで、中岡氏と矢木沢美優の写真があったと報告を受けたんだが、見せてはもらえないか」

　これが本題のようだ。凜子はキッチリ報告したのだ。

「今日の午前に、水防公園の八島さんに、実験コースや実験時の管制本部の様子についてお話をうかがいました。その中で、個人的に撮ったという写真の提供を受けました」

あくまでも参考で、と注釈を入れた。

「その中に、中岡氏と矢木沢さんが写った写真があったと」

「これです」

誠人はタブレット端末にその画像を呼び出し、広瀬に向けた。

広瀬はディスプレイに顔を近づけ、目を細めると、隅から隅まで記憶するかのように時間をかけて見た。

「非常に興味深い写真ですね」

「ただの打ち合わせには見えないので、二人の関係を調べてみるつもりです」

「警備と撮影の打ち合わせの可能性もありませんか」

広瀬が静かな威圧感とともに問いかけてくる。

「深い仲のようにも見えます」

「この一枚で、そう断定できますか？」

「それを調べるつもりです」

「一言申し上げると……」

広瀬は背筋を伸ばし、試験の出題範囲を示す教師のような顔をする。「中岡氏は非常に神経質で、各警備・撮影担当者と密に打ち合わせをしていました。矢木沢さんは五人の警備担当員を率いる班長だったので、入念な打ち合わせは当然だと思いますが」

誠人はもう一度、中岡と矢木沢美優の写真に目を落とした。

ほかに中岡と、警備撮影担当者が打ち合わせしているような写真はない。

「監督官である中岡氏がそこまで細かな指導をする必要はないと、現場からは声が上がっていたんですがね、熱心と言いますか完璧主義者と言いますか」

「神経質で完璧主義者が、大事な打ち合わせをこんな表情で行うとは、私には思えません。矢木沢さんも熱心で正義感の強い方だと聞いています。不自然です」

ここが踏ん張り時だと思った。「ですから各警備班長に当たって、中岡さんとどのような打ち合わせをしたのかうかがいます」

広瀬は「うむ」と大げさに迷うような仕草を見せた。

「これは故人の尊厳を守るためにあえて言わなかったが、話す時が来たようだ」

広瀬が高城に目配せすると、高城が口を開く。

「中岡氏と矢木沢さんは、不適切な関係にありましてね、少し問題視していたのですよ」

「こちらから本人にも控えるように注意したんだが」

広瀬が言い添える。「以前にも似たようなことがあって、若いエンジニアが女性の甘言に乗って危うく先端技術を流出させようとした事案が起こりましてね。我々としても先端技術を扱う人を常に見張っておかなくてはならない」

「そんな重要なこと、なぜ先に……」

「警戒は手厚いに越したことはないのですよ」

高城が応えた。

「刑事官のおっしゃられた通りです。殺しに無関係ならあえて個人的な事情を伝える必要はないと思いましてね。温情ですよ」

「発覚は、いつのことですか」

「我々が把握したのが四月。その月の間に本人たちには広瀬刑事官から、注意喚起して頂きましたよ」

高城は応えた。「中岡氏も息抜きのつもりだったと認め、反省しておりました」

「矢木沢さんも認めたんですか」

「魔が差したと言ってましたね」

「交際していた二人がわずか二日の間に命を落としたということですね」

「我々も中岡さんのことを無視しているわけではありませんよ」

広瀬が話を引き取る。「矢木沢美優さんが殺害された日、中岡氏の在京を確認した。それで交際が事件と関係している可能性は極めて低いと考え、公表を控えたということです。理由は故人の尊厳を守ること。しかも、中岡さんは国交省のキャリア技官だ。理解できますね？」

「だとしても、先に伝えて頂きたかったですね」

「君に伝えていなかったのはこちらの失態だ。つい殺しばかりに気を取られていてね。申し訳なかった」

狸どもめ——誠人は脳内で毒づく。

「確かに、矢木沢さん殺害に関係する可能性は低そうですが、中岡さんの自殺に関係しているかどうか、調べる必要はあると思います」

言うべきことは言う——「一応東京の上司に諮ってみますが、フェルナンドの部屋から見つかった画像との関連も調べることになると思います」

南利根署が中岡昌巳と矢木沢美優の関係に触れて欲しくないことはよくわかった。

捜査本部の自席に戻り、中岡と矢木沢の関係について小山内、賢人と共有した。

そこに凜子が戻ってきた。

「わたしは待機になりました。たぶん写真の男が判明次第、潜伏先に向かうことになりそうです」

「ヌークリオ構成員の可能性が？」

「組対はその前提です。事情聴取でも複数で当たらないと危険だと」

「矢木沢さんが中岡さんと交際していたこと、知ってた？」

唐突に投げかけると、凜子は目を泳がせ、なにかを言いかけ、そのまま口を閉じた。

「知っていたんだね」

「事件には関係ないので、伝える必要はないと……命令だったので」

広瀬に釘を刺されていたようだ。

そして一時間後、賢人からのメッセージを受信した。

《写真の男の名前はシモン。ヌークリオの関係者。ルーカスが所在確認中》

――構成員ではないのか？

すぐに返信する。〝関係者〟の意味合い次第で、捜査の仕方が変わる。

《構成員ではなく間接的な協力者。準構成員とも違うとルーカスは言ってる》

その五分後、前方の情報統括デスクの周辺が慌ただしくなった。気づいた凜子が席を立ち、デスクへ走っていく。

恐らく、シモンを突き止めたのだ。

「……男の名はシモン・ペレイラ」

「住居と関係先を洗い出せ」

捜査員の声に沢田管理官の声が重なる。

指示を受けた凜子が駆け戻ってきた。

「わたしと堂安さんは、関係先ガサに加わります」

凜子が準備のため席を立つと同時に、メッセージの着信音が鳴った。

嫌な予感しかしなかった。案の定、小山内からだ。

《シモンを埼玉に渡すな》

指示は簡潔かつ理不尽なものだった。

第五章　〝不適切〟な関係

1　十月九日　水曜　夜

誠人が埼玉県のJR久喜駅に着いたのは、午後七時前だった。

瀬野町の南に位置し、ヌークリオの拠点が幾つもある地域である。

駅前は帰宅ラッシュの中にあった。

誠人は、また賢人と入れ替わっていた。

たとえ捜査協力員という立場にあっても、身体的な危険が伴う任務を民間人に課すべきではない――警察官として、兄として譲れない部分だった。

しかし、誠人は家宅捜索班に組み込まれている。そこで考えたのが、相対的な危険度だ。ヌークリオの捜索には危険が伴いはするが、周囲には複数の警察官がいる。賢人には集団に紛れ上手く立ち回るスキルもある。反面、非合法な救出作戦に警察の協力は得られない。その上、今夜の相棒となるルーカスとは短時間だが一緒に呑んでもいた。いくら擬態が得意な賢人でも、別人だと気づかれる危険性があった。

誠人の案に賢人も同意した。しかしそれはそれで、もう一つ問題があった。

誠人にまとわりつく監視の目だ。

事前に打ち合わせた通り、動きやすい服装に着替えてくると凛子に告げ、一度ホテルに戻ると、賢人と入れ替わった。

『監視の二人は僕が引きずり回しておくから』

誠人によく似た刑事風の装いになった賢人は、渡良瀬署を訪れ、誰何(すいか)されることなくガサに加われと言われ、特に断る理由もなかったので、民間人代表の心構えで家宅捜索班の一員となり、凛子とともに周辺警備の一翼を担うことになった。

《監視は僕についてきてる感じ。ほんと、律儀で頭が下がるよ》と三十分前にはメッセージも届いていた。

気がかりがあるとすれば、凛子が入れ替わった賢人に違和感を抱くかどうかだが、そこは賢人の擬態能力を信じるしかない。

DJケントに擬態した誠人は、人波を縫いながら目的の場所へと向かった。

シモン・ダ・コスタ・ペレイラ。移民二世の二十七歳。瀬野学園を卒業後、飲食店を中心に幾度か職場を変えていた。瀬野防犯連絡会の一人が顔を知っていて、ヌークリオの構成員か関係者と見られていたが、過去に犯罪歴はなかった。

また高校時代の友人からは、フェルナンドとシモンが中学時代から友人関係にあったとの証言が複数あった。

自宅は久喜市・栗橋駅に近いアパートだったが、不在だった。

シモンが矢木沢美優とフェルナンド殺害に関し、何らかの事情を知っている可能性があり、逃亡の恐れもある——そう主張する広瀬、高城に引きずられる形で、渡良瀬署捜査本部はシモンの関係先の家宅捜索に踏み切った。

すでに駅周辺の関係先が特定され、茨城、埼玉両県警が動き出していた。

誠人は覆面車輛の配置を確認すると、繁華街の路地に入り、クラブ・ディロイの裏手駐車場でルーカスと合流した。

「フェルナンドがレイプと人殺しなんて、あり得ない」

ルーカスは動揺と悔恨を滲ませていた。「元々気が小さい子だったんだ。彼が手を下したにしても、悪い奴らに利用されたに違いない」

警察が包囲しつつあるのは、ディロイから歩いて五分ほどのところにあるガールズバーと、駅を挟んで反対側にある中古車販売店だ。どちらもシモンの勤務先とみられていた。

「シモンは夏から中古車屋に移った。そっちにいる可能性が高いと思う」

ルーカスはスマホを取り出し、中古車販売店に電話を入れたが、すぐに切った。

「もう営業は終わったと……」

閉店を告げる自動音声が流れたという。「まだ中にいるのか、帰ったのか」

ルーカスは複数のコミテメンバーに電話を入れ、シモンとの連絡を試みるよう命じた。

「警察が踏み込むまでどのくらいかわかりますか」

ルーカスは聞いてきた。

捜査員は令状の取得とともに動き出す。

「十分とか十五分くらいだと思います」

「まずいですね、とにかく向かいましょう」

ごったがえす久喜駅構内を東口へと抜け、新幹線の高架沿いの道を北へと向かった。

「店には真っ直ぐ向かわないほうがいい。もう警察が張っていると思う」

誠人の言葉に、ルーカスは小さくうなずいた。

三分ほどで右折路に差し掛かり、その道路沿いに中古車販売店の看板が見えた。看板の手前にある駐車場にはマスキングされた軽ワゴンが停まり、その外で、作業衣の男二人がタバコを喫いながら雑談している。高い確率で警察官だ。

中古車販売店には二階建ての事務所があり、まだ明かりが点っていた。事務所を「コ」の字で囲うように、展示場があった。今は十台ほどの乗用車が並んでいる。展示場の裏手は住宅街に面していて、そこには警察官らしい姿はなかった。

周囲の状況を確認したところで、ルーカスのスマホが振動した。

「シモンか、ルーカスだ。今どこだ……中か」

シモンはまだ中古車販売店の中にいた。閉店後の清掃作業を終え、店の奥で休憩しているようだ。

「すぐに警察が踏み込んでくるぞ……だめだ、もう時間がない、お前だけでも逃げろ」

ルーカスの反応から察するに、シモンは半信半疑の上、同僚を置いて逃げることを拒んでいるようだ。「逃げないとフェルナンド殺しの犯人にされてしまうぞ、急げ！」

シャツにブルゾンの男、ジャケット姿の男が、中古車販売店の正面に向かいゆっくりと歩いて行くのが見える。佇まいが警察官だった。

「……今警察が向かった。もう見えるはずだ。裏から出て俺たちと合流しろ！」

さらにワンボックスが二台到着、中古車販売店の前に付けると、十人近くの私服警察官が降り立った。全員が防弾ベストで着ぶくれしている。

完全にシモンを被疑者と想定した体制だ。

「逃げろ。裏ならまだ警察はいない。待ってる！」

誠人とルーカスは、走って中古車販売店の裏手に回り込むと、密集する住宅の敷地を突っ切り、中古車展示場の裏手に出た。すでに事務所前で、日本語とポルトガル語の怒号が飛び交い、複数の警察官と従業員らしき男たちが揉み合っているシルエットが見える。

塀を乗り越え、入ろうとするルーカスを抑え、展示場に目を走らせた。すでに照明が落とされ、裏手は闇に沈んでいる。

そんな中、車と車の陰を身を低くした人影が横切った。

「シモン！」

ルーカスが気づき、小声で呼びかけると、車の間を小柄な男が駆け抜けてきた。

「マジなのかよ」

シモンが塀を乗り越えたところで、展示場の裏手に数人の人影が入ってくる。

「行け、時間を稼ぐ」

誠人は展示場を見たまま小声で言うと、手にしたスマホを事務所に向ける。

背後で足音が遠ざかると同時に、影の一人が誠人に気づいた。

「そこで何してる！」

警棒を手にした私服警察官が車の間を抜け、駆け寄ってきた。幸い見知った顔ではない。

「なにやってんすか、あれ」

チャラく軽薄に——「なんかすげー怒ってるけど、ガサ？」

「危険だから近寄らないで」

「ここってブラジル人がやってる店でしょ？　何やったの？　やばいの？」

「いいから下がって！」

「少しくらい聞かせてくれてもいいだろう？　何が危険かわからないと、こっちだって備えようがないしさ！」

大きめの声で騒ぐと、周囲の住宅からも、何事かと人が出てきた。

「危険ですから中に入って下さい！」

応援のため、裏に回ってきた捜査員も声を張り上げる。

これで住民の対処に、しばらくの間数人を釘付けにできる。そうなれば長居は無用だ。誠人は住宅の間を抜け、通りに出た。

百メートルほど先に、二人の背中が見えた。数百メートルかけ、ゆっくりと追いつく。

「こいつは」

シモンが胡散臭そうに睨め付けてきた。日本人の血が混じっている顔立ちだった。

「ミゲルの友達だ。ハイシンシャだそうだ」

ルーカスが紹介した。「ガサを事前に知らせてくれた」

「DJケントだ」

名乗るとシモンは目を見開いた。「見たことあるぜ、カミカゼドリブルのケントか！」

握手を交わしつつ、賢人の知名度を改めて実感する。

「なあ、仲間はどうなる」

警官隊と揉めていた従業員たちだ。

「目的はお前だ。疚しいことがないなら大丈夫だろう」

ルーカスが応えると、シモンは黙り込んだ。ルーカスによればシモンはヌークリオの協力員ではあるが、直接的に犯罪に関与はしていないという。

「時々店にメンバーが来て、コーヒー飲んでくことはあるよ」

シモンがぼそりと語り出す。「その時店長がアガリ……顧問契約料みたいなの払うことはあるけどそれだけさ。俺は経営にタッチしていないから、それがなんなのか知らんけど」

「誰がフェルナンドを殺ったのか心当たりは？　ミゲルは制裁スタイルと言っていたけど」

誠人は聞く。「ヌークリオか？」

「知らんし、制裁だったとしても、あんなわかりやすい場所に置き去りにはしねえよ」

シモンの表情に、一瞬恐怖の影が差した。情報を漏らせば、制裁の対象になるのだろう。

「だがこのままだと、君がフェルナンド殺しの犯人にされる。警察の態度を見ただろう」

今度は諭すように言う。「証拠なんか連中のさじ加減でどうにでもなるんだ」

「わかってるけど、それよりなんでフェーがヌークリオなんだよ」

シモンは恐怖に苛立ち(いらだ)を紛れさせ、まくし立てる。「警察の自作自演だ、絶対に！」

フェルナンドがヌークリオの構成員でないことは、移民たちのコミュニティでは共通認識のようだ。

「ミゲルは、フェルナンドが勝手にコンドルの紋章を彫ったって言ってたけど」

一応確認してみた。

「それ正解」とシモンは即同意し、ルーカスも「確かにそういうところもあるな、あの子は」とうなずいた。

「リーダーに確認できるかな。どこにいるかわかる？　取材を申し込みたい気分」

「やめとけ」

シモンが真顔で忠告してきた。「俺は勧めない」

「その人の写真かなにかあるかな」

「顔も知らないほうが身のためだ」

という。

「私がコンタクトしてみよう」

ルーカスが提案し、シモンはうなずいたものの「ダメ元な」と付け加えた。

十分ほど歩き、青葉ニュータウンと呼ばれる住宅街のアパートに案内された。二階建て六室のこぢんまりとした造りで、ディロイと系列店の従業員寮として一棟丸ごと借りていると
いう。

ルーカスが招き入れたのは一階の一〇三号室だった。八畳ほどの一間だが、ベッドに冷蔵庫、テレビが揃っていた。

「ここは空き部屋だから、今日はここにいてくれ。後のことはまた考える」

「悪いな、世話になる」

シモンは釈然としない表情ながらも、ベッドに腰掛け、スマホを取り出した。

「無闇に仲間に連絡を入れるな。警察が仲間のスマホをぶんどった可能性がある」

ルーカスの忠告に、シモンは手元に視線を落としたまま「ああ」と応える。

「でもなんで俺が」

「フェルナンドの部屋から、君と矢木沢美優さんが一緒にいる写真が見つかったんだ」

誠人はなぜシモンに捜査の手が伸びたのか、改めて説明した。「君はヌークリオの指示で彼女と会っていたのかい？」

「違うよ」

シモンは醒めた口調で応える。「関係ない、俺は」

「でもヌークリオには憧れがあるみたいだよね」

「憧れるヤツはたくさんいるし、メンバーでなくても手伝ったり協力するヤツもいる。それだけだ」

「それで、美優さんと何があった」

床に胡座（あぐら）をかいたルーカスが、詰問する。「場合によっては、お前を警察に引き渡す」

「頼まれごとをしていただけで、フェーとは関係ない」

「何を頼まれた」

ルーカスは間髪容れず聞き返す。シモンは口の中でなにか毒づき、視線を彷徨わせると、意を決したようにルーカスと向かい合った。

「目撃者探しだよ。ほら、あの実験で車が暴走して事故ったろ。それ」

思いがけない情報に、誠人は息を呑みかけたが、「なにそれ、興味あるんだけど」とＤＪケントのノリと表情は維持した。

「三月のあの事故か？」

ルーカスも意表を衝かれたようだった。

「俺もあの日、嫁と息子連れて見学に行っててさ」

シモンによると、利根川の瀬野町側河川敷で見学していて、そこには移民やその二世が多くいたという。「美優さんには、車が暴走を始めた場所で見学していた人を探してくれって頼まれたんだ」

「それはいつ頃の話かな。できるだけ詳しく」

誠人はわずかに前のめりになった。

「九月の土曜日で……」

シモンはスマホのカレンダーを確認した。「十四日だね」

「先月？　事故のすぐあとじゃなくて？」

「俺もなんで今頃と思ったさ」

「君と美優さんの関係は」

「中学と高校ん時の先輩後輩。柔道部の。俺は一ヶ月くらいでやめたけど」

「見学者を探す目的は？」

「警察みたいだな、ケント」

「サブチャンでドキュメンタリー撮っているから、興味がある」

「ああ、あれね。俺を取材したいのか」

「させてくれる？」

「まあいいけど」

「目撃者を探して何をするつもりだったの」

「そりゃ話を聞くんだろうけど……」

「でも現場にいた見学者には、事故の調査委員会とか警察が話を聞いたんだよね」

「俺はただ探してくれと頼まれただけで、中身まではわからないよ」

事故原因の究明に拘り、独自の調査をしていたと見られる中岡。彼は矢木沢美優とは不倫関係にあった。警察の指導が入りはしたが、実は関係が続いていて、矢木沢美優は中岡の意を受けて動いていた？　だがなぜ半年も経って？

「ただ目撃者を探していたわけじゃないだろう？　条件が付けられたりしなかった？」

誠人は聞く。

「ええと、親子連れな」

「なんで親子連れ？」

思わず聞き返す。

「理由はわからねえよ」

連れて行った五歳の息子が、見学そっちのけで友達と遊んでいたので、息子の友達の線から探したという。「子供生まれた時、一応美優先輩には見せたしさ、断れなくて」

二週間かけて三組の子連れ見学者を見つけ、二十八日の土曜に美優に会って報告したが、その場面をフェルナンドに撮られたのではないか、シモンはそう応えた。

「電話やメールを使わなかったのは？」

「履歴を残したくないって言われててさ」

証拠を残さないためだ。

警戒していたのは、やはり南利根署なのか？

「矢木沢さんと会ったのは、頼まれた時と報告した時の二回？」

シモンは「そうだな」とうなずいた。ならばフェルナンドが持っていた写真はその時のものだ。

しかし、一般の見学者と親子連れの違いに、誰かに使嗾(しそう)されていた可能性もあった。フェルナンドの性格を考えると、どのような意味があるのか——誠人には見当もつかなかったが、まだ聞くべきことはあった。

「美優さん、実験のスタッフと付き合ってたみたいなんだけど、知ってた？」

「はあ？　誰と？」

驚き訝(いぶか)るシモンの表情は、演技には見えなかった。

「中岡という国土交通省の役人で、実験の監督をしていた人なんだけど」

「ナカオカ？」

シモンの眼球が、不規則に動いた。

「知ってる？」

「確か見学の家族のこと美優に話してる時に、美優のスマホにその名前が見えた。メモ帳開いててさ、俺の言ってることメモする時に」

やはり、中岡の意を受けての調査だったようだ。

「金は取ったのか」

ルーカスが聞いた。

「当然だよ。ボランティアじゃないし」

シモンはバツの悪さを誤魔化すかのように、胸を張る。

「金額は？」

「五万円」

「お前ふっかけたな」

「向こうから言ってきたんだよ、五万って。その代わり人を使うな、誰にも言うなって」

「口止め料込みか」

「でも、お前らに言ってしまったな」

「口外はしないさ、無料で」

誠人が言うと、シモンは頭を掻いた。

「悪いな。でも美優さんが役人のお偉いさんとね……」

意外ではないようだ。「優しくて頼りになったから、勘違いする男がいてもおかしくはねえな。俺も憧れてたよ、若い時は」


誠人は久喜駅のトイレで手早くメイクを落とし、髪をセットし直し、五分ほどのタイムラグで入ってきた賢人と着衣と情報を交換した。

「こっちは空振りだった。危険なことはなかったから、凜子ちゃんと親交を深めてきた」

賢人は聞き捨てならない言葉を発したが、問い詰める時間もなく凜子を含む捜索班と合流、渡良瀬署の捜査本部に戻った。

勢揃いした捜査員からは、しわぶき一つ漏れない。数時間前の活力と慌ただしさとは一転、空気は重かった。

吊し上げられているのは、中古車販売店の捜索班だった。

中にいた店長ら三人を公務執行妨害で逮捕したが、シモン・ペレイラの姿はなかった。だが、中に残されていたビール缶や、休憩スペースのイスの数は明らかに四人分だった。

　現状、逮捕された三人は、最初から自分たちしかいなかったと主張している。その三人も長くは拘束できないだろう。

「……事前に情報が漏れていた可能性は」

　広瀬は苛立ちを隠そうともしない。

「裏手の通用口付近で、怪しい若者がわめいていたとの報告がありますが、その男が手引きした可能性もあるのではないかと」

　捜査員の一人が言い、男の特徴が説明されてゆく。「若い日本人でした」

　若干のあせりは感じたが、『アイラインの力は偉大なり』とメイクの要点を教えてくれた賢人の言葉を信じ、心を落ち着ける。

「……まずは関係各所の監視を強化し、シモン・ペレイラの行方を追うこと、フェルナンド・カルモナの殺害現場を特定すること。そこからしっかりとやっていこう」

　沢田管理官が締め、捜査会議は散会となった。

　階下の会議室で、沢田管理官と会った。午後に広瀬、高城から中岡の交際について明かされた部屋だ。

　捜査会議開始前にメッセージをもらっていた。

「広瀬、高城の両名と会っていたそうだね」

埼玉勢はもう引き上げたあとだ。「率直に言う、何を話したのか聞かせてくれないか」

「なぜですか」

誠人は警戒しながら応えた。

「見てわからないか、この異常な帳場」

広瀬と高城に牛耳られている状況のことだ。

「別に埼玉県警と組んでいるわけではありません。釘を刺されただけです」

「深入りするなと？」

「かもしれません」

沢田はため息をつく。

「我々は一刻も早く矢木沢美優及びフェルナンド・カルモナを殺害した犯人を検挙したい。だが彼らはそれを望んでいるように思えない」

「話し合うべきだと思います」

「それは初日からやってる」

沢田は即答した。「だが彼らはヌークリオを叩くの一点張りで、一向に前に進まない。確かに組織犯罪に関しては、我々よりも埼玉県警のほうが一日の長があるだろうが、彼らの態度は、それともどこか違うようにも思う。彼らはこの帳場をどうしたいと思っているか個人の感想でいい、聞かせてくれないか」

「私に聞いてどうするんですか。ある意味一番距離が遠い存在ですが」

もう一段階、様子を見てみた。

「事態を一番客観視できると思ったからだ。できうる限り問題を排除して、捜査に集中したい。でなければ彼女に申し訳が立たない」

「彼女、ですか？」

「矢木沢美優だ。彼女はあえて我々を頼ってくれたと私は考えている。彼女に報いたい」

瀕死の状態で川を二本渡り、茨城県内で力尽きた彼女――沢田の視線から放たれているのは、警察官としての使命感と矜持。

「彼らの目的は第一にヌークリオの壊滅だと思います」

誠人は態度を改めた。「連中と長く対峙してきたという自負もあるようです」

フェルナンドの家宅捜索の時に見た、移民に対する南利根署の態度。

「青井君が言っていました。彼らは不良移民に対して強く当たる姿を地元の人たちに見せなければならないと」

「地元の突き上げがあるとは聞いているが、そこまでとはな」

「私も同じ思いです。何かあったら情報を共有します」

誠人はそれだけ応えて、渡良瀬署をあとにした。


ホテルに戻ると、タブレット端末を手に、賢人が部屋にやって来た。

「シモン君の確保、上手くいってよかった」

「お前も捜査対象になったぞ」

誠人が言うと、「怪しまれたのは誠人のせいか」と返された。

「忘れてたと思うけど、例のハンノキの群生が映った映像、少しだけ解析の結果が出た」

賢人はタブレット端末を部屋の大型テレビに有線接続した。

「そんなヒマあったのか」

「僕には、二十万の同志がいる。中には普通とちょっと違うやつらもいてね」

配信仲間とチャンネル登録者か——「何気ない映像の中から不自然なものを探し出すのが得意なのがいてさ。心霊だとか恐怖映像だとか言って、怪しげな動画をアップしてるやつなんだけど……」

モニターに河川敷が映し出された。編集が為されているようで、すぐに画面左から実験車輛がフレームインしてくると、突然暴走、右へとフレームアウトしていった。

誠人も何度となく観た場面だった。

「そいつが見つけた不自然な部分ってのが……」

賢人は暴走発生の瞬間から、映像の時間を十二分あまり進めた。「で、ここをブローアップしてみましょう」

映像の一部が拡大される。ハンノキの根元近くの下生えの部分だ。ススキなど高さ数十センチから一メートル程度の雑草が、わずかに風に揺れている。

「ここ」と賢人。

ご丁寧に、注目ポイントが○で囲まれた。

「草むらの動きをよく見て……ここ！」

合図の瞬間、下生えの揺れが、一部乱れたような気がした。その十数秒後、車輌の転落現場に向かうのか、ジェミニ自動車のワーキングウェアを着た男性スタッフ数人が、コースを走り抜けていった。

「鳥か小動物が草むらの中を歩いたような感じじゃない？」

賢人は言った。確かに揺れは風向きに反しているようで、違和感があった。

「例えば風が木の幹とかに当たって、向きが変わったという可能性もあるだろう」

「ただ風に揺れているんじゃない。よく見てごらん、横に揺れる動きの中に、縦に沈むような動きが混ざっているだろう？」

同じ場面をもう一度スローで再生した。確かに、指摘のような動きがあった。「これは何かが草の根元を踏んづけた時の動きだよ」

だとしても、揺れがあった場所は、実験車輛が暴走を始めた地点より二十メートルは手前だ。

「単なる風じゃない。少なくとも草を踏みつけるような何かがあった……というわけで」

賢人がタブレット端末を操作すると、画面が三分割された。どれも下生えの拡大映像で、一番右が、今見たばかりの地点だ。

「よく見ておいてよね。それではポチッとな」

賢人が再生ボタンをタップした。

風に揺れる雑草。そして、一番右の画面で、雑草の穂先が不自然に乱れた。

「もう一回」

賢人が動画を繰り返した。それで、誠人にもはっきりとわかった。

一番左と中央の画面に映し出された下生えも、同じタイミングで同じように乱れていた。

「三箇所同時に同じ現象が起こってるんだ。寸分違わず同じタイミングでね」

鳥や小動物だとして、例えば、救助に向かうスタッフが近づいてきて逃げたのなら、左から順番にタイムラグをもって草むらが動くはずだ。十メートル間隔の三羽、もしくは三匹が同時に逃げる可能性は？

「これは同時に起こったんだな」

誠人は念を押した。

「ああ、まるで同時に指示されて反応したみたいに」

同時に反応――事故直後、広瀬刑事官の指示で、全てのカメラが事故車輌に向けられた。従って、この異変を記録した映像は、恐らくこれだけになる。

賢人が意味ありげな、そして好奇心に満ちた視線を向けてきた。

「広瀬という刑事官は、たぶんこれを見せたくなかったんじゃないかな」

「そこに何か仕掛けてあったのか」

「たとえばの話。あのタイミングで反応したのは、ジェミニのスタッフが通りかかったからで、そこにあった何かに気づかれる危険があった。だから川のほうへ移動させた」

資料を確認すると、事故直後、瀬野町側で待機していた整備スタッフが、徒歩で現場に向かった記録があった。

中岡は九月中旬までに、下井経由でこの映像を手に入れたのだ。

そして十四日に、中岡と関係があった矢木沢美優が、シモンに、まさにこの下生えが動いた辺りで見学していた子連れ家族を探すように依頼した。

このハンノキの群生に何かが仕掛けられていたと考えたから――

「中岡さんもこれに気づいたのか？」

「可能性は高いだろうね」

賢人は応える。

「電波や電磁波による干渉は否定されているよな」

「だけど、そこで中岡さんは立ち止まらなかった。技術者の観点で調査して確認すべき何かがあったからさ」

「そのヒントが家族連れなのか」

「家族連れというより、ターゲットはむしろ子供だと思うけどね」

それはシモンとの会話の中で、誠人も感じていたことだ。

「お前明日はどうする」

「二試合の予定」

「そうじゃなくて、なにか指示を受けているのか？」

「コミテのルートから、それとなく淵崎氏の動きを探る」

地元との接触はないか、饗応や利益供与はなかったのか――「だけどそれはあくまでも補助で、兄さんにはそろそろど真ん中直球の指示が来ると思う。表の監察が仕事して、淵崎氏のお相手を見つけたって」
直後、お互いのスマホが同時に振動した。小山内からだった。
《淵崎室長とアポをとった。堂安誠人は私と同道せよ》
それを見た賢人は「ね？」とウインクした。

2　十月十日　木曜　正午過ぎ

淵崎謙介と会ったのは、皇居のお堀に近い日比谷交差点の歩道上だった。あくまでも非公式の会食という体面を取っていた。

穏やかな秋晴れ。ビジネスパーソンや官庁勤めらしい人々が行き交う昼食時だ。

「ご足労痛み入ります。人事二課の小山内真水です」

スカートスーツ姿の小山内が、歩きながら挨拶を交わす。「こちらは担当の捜一特命の堂安主任」

誠人は「堂安です」と小さく頭を下げた。

「中岡君のことと聞いているが、なぜ人事が出てくる」

淵崎は怪訝そうな顔をした。

「特命の捜査を知り、わたしのほうから便乗という形で同道を願い出ました。今日は監察の代理という身分で参りました」

「私が何かしたかな」

淵崎はおどけたように笑って見せた。

「奥様からお話がありまして、確認が必要な案件があります。監察の本隊が動くと何かと波風が立つので、わたしが行くようにと」

淵崎は口許を引き締め「お手柔らかに頼むよ」と小声で応えた。

小山内が先導するように、有楽町方面に向かう。

淵崎は百八十センチを超える長身で、ジャケットの合わせ目から見える腹部も引き締まっている。髪は後ろに流すようにセットされ、歩く姿勢も堂々としていた。

「一緒に働いたことはあったかな」

淵崎は小山内に聞いた。

「神奈川県警の警備部で一年ほど重なっています」

「六年前だな」

「外事二課（ソトニ）におりました。淵崎室長は危機管理対策課でしたね」

災害対策が主な職務で、淵崎は道路法制のスペシャリストとして、緊急時や災害時の交通規制、輸送計画の策定などを担当していた。

「そうか、あまり接点はなかったな。だが、対中国の防諜でいい仕事をした女性捜査官がいたと聞いたが、君か」

「ここはとぼけておきます」

「それが……なぜ人事二課に」

優秀な人材なら、公安が放っておかない。

「体調を崩して一年ばかり休職しました。今はできる仕事をしています。採用センターの試験担当です」

一年前、誠人に名乗った肩書きと同じだ。現在人事二課の事務職ではあるが、元公安の現場経験を買われ、密かに派遣されてきたというのが今日の設定だ。

「それも人材を育てる重要な仕事だ」

レトロな雰囲気を残し連なる高架下の飲み屋を横目に、誠人は小山内と淵崎から三メートルほど距離を取って歩いていた。

「中華でいいですか」

小山内が淵崎に聞いた。

「選択の余地はないんだろう？」

小山内は「では」と、淵崎をオフィスビルの地下にある中華レストランに案内した。予約しておいた奥の個室に通され、それぞれ円卓に腰を落ち着ける。すぐに食前酒が運ばれてきた。

食事中、誠人はほぼ蚊帳(かや)の外だった。

「解決が難しいのは技術より、法と倫理ですね」

小山内は自動運転の法整備について、淵崎と積極的に意見を交換した。

命と責任の問題、いわゆる「トロッコ問題」だ。自動運転車が事故を起こした場合の責任の所在。システムのプログラムを組む際にどの命を〝優先〟するのか。乗員か、歩行者か。乗員の命を救うために、歩行者の危険をある程度許容するのか。歩行者を犠牲にするにしても、若者の命を優先するのか、高齢者の命を優先するのか。

実用化の時には、選択肢の優先度をＡＩに習得させなければならない。一民間企業が判断していいことではない。

乗員の命を救うために他者が負傷、死亡した場合の責任は誰が負うのか。メーカーか、国か。その場合、賠償狙いの故意の事故が横行するとも言われていた。これを理由に、完全な自動運転は技術的に可能となっても、主流になり得ないと予想する専門家もいる。有人の場合、責任の所在は運転者。単純明快で動かしがたい存在だ。

「一企業が命の価値を決めるのは不可能ですよね。だからといって、全ての事故が国の責任というのも現実的ではありません」

「私が思うに、最終的には国民投票をするか、欧米のように割り切って命の価値に順位を付けて法整備を進めるか。国が強い意思で自動運転を進めるのなら、後者と思っているが、国民の声は絶対に無視してはならない」

淵崎は毅然と応えた。「その面は中岡君ともよく意見交換した」

「国民のコンセンサスについては、わたしも淵崎室長と概ね同じ意見です。ただ、取り締まる警察官は、何を根拠に誰を逮捕すればいいのか、白黒付ける必要があります」

自動運転の法整備に興味津々だった小山内の態度が豹変したのは、食後すぐだった。

「まずはわたしの用件を済ませたいと思います。この部屋から情報や声が漏れることはありません」

小山内は事務的に告げると、バッグからタブレット端末を出し、例のベッド動画を表示させた。

淵崎は静かにディスプレイに目を落とし、「参ったな」と小声で言ったが、表情や口調には狼狽(ろうばい)の欠片(かけら)もなかった。

「女性の名は月岡ゆかりさん。ジェミニ自動車と自動運転実験・瀬野町実行委員会がイベントの際に雇ったコンパニオンです」

「ああ、覚えている。もう関係はないが」

淵崎は顔を上げた。「妻が見つけたんだな」

「そうなります」

小山内は応える。「自分の承知していないスマートフォンだったと」

「私もまだ脇が甘いな」

淵崎は悪びれる様子もなかった。

「彼女と会ったのは何回ですか」

「さあ、数えてはいないが五、六回くらいだと思う」

その都度、肉体関係があったという。

淵崎謙介はこれまで二度、女性問題で戒告処分を受けていた。一つは酒席での女性職員へのセクハラ、もう一つは部下の女性への性的関係の強要。それも睡眠導入剤を使ったもので、現在の法律なら準強制性交に相当する事犯だった。

だが、彼は警察組織によって守られた。

「この動画、無許可の撮影ですね」

「そうだな。その件で彼女にえらく怒られた。すぐに謝ったよ」

「東京都の迷惑防止条例が適用されますが」

非親告罪であることは、淵崎は十分承知しているはずだ。

「こっぴどく怒られはしたが、謝って許してもらった、それで彼女に告発の意思がないことも確認した。次はないとは言われたがね」

淵崎は一瞬だが、悪戯がばれた子供のような表情を浮かべた。

『告発？　しないですよ。許しました。彼も、もうしないと約束してくれましたし』

二時間前、小山内とともに中目黒のマンションで会った月岡ゆかりは、笑ってそう応えた。動画で見るより、大人びた美しい女性だと誠人は思った。一応動画を見せ、映っているのが月岡ゆかり本人だと確認した。告発の意思の有無を尋ねたが、明確にないと応えた。

彼女は現在二十二歳で、都内のタレントプロダクションに所属。地上波の深夜バラエティ番組や、インターネット番組などへの出演歴もあった。

自動運転実験に関しては、二月十六日の実験車輛お披露目試走イベントと、実走実験の三月八日、九日について、イベントコンパニオンと来賓の案内係として会場にいた。

『関係を持ったのは、二月十六日のイベントがきっかけです。声をかけて頂きました』

淵崎も来賓の一人だった。

『淵崎さんに妻子がいることはご存じでしたか』

質問は小山内が行った。

『確認はしませんでしたが、いる可能性は高いだろうなとは思いました』

『淵崎さんとの関係の中で、金品の授受はありましたか？』

『一緒に食事をさせて頂いたときは、彼が支払ってくれました。あと深夜になってしまった時は帰りのタクシー代を頂きました』

『盗撮の事実を知ったのは、淵崎さんのスマホを覗いたからですね』

『そうですね』

月岡ゆかりはあっさりと認めた。『撮影モードのままでロックがかかってない状態だったので、中を確認しました』

『例えば、無断で動画を撮られたことを理由に、何かを要求したということはありますか』

その時、月岡ゆかりは、質問の意味を計りかねるかのように小首を傾げた。その反応、表情は、明確に演技だとは言いきれないものがあった。

『なんの要求ですか？』

『端的に言えば、恐喝や脅迫です』

小山内も言葉を選ばなかった。

『とんでもない。盗撮が犯罪に当たることは知っていますけど、それを理由に自分も犯罪を犯そうなんて思いません。割に合いませんし』

話し方も迷いがなく、聡明さも感じさせた。

『今に至るまで動画が残されていたことについては、どう思いますか』

『すぐに消すように伝えて下さい。でないと今度こそ告発も考えると。でもですね……』

月岡ゆかりは一転、邪気のない笑みを浮かべた。『消したくないほどわたしの裸が綺麗だったのかなって、少し誇らしい気持ちがあるのも事実です。美とスタイルの維持に命賭けてますから。変ですか？』

――彼女の証言が事実かどうかは、今のところ保留にしておこう。

聴取後、小山内はそう判断した。要は外堀を埋める必要があるということだ。

そして、淵崎と対峙している――

「交際が不適だったことは認める。盗撮の件も許しを得て決着しているが、これも反省している。申し訳なかった」

淵崎は軽く頭を下げた。

警察庁としても、個人的に決着した盗撮をあえて告発して、不祥事化するメリットはない。

そしてそれは淵崎自身も承知している。それ故の余裕だ。

「しかし、それで万事解決とは行かないのです」

小山内は言った。「問題は二つ目の動画が撮影された日です」

「確かに問題だな。無論反省はしている」

国家プロジェクトである、実走実験開始前夜の密会なのだ。盗撮トラブル含みの。

「外部に漏れれば、あなたも警察組織も大きな傷を負います」

「君たちが外部に漏らさなければいいだけの話さ」

これまで戒告で済まされたのは、妻と義父の家への忖度に加えて、淵崎自身が極めて優秀な人材だったからだ。

「聞き捨てなりませんね」

「冗談だよ。返す返す自分の軽挙さを痛感する。会ったのはお互い業務終了後だったというのは言い訳にならないかな？　不躾（ぶしつけ）を承知で言うが、実験前の景気づけという意味合いもあったんでね、お互い」

やけに饒舌だった。何かを隠したい時の典型的な反応だ。

「その件だけではありません」

小山内が誠人を一瞥した。「ご存じでしょうが、国交省の審議官である中岡昌巳氏が亡くなりました。彼はその件で同席しています」

誠人は改めて頭を下げた。

「捜一特命五係で主任をさせて頂いています、堂安です」

「中岡君の件は残念だった。捜一が捜査しているのは聞いている」

「調べているのは、中岡さんが死に至った理由です」

誠人は淵崎に対し、中岡が事故の原因究明を優先し、実験の一時中止を強く主張していたこと、最近まで個人的に原因を調べていたことを告げた。

「淵崎室長は、メーカーを交代させてまで、実験の続行を主張されました。その意見の相違が、中岡さんの死に関係しているのか、調べています」

「私が彼を追い込んだと？　私はアイデアを出し、提案をしただけで、実験続行の意思決定は政府だ。賛成、反対のせめぎ合いは、国家運営の常。公僕なら承知しているはずで、それにいちいち命を賭けていたら官僚など務まらない」

一転、淵崎は威厳に満ちた雰囲気を発散した。「私だってこれまで意見を潰され、人格否定までされて、唇を噛み千切るほど悔しい思いをしたことは何度もある。中岡君も同じだったはずだ」

「では、中岡さんが死に至る予兆のようなものは感じましたか」

淵崎はしばらく考えた後――

「疲労を訴えていたことくらいか」

「淵崎室長の提案について、中岡さんから何か言われたことは」

「事故直後から、原因究明が終わるまで実験を止めるよう、警察庁に諮ってくれと頼まれた。その時は協議すると応えていたが。まだ情勢がよくわからなかったんでね」

「実験続行を支持したのはなぜですか」

「知っていると思うが義父が議員でね、党内の空気が伝わってきたんだ、続行だってね。私自身も、いま立ち止まるわけにはいかないと思った。法整備は進んでいたしね」

「無礼を承知でうかがいます」

誠人は胸の奥で気合いを入れ直す。「例えば、月岡ゆかりさんの盗撮の件が、淵崎室長の意見に影響を与えたということはありませんか」

淵崎の口角がわずかに吊り上がった。

「随分踏み込んだ質問だな。盗撮を盾に、実験推進を強要された、そう言いたいのかな？」

気を抜けばのけぞりそうになるほど、威圧感のある視線だった。

「そうです」

淵崎の気勢を押し返すように、誠人は言った。

「たかが女の脅迫で意思を曲げるほど、私は職責を軽んじてはいない」

「わかりました。では質問を変えさせて頂きます」

誠人は静かに息をつく。「実験の際に、中岡さんと警備スタッフの女性が交際していたことはご存じだったでしょうか」

「矢木沢美優という女性だろう。地元警察から報告を受けて知ってはいた」

淵崎は飄々とした表情に戻る。「だが、私自身はそのことで彼に言葉をかけるようなことはしなかった。プライバシーに関わることだし、実験に波風を立てることになる。人のことは言えないがね。それにあの時期は国交省と警視庁の誰かが収賄で捕まったばかりだったしな」

そのために警視庁は、国交省の意を汲み、草河の贈収賄事件の筋を書き換えたのだ。

「その交際相手が、中岡さんが亡くなる二日前に殺害された女性だったということはご存じでしたか」

「それも地元警察から連絡があった。被疑者逮捕に全力を尽くしてくれとお願いしたよ」

「二人がいつ頃から関係を持っていたのか、おわかりになりますか」

「確か彼女は、瀬野町側の公道警備班の一つを任されていたと思うが……」

「瀬野町公道警備第三班の班長でした」

「そうか。中岡君も警備と撮影については、事あるごとに班長を呼び出して指導していたから、惹かれあう機会はいくらでもあったんじゃないかな」

「質問を変えます。事故当日の様子をお聞かせ願えませんか」

「中岡君の様子か？　血相を変えていたな。それなりにショックはあったとは思う」

その後の行動は下井の聴取と同じで、管制コンソールにかじりついて、救助よりもシステムの確認に没頭していたという。

「後ろに警備担当の方がいたと思いますが」

「ああ、南利根署の幹部が詰めていたな。確か広瀬君と高城君」

「彼らの対応はいかがでした」

淵崎はわずかに考えた後——

「的確で冷静だったと思う」

「具体的には、どんなところが的確でしたか」

「カメラを事故車輛周辺に向けるように指示した。たしか広瀬君だ。その声で、私もある程度落ち着きを取り戻したからな。そこに関しては見事だった」

「事故原因について、淵崎室長個人はどんな見解をお持ちですか」

「技術の面では下井君はじめ、大勢の技術者が束になってもわからなかったんだ。私もわからないよ。ただ私は法と政治の面からこの事故を俯瞰しなければならない。その後、ジェミニが事故当時と同じ条件で、走行を繰り返し、不具合は起きなかったと報告を受けた」

下井も言っていた。同じ車輛、同じ条件で二百回を超える実験を行ったが、車輛に異常は見られなかったと。

「だから、原点に立ち返ったわけさ。事故は起こる。原因の究明も重要だが、世界の趨勢を見れば実験は止められない。ならば未然に防ぐ技術と同時に、リカバリーの技術も磨く。その方面にも法と政治、技術のリソースを割くとね」

「リカバリーとは、具体的には何を指すのでしょうか」

「技術的なことは詳しくないが、磁気マーカーがあれば少なくとも、何かあってもすぐに感知でき、自動制御が可能になると聞いている。その件に関してミヤタの技術が一歩進んでいるとも」

「しかし中岡さんは承伏しなかった」

「いや、承伏したから、ミヤタの実験にも参加していたんだろう」

「地方への異動が決まっていたのにですか」

「私がどうこう言える立場ではない」

「これが自殺の引き金になったと思いますか？」

淵崎はわずかに間を取ったあと――

「わからない。それだけだ」

「では、中岡さんが、事故が仕組まれた可能性があると訴えていたことについて、どのような見解をお持ちですか」

「彼がそう話していたことは、国交省側から報告を受けた。だが、調査で不可能だと結果が出ている。彼がどんな思いでそんなことを口走ったのか、私にはわからない」

淵崎との昼食は、最後まで腹の探り合いで終わった。

日比谷方面に歩き去る淵崎の背中を見送ると、誠人と小山内の脇に本部の車輛が横付けされた。

「一度本部に戻ってから、堂々と茨城に戻れ」

小山内はそう言って先に乗り込んだ。

誠人も乗り込み、車は静かに動き出す。

「月岡といい淵崎といい、見事な弁舌だったな。現状つけいる隙がない」

小山内は薄い笑みを浮かべる。「あらかじめ用意された回答にも思える」

「本当にただの不倫で、なにもない可能性があります」

ミヤタ自動車への変更は、磁気マーカーによるアクシデントの〝リカバリー〟を期待してのものだ。

「瀬野の実験に参加したところで、ミヤタに益はないという話か」

ミヤタが力を入れているのは、欧米仕様の車輛だ。「確かにそれが一つの真実ではあろうな。こちらでも確認を取ったが、ミヤタ自動車は五十億ほど負担が増えている」

「ならば淵崎室長の捜査はこれで……」

「一つの真実と言っただろう」

小山内は遮るように言った。「確かに益はない。だがそれはミヤタ本社、グループ全体を俯瞰すればという話だ。視点を変えてみると、また別のものが見えてくる」

「すみません、いまは何も浮かびません」

「三日間瀬野にいて見えなかったか」

——喜んでいる人が多いかも……不謹慎ですけど。

凛子の言葉が脳裏を過る。

瀬野には実験の続行が決まり、喜ぶ人たちがいた。防犯連絡会の聴取でもそれは浮き彫りになった。

「瀬野では実験の続行を望む人が一定数いました」

「そうだ。地方都市最大の問題は、人口減少と産業の衰退だ。その切実さは東京にいては実感できないものさ」

スローガンが《ストップ人口減！》だった政治家のポスター。「瀬野は積極的な移民政策をとってきたが、ここ数年で陰りが見えてきている」

移民がいれば人口に関しては安泰のはずだが、なぜあんなポスターが――それは移民の数自体が減ってきているからか。

「新興国と日本の経済力の差が縮まるにつれ、日本で働くことの旨味が少なくなってきている。つまり、日本を、瀬野町を選ぶ移民が減ってきているということさ」

バブル崩壊以降、失われた三十年と言われている日本。経済発展も賃金上昇も、ほかの先進国と比べると最低レベルだ。

「だが実験続行とミヤタへのメーカー変更で、瀬野に拠点を置くアイダ特殊鋼が磁気マーカーを受注した」

「ミヤタのグループ企業ではないですね」

「そう、あくまでも部品供給先の一つ。しかし、自動運転がこのままミヤタ主導で、磁気マーカーありきで進めば、安定受注に繋がる。たとえ町工場で製造できる代物でも、これまでのミヤタとの取引実績は大きい」

不意に瀬野産業連合会の佐々木会長の顔が浮かび、消えた。

「見るべきはミヤタではなく、アイダ特殊鋼ですか」

「それと瀬野町そのものだな」

十分で警視庁本部に到着、地下鉄とJRを乗り継いで、渡良瀬署に戻ると、事件が動いていた。

フェルナンド・カルモナ殺害現場とおぼしき場所が特定されたのだ。

3　同日　夕刻

そこは雑木林に囲まれた池の畔(ほとり)だった。埼玉県瀬野町麦倉の番地も定かでない一角。幹線道路は遠く、進路は未舗装を含む農道だけだ。そこに警察車輛が肩を寄せ合うように停められている。

凜子とともに降車した誠人は、スマホで位置を確認した。

フェルナンドの死体が遺棄された河川敷から、北東へ約一キロ。

「わたしは行きませんから」

凜子は口を尖らせた。当然、無断で来ていた。

「ここで待ってて」

誠人は遠慮なく池へと続く小径に足を踏み入れ、木々の間を抜けると緑色の水面が見えてきた。直径二十メートルほどの円形に近い池だった。その畔から数メートル離れた木立の脇に捜査員の輪ができていて、広瀬の姿もあった。

歩み寄り、広瀬の目を盗むように現場を覗く。

雑草が踏み荒らされていて、黒い液体が放射状に飛び散っていた。血痕だ。付近の地面には複数の足跡が認められ、スポーツシューズが転がっている。

フェルナンドが履いていたものの、片割れだった。

――八日深夜、雑木林の奥で誰かが騒いでいた。

市民から通報があったのは今日の午後だ。南利根署員が確認に行ったところ、ここを見つけたのだ。

誠人はそっと輪から離れ、雑木林を出た。凜子は乗ってきたミニバンの脇で待機している。

「フェルナンドが殺されたのはここだ。足跡からたぶん、三人から四人の人間がここにいたと思う。そこは鑑識待ちだろうね」

現場から近くの住宅まで数十メートルはある。

犯行が深夜ならヘッドライトの目撃情報はあるかもしれないが、車種の特定までは難しいだろう。あるいはライトを消して走行した可能性もある。

「もっと真面目というか、きっちりした方だと思ってました」

不意に凜子が言った。

「どういうこと？」

「規則というか、不文律みたいなものを平気で破りますし」

昨日の家宅捜索――『親交を深めた』という賢人の言葉。

「昨日のことか」

探りを入れてみる。

「今もそうですけど」

「遠慮していたら進む捜査も進まない」

「その辺にいる移民たちに片っ端から声をかけるのも、捜査の一環なんですか」

賢人は、捜索先であるガールズバー周辺にいた移民に声をかけたのだろう。

「シモン・ペレイラについて、何か知っている可能性があったから」

「でも、サッカーとかゲームとか、そんな話しかしてなかったじゃないですか」

なにをしている賢人――

「まずは打ち解ける必要がある」

「警戒そっちのけで、ゲームを始めるのも打ち解けるためですか」

賢人はタブレット端末でゲームに熱中したという。

「あの年代に溶け込むには、時に必要になる」

凛子を、というより自分を納得させるために言った。

「もし店にいた人たちが抵抗したらと思うと……」

あとで賢人を問い詰めるとして、ここは凛子に軽く謝罪しておこうと、彼女に向き直る。

「ただ心配させたのは謝る……」

言いかけて気づく。彼女は頬を紅潮させ、怒りとはほど遠い表情をしていた。

「そうやって使い分けているんですか。それが東京流なんですか」

なにをした賢人……。


昨夜とは打って変わり、捜査本部は意気が上がっていた。

期待していなかった目撃情報が上がってきたのだ。しかも、目撃者はスマホで現場を撮影していた。

「人は誰も映っていませんが、音声は明瞭に録れています」

渡良瀬署捜査員は高揚気味に説明していた。「通報者は現場からおよそ五十メートル地点の住宅に住む六十二歳男性。八日午後十一時過ぎ、トイレに立った時、雑木林のほうから叫ぶような声を聞いて、外に出たそうです」

池の畔では時々近隣の少年らが花火をしたりして騒ぐことがあるという。

「叱ったり注意するつもりはなかったそうですが、日本語かポルトガル語か確認はしておきたかったということで、スマホを持っていったそうです」

それで、スマホで動画撮影しながら、現場まで近づいたという。「映像は暗くてよくわかりませんが、音声は録れています」

大型モニターとスピーカーが準備され、すぐに動画が再生される。

前方に黒い雑木林が見えた。

スピーカーからは通報者の足音と息遣い、雑木林に近づくにつれ、時折複数と思われる男の声が漏れ聞こえてきた。怒号なのか悲鳴なのか、ただふざけている声なのか判別はできなかった。

「聞こえてくる言語は、ポルトガル語です」

署員は言った。

「確かなのか」

広瀬刑事官が眉根を寄せる。「南利根署にはスラングにも通じた通訳がいるが、ウチが確認しなくても大丈夫なのか」

翻訳の精度を疑っているのだろう。高城も不機嫌そうに指先でテーブルを叩く。

「渡良瀬署にも外国組織担当部署があって、ポルトガル語の知識は十分にあります」

渡良瀬署の捜査員が張り合うように言い返す。「私もある程度の日常会話はできます」

沢田の意地なのか、渡良瀬署の対抗心なのか、南利根署に映像の存在を明かす前に、独自に翻訳をしたのだ。

「翻訳前に一言欲しかったですな。これでは連携に影響しますよ」

高城が茨城県警捜査員が集まる一角を睨みつけるが、彼らも「お前が言うな」と言わんばかりの面持ちで睨み返した。

「いずれにしろ、一言頂きたかった」

広瀬は静かに言い、渡良瀬署員に「続けてくれ」と促した。

撮影者はフェルナンド・カルモナ殺害のニュースを今日になって知って、聞き込みにきた警察に動画を提供したという。

「一部音声をクリアにします」

渡良瀬署員が端末を捜査する捜査員に目配せする。ミキシングを変え、聞こえてくる音声が明瞭になった。

誠人にもはっきりとスペイン語系の言語だと判別できた。

「ここをよく聞いて下さい」

怒号の中に、はっきりと聞こえた。

『ニューキリョ』

ほかは何を言っているのかわからなかったが、それだけは聞き取れた。映像は二分ほどだったが、いくつかは『ヌークリオ』とはっきり聞こえた。

「我々の耳にはニューキリョと聞こえたりもしますが、これはヌークリオのことです」

渡良瀬署員は言った。「これも通訳と確認をしたところです」

「それでなんと言っている」

沢田管理官が聞く。

「〝規律を乱した〟〝ヌークリオは厳正に罰する〟という言葉がかろうじて聞き取れました」

ここまでは茨城県警側が会議の主導権を握っているように見えた。誠人が捜査本部に加わってから初めてのことだ。しかし――

「あの殺しは制裁スタイルだったな」

広瀬が南利根署員の面々に確認すると、数人がうなずいた。「フェルナンド・カルモナはヌークリオの構成員でありながら、規律を破り矢木沢美優さんを個人的な理由から暴行し、殺してしまった。だから、ヌークリオはフェルナンドを処刑した」

この状況で一番無理のない筋だ。

「矢木沢美優さんが殺害された夜、白金家周辺にフェルナンドの姿は」

広瀬の言葉に、高城が「地取り班！」と声を上げる。

南利根署員が立ち上がる。

「当日、白金家店内にフェルナンドがいた形跡はありません。店内にいた外国人客の中にフェルナンドは交じっていませんでした。ただ、同日午後十一時十二分、デイリーセブン伊坂北一丁目店の外付け防犯カメラに、フェルナンド・カルモナらしき姿が映っており、現在確認中です。さらに範囲を広げて、目撃情報の収集と防犯カメラ映像の解析も行っています」

そのコンビニは白金家から直線距離で百メートルあまりだった。

「我々は、八日夜のヌークリオ構成員の動向を探りましょう。あとは、四日夜のことをさらに精査しなければなりませんな」

広瀬が沢田に視線を向ける。「白金家付近とコンビニに、ヌークリオの構成員、関係者がいたのかいなかったのか」

「一個班を充てよう」

沢田は応えた。これで主導権が南利根署に戻り、標的は明確にヌークリオとなった。

南利根署は、渡良瀬署が入手した映像を振りかざし、本格的にヌークリオを叩くだろう。

ホテルに戻ったのは、午前一時だった。

着替えてベッドに腰掛け、ＤＪケントの動画チャンネルを覗くと、新たにゲーム実況動画がアップされていた。捜査補助にゲームに編集と、その勤勉さに感心してしまう。

実況ゲームはいつもの『ワールド・スター・イレブン』だった。

動画の一つを再生すると、ハットにサングラス姿で、派手なメイクをした〝ＤＪケント〟が登場する。

単純なゲーム実況だけではなく、広場や公園にゲーム機を持ち出して、プレイヤー同士向かい合って対戦する映像も挿入されていた。その周囲を移民二世たちが囲み、声を上げて応援し、スーパープレイにはどよめきや歓声が上がる。

誠人は意識して〝カミカゼドリブル〟を見た。確かに面白いようにディフェンスを抜いていき、チャット欄も盛り上がる。そこには日本語のほかに、英語やフランス語、時にキリル文字も交じる。それで、世界的に見ても賢人の技術が優れていることはわかる。ただ、誠人にはほかのドリブルとあまり見分けがつかなかった。

賢人が部屋にやって来た。

「どんな風の吹き回し？」

賢人は言った。日頃賢人の動画を見ることはなかった。

動画タイトルは『WSE弾丸カミカゼツアー・サッカー王国埼玉瀬野遠征篇』。

各地にいる『ワールド・スター・イレブン』の猛者と対戦するシリーズだが、本来オンラインで行えばいいものを、わざわざ現地まで行って対面で勝負するというシリーズだ。これまで対戦したのは、瀬野学園高等部のサッカー部員、ブラジルタウンの草サッカーチーム、その他仲良くなった移民二世など多岐にわたっていた。

「連中はリアルサッカーも強いけど、〝ワーイレ〟もえぐいほど強い」

「カミカゼドリブルは無敵なのか」

「それだけじゃ勝てないけど、局面を変えることはできる」

「どんなものか知りたい」

DJケントに変装する機会が増えるのなら、習得も考えるべきだと思い直した。

「新機能様々だね」

賢人によると、専用ゲーム機やコントローラーの性能が上がり、指先の繊細な動きや強弱でドリブルの表現力が格段に上がった結果、可能になった技だという。

トップスピードでゴールに向かって真っすぐ〝縦〟に進むというサッカーでは困難なプレーを必要最小限の動作で行い、相手を抜き去る。だから、カミカゼと言われているという。

最初はバグと間違われたほどで、相手からしたら、恐怖以外の何物でもないらしい。

「僕の指先の繊細さがようやくゲームで表現できるようになったってわけ。でも、僕の専売特許じゃないし、僕以上の使い手は世界中にゴロゴロいる」

「俺にもできるか？」

「毎日練習すればできるんじゃない？　二年くらいで」

「そんなに難しいのか」

「でも僕と同じ血を引いているわけだから一年でできるようになるかも」

「それをガサの時に披露したわけか」

「そっちの話か」

賢人は肩をすくめた。

「青井さんが困っていた」

「仲良くなるためさ。実際、何人かはフェルナンド君のことを知っていたし」

「感触は」

「フェルナンドがヌークリオにいたかどうか聞いたら、みんな変な顔した。なんの冗談なんだって。やばいよね、こんな筋考えたヤツ。移民の内情をわかってない」

「ルーカスとシモンが、フェルナンドは虚勢を張るタイプだと話していた。コンドルのタトゥも、自分で勝手に入れたものだと」

「もしかしてそこがポイントかもね。例えばタトゥを利用されたとか」

捜査本部にフェルナンドがヌークリオの構成員であることに疑問を持つ捜査員はいなかった。

「ところでガサの時、青井さんに何をした」

「多少のスキンシップ。その、移民たちと打ち解けるために、彼女の役をやってもらった」

秋山香奈恵のことが頭を過った。さすがにベッドをともにする時間はなかろうが。

「捜査のためだろうと、安易に人の心を弄ぶようなことはやめろ」

「弄ぶ？」

賢人が不思議そうに首を傾げた。

「僕がやっていることは、全て真水さんの要請に応えるために必要なことさ。草河氏を逮捕できたのも、僕が香奈恵さんを誘導して、ＧＰＳを取り付けさせたからだろう？」

「だからといって人を傷つけるのはお門違いだ」

「でも結果は出たし、草河氏逮捕のための時間と手間を大幅に軽減できた」

確かにその通りなのだが——

「尻ぬぐいをする身にもなれ」

「それは誠人が勝手にやったことだろう」

「勝手だが、必要なことだ。お前にはその概念がない」

賢人は一度視線を外すと、小さく息を吐いた。

「それは大事なことなの」

「人の人生を左右することだってある」

賢人は思案顔で黙り込んだ。反省ではない。解釈を探っているのだ。

「兄さんにもダメージを与えたということか？　正体なく酔ってしまうほど」

「酔ったのは俺の弱さだ」

言葉で理解させようとしても、賢人に対しては無駄だと心のどこかでは思っていた。賢人は感覚の人間だ。「いや、もう忘れてくれ。この件はお前がどうのこうの考えることじゃない。お前はお前の思った通りにやれ」

恐らく小山内も賢人の本能や感覚的な部分に期待をしているのだ。そして、自分の役目はその賢人の能力を発揮させてやること。だから、替え玉受験の罪は留保された。

誠人は心を殺し、賢人にフェルナンド殺害現場の情報を伝えた。

「声が録れているんなら、誰なのか割り出せる可能性はあるね」

移民グループに見せるのは有効な手段の一つだ。

「通報者が撮った動画はできるだけ早く手に入れる」

捜査本部で共有されるだろうが、別件で参加している誠人と共有されることはないだろう。誠人が求めたとしても、おそらく広瀬が強く反対する。

「それで誰に見せる。ルーカスか？　シモンか？」

一応賢人に意見を求めた。

「両方に聞かせたほうがいいと思う。それよりヌークリオに見せるのが一番手っ取り早いんじゃない？　仲間の声かどうか確認してもらえばいい」

確かに効率がいいやり方だ。だが賢人はそれがどれだけ危険なことなのか、理解しているのか――

第六章　反転潜入

1　十月十一日　金曜

合同捜査本部には新たに埼玉県警本部・組織犯罪対策課の捜査員が合流し、所帯が一回り大きくなった。朝の捜査会議では、引き続きシモン・ペレイラの行方を追い、ヌークリオの関係先を幾つか急襲することで方針が固まった。

誠人と凜子だけが、そこから切り離されている。

午前中、ひたすらアポを取り、時間を調整して、昼近くに渡良瀬署を発った。

これから会うのは、シモンが調べた〝家族連れ〟の見学者だ。

中岡は死の直前になにを見いだしたのか——

最初に訪れたのは、埼玉県桶川市内にある、電気設備会社だ。昼休みの応接室で相対したのは三十七歳の男性だった。瀬野町在住で、妻がブラジル移民の二世。実験当日は五歳と四歳の娘とともに見物していたという。

「変わったことですか……」

作業衣の男性は首を捻る。

「お子さんですと、遊びながら大人とは違う部分を見ていたと思うんですよ。何か言っていませんでしたか、珍しいものを見たとか、藪の中になにかいたとか」

実のところ、何をポイントにすればいいのか、誠人自身も摑みかねていた。

「さっき娘にも聞いたんですが、何も覚えていませんでしたし、そもそも実験を見ずに、姉妹で遊んでいたので……」

一人目の聴取は手応えのないまま終わった。帰り際、礼を言って事業所を出たところで、ふと思い至り、振り返った。

「今のようなこと、以前に誰か聞きに来ませんでしたか。警察以外で」

シモンが調べた家族から、中岡、もしくは矢木沢美優が話を聞いたのか否か——男性は記憶を探るように視線を彷徨わせたが、「ないですね」と応えた。

「最後の質問、どんな意味があったんですか？」

駐車場に戻ったところで、凜子が聞いてきた。

「中岡さんが個人的に事故の調査をしていたようなんだ。事故調とは別に」

誠人は、下井から聞いた話を一部語った。「もしかしてと思って」

二人目はさいたま市桜区内のデイサービスセンターに勤める三十二歳の女性だ。

「暴走が始まる前に、何か気づいたことはありませんか？」

先ほどと変わらない質問しかできない自分に、誠人はもどかしさを感じる。「お子さんが妙な反応をしたとか、なにか様子がいつもと違ったとか」

彼女は三歳の息子を連れて見物していたという。

「事故のことは、周りが騒ぎ出して初めて気がついたんです」

「川沿いに林と藪がありますけど、そこでなにか見たとか」

「わたしは見ていませんし、子供も遊びに夢中で何も見ていないと思います」

最後に、誰かが同様の話を聞きに来なかったか確認したが、彼女は考える様子もなく来ていないと応えた。

手応えがないまま三人目、最後の人物に会いに行く。

「なぜこの三組なんですか？」

ハンドルを握る凜子が聞いてきた。誠人のとりとめのない質問に、さすがに疑問を感じたようだ。「確か、一度話を聞いた人たちですけど」

警察と事故調はシモンが見つけ出した三組からも話を聞いていた。しかし、有用な情報を得られなかったため、資料化されていなかったのだ。

「単純に子供の視点が抜けていないかと思って」

当然、シモンのことは言えなかった。「ただ、子供のなにがポイントになるのか俺自身摑めていなくて。白状すれば思いつき。勝手に希望を膨らませたというか。付き合わせて申し訳ないけど」

「大丈夫です。それが捜査だって思っていますから」

誠人は気づく。向けられる笑顔がより明るく、自然になっていた。賢人のせいか——

三人目は南区にある金属加工工場で加工技師をしている三十六歳の移民男性だった。幼少期にブラジルから日本に渡ってきて、八年前に瀬野町在住の女性と結婚、今は山崎マテウスと名乗っていた。現在の職場は、妻の実家の縁だという。

聴取は休憩時間を利用し、従業員出口脇の喫煙所で行った。

「事故の直前ね。あの時子供が急にぐずりだして、事故は見ていないね」

多少訛りはあるが、聞き取りやすい日本語だった。

マテウスは妻と五歳の息子とともに、コース脇の堤防斜面に陣取っていたという。

「ぐずったのはなぜですか？」

「確か頭が痛いとか言ってたね」

誠人は電磁波による影響を思い浮かべたが、調査で否定されている。だが、初めての〝引っかかり〟ポイントだ。

「食べたものを戻してね。ママと病院に連れて行こうと土手を登ったら、すぐにケロッと治ってね」

一応、帰宅後にかかりつけの小児科に連れて行ったが、異常はなかったという。

「お子さんが遊んでいたのはどの辺ですか」

誠人はスマホを取り出し、自身が撮った実験車の暴走開始地点付近の画像を、山崎に見せた。

何枚かスワイプしていくうちに、「この辺かな」とマテウスが指さした。暴走開始地点から二十メートルほど手前だった。下生えが不自然に揺れた場所の付近だ。

「お子さんの症状について、警察や事故調査委員会に話しましたか？」

「いや別に聞かれなかったですし。それに、ショウタがおかしくなったの、事故が起こる何分か前の話だし」

息子の名は翔太といった。

「ご自宅に奥様は？」

「夕方には帰ってくると思うけど」

日中はスーパーで働き、保育園に翔太を迎えに行き、午後四時半には帰宅するという。

「ご自宅にうかがってよろしいでしょうか」


陽が傾く中、車は田園風景の中にある真新しい一戸建ての前に到着した。

翔太は裏の小さな庭で、車のおもちゃで遊んでいた。

「最初はお弁当が悪かったのかと思いましたけど、頭がぶんぶんするって言ってて」

「ぶんぶん、ですか？」

誠人は聞き返した。

「痛いという意味だと思います」

「じゃあ、ご本人に聞いてみましょう」

凜子が目線を合わせるように腰を落として、一心不乱に遊ぶ翔太と向き合った。

「こんにちは。お姉さんと少しお話ししない？」

凜子が声をかけると、翔太は顔を上げ元気よく「うん、いいよ」と応えた。

好奇心が強いようで、凜子を怖がったり母親の顔色を見たりしなかった。

凜子はまずは好きなアニメのこと、戦隊ヒーローの話題から始めた。遊んでいるおもちゃの車が、戦隊もののキャラクター商品のようだった。

「トランスチェンジャーはなにが好き？」

車のおもちゃは、ロボットに変形した。

「イエローコンボイ」

「でもそれ、オレンジドーザーだよ」

「ママが間違えて買ってきたから」

そこで初めて翔太が母親を見た。

「全部同じに見えるから」

母親の弁明に、翔太は「全然違うよ！」と声を張る。

「イエローはタイヤが大きくて、ドーザーはアームが付いているものね」

凜子が翔太の味方につき、翔太も「そう、全然違う！」と応える。凜子を同じ側の人間と認識したようだった。

翔太と良好な関係を築いた凜子は、話を実験の日へと誘導した。

「トランスチェンジャーと同じ、運転手さんがいない車を見に行ったよね。三月の九日だったかな。どんな車が走ってた？」

「ジェミニＲＸＢＯＸだよ」

土台となったステーションワゴンだった。翔太には一般車輌に関しての知識もあるようだ。

「その時、あたま痛い痛いになってなかった？」

「ブーンっていってたから」

「ブーンってなんの音？」

凜子が聞いた途端に、翔太の返答は要領を得ないものになったが、飛行機か車のエンジン音に似ていたことはなんとか聞き取れた。

だが、マテウスの証言によればその時間は暴走の数分前で、実験車輌は事故現場付近のコースを走っていなかった。

「ブーン、ブーンっていってたから」

「その音、パパとママも聞いたの？」

翔太はさして興味もなさそうに首を横に振った。

「お母さんはその時どこに？」

誠人はそっと聞いた。

「少し離れたところに」

「翔太君が聞いたような音は？」

「聞こえたかどうかも……」

それすらも記憶にないようだ。そして、形式的にもう一つの記憶について聞いた。

事故について、最近誰かが話を聞きに来なかったか――

「来ましたよ、女の人が」

あまりにもあっさりと応えられ、逆に言葉に詰まる。

「実験の日に変わったことはなかったか、聞かれました」

「それはいつ頃のことですか」

「幼稚園の月末連絡帳を書いたあとだったから、先月末くらいだったかしら」

「この人ですか？」

スマホに矢木沢美優の写真を表示させ、母親に見せた。

「この人です。防犯連絡会の人だって言ってました」

シモンが矢木沢美優に目撃者の情報を伝えたのは、九月最終土曜日の二十八日の夜だ。

「この女性が来たのは日曜日ですか」

「そうそう、日曜日だった」

矢木沢美優は、シモンから情報を得た翌日には、聴取を始めていたようだ。当然、中岡にも内容は伝わっていたと考えていいだろう。

凜子はまだ翔太と話していて、今の話は聞こえていないはず。

ならばあえて南利根署の一派に伝える必要はない——

「モスキート音のようなものじゃないでしょうか」

山崎家を辞し、通りに出たところで凜子は言った。

「年を取ると聞こえなくなる音ってやつ？」

説得力がある筋読みだった。しかし、モスキート音は、高周波の音を指す。

「でも、その音をブーンって表現するかな」

誠人は別の事例を考えていた。「ハバナ症候群に近いと俺は読んでるんだけど」

駐車場に停めた車に乗り込むと、凜子はスマホでハバナ症候群を調べ始めた。

キューバの首都、ハバナにあるアメリカ大使館で勤務する外交官たちを数年前から悩ませている、原因不明の体調不良のことだ。

当初はキューバ政府による電磁波攻撃などが疑われ、アメリカの当時のトランプ政権がキューバの外交官を追放したり、政治問題化した。その後、音響攻撃説、コオロギの鳴き声説など様々な要因が考えられたが、正式にはいまだ原因不明のまま。

キューバ政府は攻撃を否定。アメリカと半世紀ぶりに国交を回復して、経済協力も期待されるなか、攻撃するメリットがないなど、目的の面でも疑問が残っていた。

「……電磁波攻撃にしても人に危害を加えるには、トラックくらいの大きさの装置がないとだめなんですね」

凛子がスマホから顔を上げた。「大使館の周りに不審なトラックが停まっていれば、真っ先に調べますよね」

「アメリカ大使館は、セキュリティが厳しいからね」

「でも、ブーンって音は何かのヒントになりそうですね。機械が動いていたという証拠になるかもしれません」

下井に相談すれば、何かわかりそうだが――

「それで少し迷っているんだけど、翔太君の頭痛の件、どう扱おうか」

誠人は凛子の反応を待った。「君ならどうする？」

「現状、頭痛とブーンという音の因果関係もわかりません。音について、事故調の報告書は何も書いてありませんでしたし、まずはそこをしっかりと固めるべきかと」

模範解答だ。事故調、ジェミニ自動車の調査報告に不審な音について記載はなかった。

「刑事官に報告して、専従班を編制してもらって……」

「それはいけない」

誠人は遮った。「矢木沢の事件とは無関係だし、広瀬さんや沢田さんに不確定な情報を与えるのは得策じゃない。事実関係がはっきりするまで、預からせてもらえないか」

「堂安さんがそうおっしゃるのでしたら」

賢人が築いた関係を利用しているようで、自己嫌悪が重なる。「ただ、中岡さんの心の流れを考える材料にはなる。有意義な聴取だったと思う」

ため息を堪(こら)えた。

捜査本部に戻ると、捜査幹部たちが情報デスクの周囲に集まり、各地から入る情報をまとめ、分析していた。凜子はすぐにその補助に入った。

誠人は後方の自席に着くと、赤坂分室専用端末をチェックした。

メッセージが届いていた。磯谷からだ。

《九月十日から二十日にかけて中岡昌巳の口座から、計二十五万の引き出しを確認》

これが矢木沢美優に渡された調査費用の原資である可能性は高い。

次は催促だった。

《フェルナンド殺害現場の提供動画を早急に入手してね！》

——直談判するので、係長のお力が必要になります。こちらの捜査会議終了に合わせてご足労願います。

そう打ち込み、三家族の聴取の成果をまとめ、小山内と磯谷に送信した。

《音の件、科捜研の狗に当たってみる》

小山内からすぐに返信があった。〝狗〟という表現が闇を感じさせた。

午後六時を過ぎると、捜査員が戻り始め、凜子も誠人の元へ戻ってきた。

「ヌークリオですけど、関係先二箇所にガサかけて、何人かの構成員に任同をかけているようです。今の段階で銃刀法で二人、公防で三人現逮」

高城の強硬的で挑発的な捜査が着実に進んでいた。地元紙やニュースサイトも、警察がヌークリオを徹底捜査していることを伝えている。今日の逮捕も〝成果〟として明朝には報じられるだろう。それで市民は安心する――

「幹部の動向は？」

誠人は聞く。姿を隠しているというヌークリオの幹部たち。

「苦戦しているみたいです」

凜子は声を潜めた。「県警、南利根署双方の組対も、実は誰が幹部なのか完全には摑めていないのが実情なんです」

「例の映像の分析は？」

「渡良瀬署の通訳は、ネイティブなポルトガル語だと断言しています」

「例えば日本人が口まねをして、誰かに罪を着せようなんてことは？」

「可能性は低いみたいです」

「南利根署は言語解析しないのかい？」

茨城県警の意地もわかるが、特に言語は言い回しやスラングも含め、二重三重に確認したほうがいい。

「高城課長がもう手配していると思います。渡良瀬署さんの通訳など信じないというスタンスでしょうけど」

時が経つごとに人の出入りが激しくなる。階下の取調室では、連行されてきた移民の取り調べが進んでいた。しかし、上がってくる情報が芳しくないのか沢田、広瀬の表情は渋いままだ。それは取り調べが終了する午後十時まで変わらなかった。

「まだ足りない、そう考えましょうね！」

捜査会議で気炎を上げたのは、高城だった。「足りません。明日は今日の倍、いや三倍の箇所に踏み込みます」

発破をかけられる埼玉県警の捜査員たちを、茨城県警捜査員たちが苦々しい表情で見ている。「微罪だろうが構いません、理由を作って徹底的に叩きます！」

もはや沢田管理官は空気と化していた。

「高城課長、少し焦ってるかもです」

凛子が、ぼそりと言った。「本部からの組対捜査員の補充がプレッシャーになっているのかも」

「自分が腑甲斐ないから、助太刀を送られたみたいな？」

「そう考えてもおかしくない人なので。でもこれ以上強引にすれば、協力的だったコミテの信頼も失うかもしれません」

その前になんとかすべきか――


午前〇時、磯谷が渡良瀬署にやって来た。

そして、誠人とともに沢田管理官と面会した。また、あの会議室。監視の目が届かないという点ではここ以上の場所はなかった。

「一課特命を預かる磯谷です」

磯谷は、沢田と名刺交換した。「堂安がお世話になっています」

「それで、協力要請とは」

沢田は単刀直入に聞いた。

「フェルナンド・カルモナ殺害現場を撮影した映像を提供して頂きたいのです」

さすがに畏まった態度だ。「ご無理を言っているのは重々承知の上です」

「そちらの案件に関係しているのでしょうか」

警戒半分、興味半分のようだ。

「中岡昌巳氏の墜死ですが、様々な事情から自殺で処理しました。しかし、自殺にしては不審な点があるのは確かなのです」

沢田は眉根をわずかに動かしただけだった。磯谷は続ける。「一課特命の投入は、そんな含みをもったものです。それで、中岡氏と矢木沢美優さん、フェルナンド・カルモナの繋がりを考えると、我々にもあの映像が必要だと判断しました」

ここで磯谷は誠人を一瞥し、再び沢田に視線を戻す。

「ただ堂安が南利根署が非協力的かつ、なにか含むところもあるようで、了解は得られないだろうと言っております」

「それで私ですか」

「非公式な協力要請ですが、できれば受けて頂きたい。代わりと言ってはなんですが、沢田さんの懸念を晴らすことも可能かと思います」

「私の懸念？ 興味は被疑者の検挙だけだが」

「例えば南利根署の動きや思惑など」

磯谷は声をわずかに低くした。「少なくとも南利根署は、堂安に常時二人の監視を付けています」

初めて知ったようで、沢田は目を見開いた。

「刑組、生安など構成は毎度違うようですが」

沢田の黙考は十秒以上に及んだ。そして――

「外部への流出が認められた場合は、私どもども責任を負うことになります」

動画の存在は、マスコミには明かさないと決定されていた。

「重々承知の上です。流出などあり得ません」

磯谷は応え、微笑を浮かべた。

2　十月十二日　土曜未明

舌の根も乾かぬうちに、磯谷は渡良瀬署の駐車場で動画を小山内、賢人と共有した。賢人は即座に動画入手の報をシモンとルーカスに伝えることになっていた。

そしてルーカスはそれをヌークリオへ伝える。

た。

「じゃあ、あとよろしく」

滞在時間わずか二十分。磯谷は言い残すと颯爽と車に乗り込み、走り去った。

その後、捜査本部に戻り、情報の整理をしていると、専用端末にメッセージの着信があった。

《事務局長さんのほかに、関係者も閲覧に来る》

賢人からだった。事務局長はルーカス。関係者とはおそらくヌークリオの関係者だろう。

《条件はＤＪケントが一人で来ること》

ヌークリオとの対面の可能性を考えると、賢人の単独行動は危険だった。

——俺が行く。どこかで入れ替わろう。

南利根署は最小限の連絡要員を残して引き上げたが、監視はいるはずだ。

《大事な夜だ。監視は朝までホテルに釘付けにさせておこうか》

ならばホテルに戻るまでの間に入れ替わることになるだろう。

《段取るから少し待って》

三十分後、《手配完了》というメッセージとともに、入れ替わりの手順が送られてきた。

誠人はそれを確認し、席を立つと、いつものように徒歩で帰路についた。

ホテルに戻るには、古河駅へと向かう一本道で、駅手前の交差点を右折する。そこまではいつも通りだ。勝負は右折直後だった。

気配は感じないが、一定の距離を空けて、監視がついてきているだろう。

数分で交差点に差し掛かった。誠人は小さく息を吐き、歩道を右折すると、指示通り交差点脇にあるコインパーキングに体を滑り込ませた。同時に停められている乗用車の陰から、誠人と同じ格好の賢人が出てきた。

賢人はすれ違いざまに「気をつけて」と囁き、誠人と素早くタブレット端末、スマホ、財布を交換、歩道に出るとホテルへと向かった。彼の表情を読む余裕はなかった。

賢人と入れ替わり、乗用車の陰に隠れると、《しばらくそこで待機しろ》と磯谷からメッセージが入った。

十分後、奥に停められた別の乗用車の後部ドアが音もなく開いた。

「こっちだ」

顔を覗かせたのは磯谷だった。

誠人は身を低くし、後部座席に乗り込んだ。入れ替わりに磯谷が運転席に乗り込む。

シートにボストンバッグが置かれていた。ＤＪケント変装セットだ。

「堂安誠人もどきは、無事監視を引き連れてホテルに入った」

鼻息がほんのりと不満げだった。

「呼び戻されたんですね」

「真水は人使いが荒い」

「同意しますが同情はしません」

誠人はバッグから衣服とメイク道具を取り出した。「面会の場所はどこですか」

「まだ連絡はない。賢人君が調整している」

「神田の捜査はどうなっていますか」

メイクをしつつ、誠人は聞く。「中岡の足取りです」

「当日の足取りはほぼ特定できている。死体で見つかるまでの十五分間以外は」

午後十一時過ぎ、霞ヶ関の国土交通省を退勤後電車で神田に移動、駅近くのカフェでコーヒーを飲みながらサンドイッチを食べ、カフェを出たのが、発見の三十分前だった。

「カフェって現場まで歩いて五分とかからない場所ですよね」

「だが中岡が現場ビルのある路地に入った映像はまだ見つかっていない。タクシーに乗った形跡もない」

防犯カメラの巣窟である神田界隈で——

「船井第二ビルも、防犯カメラは正面エントランスと店舗前だけだ」

「手詰まりですか」

「いや、今は新木が車輛の特定に勤しんでいる」

「車輛……ですか」

瞬時に思案を巡らし、思い至る。「現場まで車輛で移動した可能性ですか」

路上の防犯カメラに映っていないのなら、そう考えるのが当然だ。

「タクシーでないなら、誰かが用意した車なのか」

新木の捜査班は、中岡がカフェを出てから遺体で見つかるまでの時間帯に、現場周辺に駐停車、もしくは走行していた車輛の特定を進めているという。

「気が遠くなる作業ですね」

「だが対象のエリアは限定的だ。そう難しい仕事ではない」

少なくとも、現場ビルの至近距離で降りなければ、防犯カメラに映らずにビルに侵入することはできない。「中岡がカメラに映らず現場に行けたのなら、第三者も行けることになる、と新木は言っていたな」

新木は想像以上に有能な捜査官なのかもしれない――誠人は思いつつ、メイクと着替えを終え、最後にハットを被る。

「新木さんの本来の所属はどこなんですか」

赤坂分室という性格上、応えるとは思っていなかったが――

「捜査共助だ」

磯谷はあっさりと明かした。「普段は見当たり捜査班にいて指名手配犯を追っている」

業務的には特命係と似たような性質の部署だ。

「目と物覚えが尋常でなくてな、いろんな署に行って見当たりの指導もしている」

見当たり捜査班は、指名手配犯の顔を記憶し、街に出てはその顔を探す職能集団だ。一見効率が悪そうに思えるが、毎年各都道府県警で無視できない成果を上げている。表の顔とは言え、その実力があるからこその指導員なのだ。

「なるほど、小山内室長が彼を手放さない理由がわかりました」

賢人から預かったスマホが振動した。ルーカスからのメッセージだった。

時間と場所が記されている。久喜市菖蒲町。マップで調べると東武伊勢崎線加須駅から南へ五キロあまり、バイパス沿いに大型ショッピングモールがあった。周囲には大型スーパー、衣料品店、全国チェーンの飲食店が集中している。

指定されたのは、そのモール街の外れにある中古車展示場付近だった。

「情報を共有する」

磯谷が場所をメモした。車でも二十分はかかる。短いが仮眠が取れそうだ。

「自転車はすぐそこの駐輪場にある」

磯谷が鍵を差し出した。そう言えば賢人は自転車で来ていた――

「自転車ですか」

「賢人君の移動手段だ。引き継ぐのは当然だろう」

面会場所まで仮眠しようと考えていたが、潰えた。「拳銃はどうする」

相手がヌークリオなら身体検査を想定したほうがいいだろう。

「不要です。手帳も置いていきます」

「わかった、気をつけろよ」

誠人は警察手帳を磯谷に託すと、車を降りた。

闇から溶け出してきた大型モール街は、街灯と最低限の常夜灯以外は、闇に包まれていた。街明かりもはるか後方だ。

誠人は漕ぐ足を緩め、汗ばんだ額を手の甲で拭う。

やがて、モール街の外縁に、ささやかにライトアップされた中古車展示場の看板が見えてきた。

看板の下に自転車を停める。事業所の明かりは消えていたが、人の気配があった。

「来たよ！」

誠人がＤＪケント仕様の声と口調で叫ぶと、直後に空気が動き、看板の陰から男が一人現れた。南米系の男だ。

「ＤＪケントか？」

訛りのない日本語。パーカにキャップ姿で三十前後に見えた。

誠人は笑顔で「こんばんは」と応えて見せた。

「ついてきてくれ」

自転車を押しながら事業所の裏手に案内された。そこには整備用のガレージがあり、端のシャッターが開いている。その前には剣呑なオーラを発散する南米系が二人。

自転車を停めると、ボディチェックを受けた。リュックとスマホ、財布を取り上げられ、中を検められた。財布からは運転免許証が抜き取られた。

名義は『多村賢人』。小山内が作った偽りの身分だ。実際に東京都・練馬区に同名同年齢の人物が住んでいることになっている。

「厳しいチェックだね」

声をかけたが、南米系は黙って免許証を財布に戻し、財布だけ突き返してきた。

「リュックと携帯電話は預かる」

「構わないけど、中のタブレットには大事なデータが入ってる」

「なら持っていっていい」

誠人は中に通された。

天井は高く、点された照明は半分ほど。トランスミュージックがうるさくない程度に流れるなか、整備中の車が数台並んでいる。

顧客用なのか片隅にはバーカウンターがあり、数人が集まっていた。

スツールに腰掛けるルーカスと――ミゲルの姿が見えた。

想定外のことで、反射的に視線をそらしそうになったが、堪えた。

「こっちだケント」

ルーカスが小さく手を挙げた。ミゲルは無言で誠人を見ている。ミゲルは賢人と長い時間を過ごしていた。見破られまいか――緊張がチリチリと胸の奥底を焼く。

カウンターの中には、南米系の大男と、ジャケット姿の日本人らしき男。案内してきた男は一礼して外に出ると、シャッターを下ろした。

日本人は「ご注文は」と聞いてきた。「今夜はお代は要りません」

「ミネラルウォーターを」

誠人は応えつつ、空気を探る。広いガレージの暗がりに複数の人影が確認できた。護衛だろう。値踏みするような視線が誠人に集中していたが、暴力的な匂いは感じなかった。

「ケントだ、よろしく」

誠人はルーカスのとなりに腰掛け、タブレット端末をカウンターに置いた。

「彼がここの店長のヤシキ君」

ジャケットの男が一礼した。「となりの彼がガブリエル。ここのオーナーだ」

「ガブリエル・ソウザだ。ガヴィでいい」

大男は流暢な日本語で応えた。身長は百九十センチ以上あるだろう。癖毛で角張った顔。広い肩幅。袖口から見える厳ついタトゥ。そこにいるだけで、威圧感が伝わってくる。

ヤシキは雇われ店長なのだろう。

「動画はここにあるけど」

誠人は、タブレット端末に指先を置いた。「ここで見るだけにして欲しい。データは渡せない。それが条件なんだけど」

ルーカスとガヴィが視線を合わせる。

「なぜだ」

ガヴィが聞いてきた。

「警察から盗んだものだからね」

誠人は応える。「盗んだのは僕と協力関係にある警察官。危ない橋を渡ったんだ」

「なあガヴィ」

ミゲルが身を乗り出した。「ケントの友達の刑事は、美優を殺したのがヌークリオじゃないと言ってんだ」

「その話はルーカスから聞いた。だが警察の狗であることに変わりはない」

ガヴィは警戒感を向けてくる。

「ケントとその刑事はゲーム仲間で、二年前に一緒に事件を解決してから、お互い信頼するようになったんだよな！」

ミゲルの視線が、誠人の横顔に刺さる――

『ネクライム』と名乗るネット言論ブロガーが、ストーカーに殺された事件だ。

賢人の知人でもあり、賢人は自発的に捜査協力を申し出てきた。

過激な発言から多くのアンチもいたネクライムだったが、賢人は親しいフォロワーらの協力を得て、膨大な量のSNSの発言やリプライ、添付画像などを解析、警察より早く容疑者候補数名を特定した。

誠人はその情報を元に捜査を進め、容疑者逮捕に至った。賢人がピックアップした容疑者候補の一人だった。

「彼と彼の友人は、我々のために法を犯し、来てくれた。条件を呑んでくれガヴィ」

語りかけるルーカスの言葉が重く響いた。

「いいだろう」

ガヴィは静かに応えた。

「じゃあ……」

誠人はディスプレイに添えていた手を、下ろした。「確認しておきたいんだけどガヴィ、あなたはヌークリオの偉い人？」

誠人が言うと同時に、瞬時に場の空気が張り詰め、用心棒たちが気色ばむのが伝わってきた。

「聞かないほうがいい」

ルーカスが誠人の肩に手を置いた。その反応自体が、彼がヌークリオの関係者であることを示しているが――

「だけど、声が仲間のものか確認するために来ているんでしょ？」

誠人はガヴィに視線を向ける。特に感情や理性の起伏は感じられない。

「連絡係、とでも思ってくれたらいい」

ガヴィは応えた。

「了解。ところでシモンは」

今度はルーカスに聞く。

「安全な場所にいる」

「適切なタイミングで、適切な方法で彼を救わないといけないね。それで……」

誠人はタブレット端末を指さす。「できれば動画を大きなモニターで再生したいんだけど。それなりの音響で。こいつのスピーカーじゃ出力はたかが知れてる」

「あれに繋ぎますよ」

ヤシキがカウンターの脇にある、大型モニターを指さした。日頃デモ映像を流しているのだろう、チラシやステッカーが所狭しと貼られていた。

ヤシキがお願いしますと告げると、護衛の一人が有線でタブレット端末とモニターを接続した。準備が整うと、ガヴィが誠人を見据えてくる。

「再生してくれ」

誠人はうなずき、動画を再生した。モニターに黒い雑木林が映し出される。道や木々など地形は暗くて判別できなかったが、音声は明瞭だった。

藪の向こうで複数の男が蠢（うごめ）くような音。時折、男の呻（うめ）くような声と、「ヌークリオ」という言葉が、何度か聞こえてきた。

動画自体は二分に満たない。

終わるとすぐにガヴィが「もう一度」と促した。ルーカスも目で促していた。ただ、ミゲルだけが強ばった表情で誠人を見ていた。気にするな——

結局、動画は四度再生された。

「もういい、ケント」

ガヴィが静かに言った。「この中にヌークリオの仲間はいない」

「断言できるわけ？　仲間の声が混じってないって」

誠人はルーカスの表情をうかがう。ガヴィの言葉をそのまま信じることなどできなかった。

「ルーカスの意見は」

「彼に同意する。この音声ではっきりした」

ルーカスは応えた。嘘や疚しさなど微塵も感じさせない、冷静な面持ちだ。

「いや待って、ルーカスもヌークリオのメンバーの声を知ってるってこと？」

「声じゃない」

ルーカスは応える。「言葉だ」

「そうだよケント、少なくともフェーを襲った連中は、ヌークリオじゃねえ」

ミゲルがカウンターに身を乗り出し、誠人に真っ直ぐな視線を投げかけてきた。

少なくともここにいる三人は、何らかの共通認識を持っている。

「言葉って、これはポルトガル語だろ？　ネイティブだって言ってたぜ？」

映像と音声に加工の余地がないことも確認されていた。「警察はこの動画を証拠に、ヌークリオの犯行と断定したんだけど」

「確かに、自然なポルトガル語だった」

ルーカスは否定しなかった。

「それがなぜヌークリオじゃないってことに？」

「説明しよう」

ルーカスがペンを手に取り、コースターに『núcleo』と書き記し、誠人の前に置いた。そして、読み上げるように発音すると、「さあ、なんて聞こえた？」と問いかけてきた。

「ヌークリオ」

ミゲルもシモンも同様の発音をしていた。ほぼスペル通りで、疑問はない。

「じゃあ、それをふまえてもう一度動画を見てくれ」

ルーカスに指示され、思い込みや空耳を極力排除し、発音を確認しながら二度、三度と再生した。そして、ヌークリオによく似た単語を耳が拾った。

カタカナ表記にすると『ニューキリョ』。捜査本部でも気づいたが、気になった差異はそこしかなかった。

「ヌークリオとニューキリョと聞こえる単語があるけど、同じ意味かい?」

誠人はコースターの『núcleo』の下に、新たに『ヌークリオ』『ニューキリョ』とカタカナで書いた。発音の違いは誤差の範囲だと思ったが――

「そうだ。そこがおかしな部分になる」

ルーカスが小さくうなずいた。「フェルナンドを殺した連中……少なくとも〝ニューキリョ〟と発音している人間は、我々の同胞ではない」

「訛りがあるとか、そんな感じ?」

ポルトガルが公用語の国は、ブラジルのほかにアフリカにも幾つかあると記憶していた。地域によって、発音の差異があるのか――

「ニューキリョというのは、ポルトガル本国の発音だ。日本人にわかりやすく言うなら、母音をはっきりと発音するかどうか」

外国語の講師のように、ルーカスはもう一度『ヌークリオ』『ニューキリョ』とゆっくり発音した。

「少なくとも我々の同胞たちはそんな発音はしない」

ルーカスは断言した。

「でもよ、警察はこれを証拠にヌークリオの犯行としているんだろう?」

ミゲルが憤懣を込める。「ホント間抜けだな。ポルトガルの発音が混じってるの、聞き逃すなんてな。だれだ、通訳したの」

「渡良瀬署が用意したって聞いたけど」

誠人は言った。

「南利根警察の通訳なら気づいたはずだぜ、コミテが協力してんだから」

しかし、捜査会議で疑問や異議は出なかった。

「ヌークリオのなかで、ポルトガル本国の発音をする人は、ゼロと言い切れるのかい」

「言い切れる」

ルーカスが即答し、ミゲルもガヴィもうなずいた。

「混成チームはあり得ない？」

「ヌークリオもコミテも、メンバーは瀬野の移民だけだ。警察の友人にはそう伝えてくれ、それは南利根署も把握していることだと」

「一応確認は……」

言いかけたところで、ミゲルが席を立ち、歩み寄ってきた。

「なあケント」

不自然に顔をそらすわけにはいかなかった。違和感に気づいたが、確信を持てないでいる

――ミゲルはそんな顔をしていた。

「せっかくだから見せてくれよ、カミカゼドリブル」

ミゲルは賢人のタブレット端末を操作すると、ゲームを立ち上げた。当然配信用のゲームがインストールされ、アカウントデータも共有されていた。

ディスプレイに『ワールド・スター・イレブン』とタイトルが表示され、オープニングムービーが始まる。それがそのまま大型モニターにも映し出された。

「実はコントローラーを持ってきてある」

ミゲルはカバンからコントローラーを取り出すと、勝手にタブレット端末に接続した。

「今日はゲームしに来たわけじゃない」

「もう用件は済んだんだから、いいだろう？」

ミゲルはルーカス、ガヴィにも目で訴えかける。「オレもオレの仲間も、コテンパンにやられたんだ。ガヴィだって瀬野学園にいたんだろう？」

誠人が誠人としてミゲルに会ったのは、車の中で一度。しかも位置関係は助手席と後部座席で、暗がりの中ミラー越しに話しただけだ。賢人と誠人の類似性が疑われる余地はない。

ミゲルが疑っているのはＤＪケントと誠人が扮する〝ＤＪケント〟の同一性だ。

「遅いしもう帰るよ」

任務は果たした。後はここを離れるのがベストの選択なのだが――

「見せたいんだ、ルーカスにもガヴィにも、ケントがどれだけすごいか」

ゲームがセットアップされてゆく。

せめてデモンストレーションレベルででも練習しておけばよかったと、誠人はわずかな後悔とともに思う。

ミゲルがコントローラーを差し出してきた。

「眠くて調子も上がらないよ、今は」

恐らくコントローラーを持つ手つきだけで、賢人ではないことが見破られるだろう。

緊張した空気を察したのか、中にいる護衛の一人が出入口の前に移動していた。

「五分でいいよ」

「今はそんな時じゃないし、そんな気分じゃない。みんなにも迷惑だし」

被っているキャップのツバに発信機とマイクが仕込まれていて、緊急時にはそれなりの対応をしてくれるとは思うが、賢人が誠人の扮装で来るのは本末転倒だ。反社組織に入れ替わりが発覚すれば、小山内の基本戦略自体も崩れる。

救出がだめなら、切り捨てるしかない。誠人がここにいるのを知っているのは限られた者のみ。そして誠人は、真の身分を示すものを所持していない。

小山内なら、躊躇なく選択するだろう。

警察官・堂安誠人としてすべきことは、タブレット端末のデータを消去。できれば端末自体を破壊する。

誠人はゲーム画面を閉じ、その流れで動画のデータを消去した。

「用は済んだ、帰るよ」

「ケント！」

誠人は構わず電源を切り、立ち上がった。「なんでカミカゼドリブルしないんだよ！」

ミゲルの様子に、護衛たちもゆっくりと距離を詰めてきた。

「せめてコントローラー持てよ」

ミゲルがコントローラーを差し出す。「おかしいよ、なんか」

「なにを疑ってる」

ルーカスは困惑の中にいる。

「考えすぎかもしれないんだけど、ケントじゃないような気がするんだ」

「偽者なのか」

ガヴィが即座に踏み込んできた。

「昼間とそんなに顔が変わったかい？」

軽く受け流す……風を装う。

「なあケント、今日の昼、二試合やったよな。スコアは覚えてるだろ」

「どうした、ミゲル。おかしいのはお前のほうだろう」

確かに二試合したとは聞いていたが、スコアまでは聞いていない。

「応えてくれよ、ケント。スコアは」

「今の発音の話、堂安に伝える……」

ミゲルを無視して歩き出そうとすると、ルーカスも立ち上がり、誠人の腕を摑んだ。

「待ってくれ。私にはケントにしか見えんが……質問にだけは応えてくれないか」

「そいつが偽者ならルーカス、あんたは最初から偽者と会ってたってことだ」

ガヴィが言い、護衛が誠人を囲んだ。

「我々を騙すつもりなら、相応の責任を取ってもらう」

ガヴィの声が鋭利さを帯びる。

「動画は本物だよ。法を犯して入手したのも本当だ。なぜミゲルが僕を疑ってるのかわからないけど」

「ならば見せろ、カミカゼドリブルを。それでミゲルの気が済むなら」

「僕の技は配信のため、つまり商売のための技なんだ」

賢人なら喜び勇んでやるだろうが——「ここで披露する気はないよ」

「金は払おう。プロとしてその技を見せてくれ」

ガヴィの反応は想定の範囲内だったが、対応策はなかった。

「コンディションもベストではないし」

彼らが暴力に訴えるなら、全力で抵抗するまでだ。

「もう一度言う。僕は誠意を見せた。それ以上を望まないでくれ」

「あんたは本当にケントなのか？」

ミゲルの最終通告だった。

腹を決め、拳を握り、息を吸い込んだところでシャッターが開き、門番が入ってきた。

高まった緊張が、わずかに揺らぐ。門番は護衛の一人に用件を話し、護衛は護衛で、混乱気味に何度も誠人と門番を見比べた。そして——

護衛がポルトガル語で声を張り上げ、ガヴィが「は？」と怪訝そうな表情を見せる。ルーカスも「どういうことだ」と困惑ぎみに言った。

「信頼関係か、笑わせる」

ガヴィが吐き捨てる。護衛がなにを言ったのかわからないが、自分が賢人ではないと露見したのは理解できた。

「彼はなんと言ったんだい、ルーカス。最後ケントと聞こえたけど、僕に用なのかな」

狼狽が外に出ない程度の訓練はできていた。

「ケントを名乗る訪問者が来た」

ルーカスが誠人の肩に手を置いた。「なら君は誰だ」

「ケント？」

思わずルーカスと顔を見合わせてしまった。想定にない状況だった。

「こんばんはー」

門番を押しのけるように入ってきたのは、賢人だった。しかも、誠人の扮装ではなく、DJケントのまま――

「どういうことだ」

ガヴィの重低音が、賢人に向けられた。

「ケントが二人？」

ミゲルも目を白黒させる。

「ごめんミゲル、騙すつもりはなかったんだ」

賢人は多少すまなそうではあるが堂々と、ここにいる一同を見渡し一礼した。「本来は僕が来なきゃいけなかったんだけど、面倒で真面目な話は兄に任せる癖があって……」

「兄？」

ルーカスが呟くのが聞こえた。「私が店で会ったのはどっちなんだ」

「俺です」と誠人は小さく手を挙げた。


「刑事と仲いいのは兄のほう。サブチャンは実は兄がやってる」

賢人はコントローラーを手に、ディスプレイを見たまま言った。映っているのは、カミカゼドリブル。賢人に似たキャラクターが二人、三人と最高難度のＡＩディフェンダーを抜いていき、やっぱスゲエとミゲルが無邪気に声を上げる。

「ルーカス、ミゲルを通じて約束をしたのは僕だけど、役割上、レイトに来てもらった。要は適材適所というか……わかる？　a pessoa certa no lugar certo」

護衛の一人が苦笑するのが見えた。

そしてひとしきり妙技を披露すると、コントローラーを置いた。

「基本、配信とか動画をアップする時は、双子というのは隠していた。悪戯心というか、一人でマルチな才能発揮したほうが目立つし、再生数も上がると思ってね」

賢人はとにかく勢いに任せて、空気を自分の色に変えてゆく。

ガヴィの表情から生々しい攻撃性は消えたが、警戒心はまだ残っていた。ルーカスは九割方納得したようには見えた。

「信頼関係を裏切るようなことをしてしまったのは、謝ります」

誠人は日頃の口調に戻した。「さすがに気づくよな、ミゲル君」

「でも堂安君を通じて、この動画を手に入れたのはレイトのほうで」

賢人は誠人を『レイト』と呼んだ。このシチュエーションを想定し、以前から考えていたのか、今考えたのか。

「不義理があったとすれば、僕の免許証を持って行かせたことです」

賢人はおもむろに懐からカードを取り出すと、カウンターに置いた。『多村鈴人』の運転免許証だった。

どれだけ用意がいい――小山内に対し空恐ろしさすら感じた。

「とにかく」

誠人が流れを本題に引き戻す。「警察は明日からヌークリオに対する一斉捜索を強化するという情報がある。捜査の対象は移民全体かもしれない」

「今日、何人かが連れて行かれた。嘘じゃないだろう」

ガヴィが言い、ルーカスもうなずいた。

「だったら偽ヌークリオを探さないと」

ミゲルが、ガヴィとルーカスに訴えかける。「捕まえて警察に突き出そう。ルーカスのところにはそういう情報も入ってくるんだろ？」

ルーカスが居住まいを正し、ガヴィと、カウンター端の二人の顔を見た。

「コミテは市民や警察からの横暴とは戦うが、悪事を働いているとわかったら助けるつもりはない。たとえ同胞でもだ」

ガヴィは反応を示さなかった。

「それとケントとレイトに危害を加えるな。重要な情報をもたらしてくれたんだ」

ヌークリオは暴力的だが能動的ではない。記録を見る限り殺人、傷害、暴行事件の数々は、自身に害為す存在を叩き潰した結果だ。非合法ビジネスも、元々は仕掛けてきた連中のもの。生き残るための暴力だ。

「フェルナンドを殺した連中のことは、警察に任せて……」

言い終えぬうちに、賢人が視線で制してきた。

「今の捜査本部には任せられない」

「なにを言ってる」

「明日のヌークリオの一斉捜索を止める。それでヌークリオもコミテも助かる」

賢人が目配せしてきた。「レイトならできるよな、刑事に掛け合って」

意図は読めた。フェルナンド殺しに、ヌークリオ以外の何者かが関与している可能性が浮上すれば、南利根署の足を止めることは可能だ。

「やってみる。どれだけ時間を稼げるかはわからないけど」

ルーカスもガヴィも無言だが、時間を稼ぐことの意味は理解しただろう。

ヌークリオとコミテが、警察に邪魔されずに偽ヌークリオを探す時間。

「偽ヌークリオを炙り出すのは、本物の皆さんが一番早いんじゃない？」

「いいだろう、条件はなんだ」

ルーカスが応えた。

「殺さないで、警察に引き渡すこと」

「ヌークリオは納得しないだろうな」

即答された。

「だったら何を条件にしようか、兄さん」

賢人が話を向けてきた。

「これまで警察に受けた横暴に関して、証拠があるものについては告発する」

誠人は応えた。南利根署の強引な捜査は目に余った。

「信用できるかよ、そんなこと」

ミゲルが声を上げた。「インペーインペーで、どんなに訴えても、証拠持ってってても握りつぶされてきたんだ」

「堂安刑事は不正を許さない人だから、信じて欲しい」

少しだけ声が上ずり、横目で賢人が笑いを堪えているのが見えた。

「わかった、それで連中に話してみよう」

ルーカスがガヴィに目配せをした。

第七章　先端技術の死角

1　十月十二日　土曜

　挙手した誠人に視線が集まった。

　誠人は誠人で、速度を増した自身の鼓動が耳の奥で響いていた。

「なんだね堂安君」

　沢田管理官が応える。

「差し出がましいのは重々承知していますが」

　誠人は立ち上がった。「先日入手した動画について指摘したい点が」

　物々しいざわめきが湧き上がる。沢田の脇にいるのは仏頂面の広瀬刑事官と、能面のような高城刑組課長。

腋にじわりと汗が滲むのがわかった。

「手短にお願いできるか」

沢田が促した。

今朝、捜査会議の前に沢田にだけは説明しておいた。

『我々の失態となるが、彼らの傍若無人は抑えられるか』

沢田は迷った末、そう応えた。広瀬らの専横との天秤にかけたようだ。

「まず結論を言えば、この動画一つを以てヌークリオの犯行と決めつけるのは尚早なのではと疑問を抱きました」

誠人は腹から声を出した。

――部外者がなにを言っている。

敵意とともに、そんな声が鼓膜に刺さる。

「根拠を聞いてみよう」

沢田がざわめきを抑える。予定通りだ。「なぜそう思ったのかね」

「ここに来て六日になりますが、捜査を進めるにつれ、この地域が移民と密接な関係にあることがわかりました。それで改めて周辺の状況情勢を調べたんです。中岡氏の動向についての捜査は、無論移民にも行っています。その中でヌークリオという言葉をしばしば聞きました」

脇に座る凜子が戸惑いながらもうなずいた。

「たまたまここで、提供された動画の音声を聞かせてもらったんですが、その〝ヌークリオ〟を示す単語に二種類の発音があることに気づいたんです」

凜子にも捜査会議前に事情を話し、納得してもらった。三日前のガサの時、賢人が片っ端から移民の少年たちに声をかけたことも功を奏していた。

「その二種類が〝ヌークリオ〟と〝ニューキリョ〟。聞き違いの可能性もあるので、けさ青井君に頼んで、動画を再生してもらい、音声翻訳ソフトにかけてみました」

誠人は手にしたスマホを掲げた。「どちらも〝núcleo〟と表示されました。つまり同じ単語であることが確認されたわけです」

困惑混じりの、奇妙な空気が漂い始めた。

「発音の違いは何を意味するのか疑問に思い、警視庁の外国人犯罪担当に問い合わせました。すると、この発音の違いはブラジル訛りと、ポルトガル本国の発音の違いという指摘がありました」

――訛りだと？

――通訳に確認しろ。

「ポルトガル語が通じる地域には、別のポルトガル語圏の人も流入してくるわけで」

誠人は端末操作担当に視線を向けた。「もう一度あの動画をここで再生できませんか」

「やってくれ」

沢田が促すと、動画が準備され、再生された。

意識すると、「ヌークリオ」と「ニューキリョ」の発音の違いがはっきりとわかった。それは居並ぶ捜査員たちも同じようだった。

「広瀬刑事官にお尋ねします。南利根署さんも独自に翻訳は行いましたか？」

広瀬が高城を一瞥した。

「すでに手配していますが、まだ朝です。報告は来ていませんね」

高城が応えた。

明け方、中古車展示場からの帰り際、ルーカスに確認したことがあった。

『この動画の通訳を、南利根署が改めて行うと聞いたけど、依頼は？』

南利根署は、通訳をコミテに依頼している――

『聞いていないですね』

ルーカスは応えた。『夜が明けると依頼が来るかもしれないがね』

ヌークリオや不良移民がらみの案件の場合、コミテに依頼が来ることが多いという。

そして、いまの高城の言い方は、すでに依頼しているというものだ。

コミテ以外の通訳に依頼したのか、依頼などしていないのか――

「それと、ヌークリオは瀬野のブラジル移民だけで構成された組織と聞きましたが、事実ですか」

「その通りだ」

応える広瀬の口調が、心なしか硬かった。

「では、フェルナンド・カルモナ殺害には瀬野のブラジル系移民以外のネイティブのポルトガル語使いが交じっていることになります」

部屋全体がシンと静まりかえった。「ヌークリオは結束が強く、血の絆を重要視すると聞きました。それが殺人、制裁という儀式に他国の人間を交ぜることは考えられるのでしょうか」

――部外者の戯れ言だ！

――捜査の邪魔をするな！

渡良瀬署の捜査員は反発したが、南利根署の捜査員は態度を決めかねているようだった。

「渡良瀬署の皆さんはそう思うかもしれませんが……」

誠人は前方の一点に視線を送る。「日頃ヌークリオと向き合っている南利根署の方々はいかが思われますか」

広瀬がゆっくりと立ち上がった。そして――

「先に我々が翻訳しなかったことが悔やまれる」

広瀬は、言葉を選ぶようにゆっくりと言った。「改めて我々の通訳で、堂安君の指摘を精査確認したいが、時間はいただけるか」

「確かに一理ある指摘だが、発音が誤差の範囲である可能性は」

沢田が応える。一応渡良瀬署の肩を持つようだ。

「それも含め、確認したい」

「では今日予定の一斉捜索は」

沢田が聞き返すと、高城が面白くなさそうに拳でテーブルを叩いた。

「いったん見送り、結果次第では再検討が必要になるかと思うが、いかがか」

広瀬の顔に浮かんだ苦渋は、演技には見えなかった。立場上、そう言わざるを得なかったのだろう。これで独断専行気味の南利根署の動きを止め、目論見通りにはなった。

『君の指摘は、茨城、埼玉の両方を敵に回すことになるが？』

会議前、沢田が言っていた。

『敵は矢木沢美優さんを殺した犯人です』

誠人は、優等生そのままの返答をした。

「ここは一度慎重になるべきか」

沢田がそう会議を締めた。

誠人が稼いだ時間で、ヌークリオは気兼ねなく偽ヌークリオを狩りに出るだろう。ナチュラルなポルトガル語を使う外国系住民は、恐らく限られている。

捜査会議終了後、廊下に出たところで高城に肩を摑まれた。痛いほど指先に力が入っていた。

「君ね、これが聞き違いや勘違いだったらただじゃ済まないからね」

血走った視線と、苛立ちが向けられる。「ことによっては捜査妨害だ。組対捜査のなんたるかも知らないのに出しゃばるんじゃないよ、覚えておきなさいよ」

キーキーとした不協和音のような声で言い捨て、高城は立ち去った。

「寿命が縮んだ」

凜子といつものミニバンに乗り込むと、どっと疲れが押し寄せてきた。

「でもすごい気づきだと思います」

凜子は凜子で高揚気味だった。「一緒にゲームしたのが役に立ったんですね」

「偶然だけど」

「では行きましょう」

凜子はエンジンをかけ、車を発進させた。行き先はジェミニ自動車の技研だった。

不審な音は本当に存在したのか——それを確認するには、車に乗っていた川合に再度話を聞く必要があった。

東北道と外環道を経由して一時間あまりで、和光市の技研に到着、誠人は四日前と同じオーバルコースが見える事務室で川合と対峙した。初対面の凜子が名刺交換をし、メモの用意をして誠人の背後に控えた。

前と同じく部屋には川合一人。改めて観察すると書類ラックはほぼ空の状態で、人が出入りしている様子もなかった。川合自身も仕事に追われているようには見えない。

『追い出し部屋』——そんな言葉が脳裏に浮かんだ。公式にはいまだ事故の原因は不明で、彼の落ち度は認められていない。しかし、不適切な対応を指摘され、結果的にジェミニ自動車の実験は頓挫となった。解雇はしないまでも、閑職に異動させ、社としての態度を示した、ということなのか。

「また、実験の日のことをうかがいます」

誠人が言うと、川合は思い出したくないのか、「そうですか」と力なく返答した。

「実験前の電子機器のチェックが行われたのはいつですか」

報告書に詳細が記されているが、当時の記憶を思い出しやすいように下地を作るつもりだった。

「三月五日ですね。ここの工房で」

何度も応えたのか、言葉は淀みなかった。

「その時は正常だったんですね」

「問題はありませんでした。私も立ち会っていました」

「エアバッグの作動については」

「正常でした」

車輛を実際に傾けたり、急制動をかけたりしたと報告書には記されていた。「ジャイロの反応も、エアバッグの動作も問題なしでした」

「ジャイロとは？」

「角速度センサーのことです」

物体の傾きや回転、動きの変化を検知するセンサーだと、川合は説明した。「異常な方向転換や急な制動、車体の傾きを検知すると、電気信号を発してエアバッグを作動させる仕組みです。例えばスマホで動画を見ている時、本体を回転させると、表示も一緒に回転して、天地が常に一定になるでしょう。あれと同じような機構だと思って下さい」

下井の自宅を訪れた時に説明され、誠人が理解を諦めた部分だ。

「その時は中岡さんも同席していましたか？」

「ええ、最終チェックだったので」

「中岡さんと、開発の下井君もいましたね。中岡さんの様子はいかがでした？」

「いかがと言われましても、いつも通りと言いますか、下井君を質問攻めにしていました」

「では中岡さんは、システムについては細部まで把握していたと考えていいですね」

「少なくとも私以上でしたね」

「中岡さんは、亡くなる直前まで事故の原因に疑問を持っていました。詳細は話せませんが、捜査で確認できています。具体的には、何者かが事故を誘発させた疑いです」

あえて川合に告げてみた。「可能だと思いますか？」

映像を見る限り、実験車輛は傾くことも、なにかに衝突することもなく、急制動も行っていなかった。そして、事故後の調査ではメーカー側、第三者委員会双方の検証でも、エアバッグのシステム、機構に故障や破損は発見できなかった。これまでの捜査で、車体への細工も極めて困難だとわかっていた。

川合の答えも同じだった。

「無理ですね、絶対」

常に複数の目、コンピュータの監視下にあったのだ。ただ――

「中岡さんは音に着目していた可能性があります」

「音……ですか」

「事故発生時、近くにいた子供が奇妙な音を聞いたという証言がありました。暴走が始まる直前、ハンノキの群生の辺りです」

誠人はたたみかけるように言う。「川合さん、事故直前にブーンというような音を聞きませんでしたか？」

川合はしばらく考え込んだが、申し訳なさそうに「わかりません」と応えた。

「本当に、なにも異常は感じなかったんです」

誠人は、翔太が聞いた音が重低音である可能性を考えていた。例えば、とある住宅の住民が奇妙な振動や体調不良で悩まされ、原因を探ったところ、近くの工場が発する人の耳には聞こえない重低音が原因だったケースがあった。

しかし当日、川合の健康に問題はなかった。

「乗車中に気分が悪くなったことは？」

「ありません」

川合の返答は揺るがない。

「質問を変えます。振動が機器に影響を及ぼすことは？　例えばエアバッグの機構に」

「自動車が動くこと自体が振動です。エアバッグはあくまで衝撃や姿勢の変化を察知して作動するもので、小さな振動程度で作動したら運転どころではありません」

確かにその通りだった。「やはり開発した下井君に聞くのが最適なんでしょうが」

「エアバッグの開発は、下井さんの担当だったんですか」

「ジャイロセンサは下井さん担当です。正確には開発の基礎段階のものを引き継いで仕上げたんですが……」

「ちょっと待って下さい、一から下井さんが開発したんじゃないんですか？」

報告書の開発責任者には、下井健太と明記されていた。

「完成させたのが下井君というだけです」

実際はシステムの基礎を造った段階で、設計した技術者がヘッドハントされ、下井が開発を引き継ぎ完成させたという。

だが、報告書にそのような記載はなかった。誠人はその理由を川合に問う。

「会社としても他社に引き抜かれた人を開発者にしたくはないでしょうし」

「しかし、その前任者はなぜ国家事業の研究を放ってまで」

「ジャイロ自体は自動車に限らず、普遍的に必要とされる技術ですからね。人の奪い合いは、常に起こっています。前任は、国家事業のジャイロシステム開発を任されて、価値が跳ね上がった。とてもいい条件が提示されたんでしょうね。ヘッドハントはエンジニアの常なんです」

下井は元いた会社ごとジェミニに買われたと言っていた。それが開発者の交代と関係があるのだろうか。

「その開発者の方の名前、わかりますか」

「サイカ君です。今は武蔵野デバイスにいます」

斉賀誠志（せいじ）という名だという。そして武蔵野デバイスは、電子機器大手エース・テック社傘下の半導体メーカーだった。

「元々はジェミニ自動車の半導体開発部門の主任だったんですが、下井君の加入後すぐに移籍しました。エース・テックはパソコンとスマホのブランドを持っていますし、企業規模でもジェミニよりはるかに大きいですから、当然なのでしょうね」

調べると、『武蔵野デバイス』は東京都・三鷹市に本社と技研が併設されていた。

一応本社に電話してみたが、自動音声で業務は月曜から金曜と告げられた。

「斉賀君なら、携帯電話の番号、知っていますよ」

川合は言った。

2 同日 昼頃

武蔵野デバイスに到着したのは、午後一時過ぎだった。

広い敷地に、白とライトブルーを基調とした社屋と工場が並んでいる。

土曜だったが、斉賀誠志は出勤していた。

守衛に案内されたのは広い社員食堂の一角、そこにワーキングウェアに鳥の巣のような髪をした男が立って待っていた。

それが斉賀だった。

「コーヒーは無料なんで、飲み放題でお得です」

斉賀は視線で凜子を意識しつつ、ぎこちない口調で言った。

「用意しますね」

コーヒーメーカーが置かれた一角に向かう凜子を尻目に、すみのテーブルに着いた。

やがて三人分のコーヒーを持ってやって来た凜子が席に着き、改めて挨拶を交わした。

斉賀は度の強い眼鏡をかけた、研究者というより、オタク然とした青年だった。現在三十五歳。下井同様、若い技術者だ。

「ジェミニの事故の件すよね、エアバッグの」

斉賀は早口で言いながら、忙しない手つきでコーヒーを一口飲んだ。

「開発は斉賀さんだとうかがいました」

「僕は基本設計だけというか……」

「斉賀さんのほうに調査は来ませんでしたか」

事故調の報告書に、斉賀の名はなかった。

「参考というか、一度国交省の方から連絡を頂きました」

「その時はなんと」

「AIは時々予測不能なことやらかすんで、ほんとわがままなかまってちゃんなんですと応えました。気まぐれという意味です」

報告書には載せられない話だ。

「事故報告書は読みましたか」

「ジェミニのと事故調のと両方読みましたよ」

「どう感じましたか？」

「八方塞がりですね、報告書だけでは原因はわからない」

「調査は的確だと思いますか？」

「手堅く隙がないと思いました。下井君が頭を抱えるのもわかるというか」

「センシング関係は下井さんに後を託した形なんですよね」

「だから僕は基礎だけ。エアバッグのジャイロセンサに関しては、八割方彼の仕事ですよ」

ここで誠人は、中岡が墜死する直前まで、個人的に事故調査をしていたこと、音に着目していた可能性があること、そして、山崎翔太が聞いた音について話した。

「ここまで車自体への細工、電波による干渉、電磁波、振動も否定されてきました。それで辿り着いたのが、音なんです」

下井が崩せなかった壁を、斉賀は崩せるだろうか——

「ブーンという音ですか」

斉賀の目から焦点が消えた。深い思案のシグナルだ。「その男の子……体調崩したのは確かなんですね？」

「頭痛を訴えていたそうですが、移動したら、ケロッと治ったと」

「だったらそれ……たぶん低周波音じゃないかな」

斉賀は言葉を選ぶように言う。「百ヘルツ以下で、大抵は音としては聞こえないんですけど、人体に影響与えたりするんです」

「ただ、重低音が引き起こす振動でシステムが誤作動を起こすことはないと、ジェミニの技研でうかがいました」

「物理的な振動で誤作動は起こしません」

物理的、という表現が引っかかった。

「それとは違う振動があるんですか？」

誠人が問うと、斉賀は「むーん」と迷いの呻きを発しながら頭を抱える。

「なにかお考えがあるんですね」

「振動ではなく、キョウシンが機器に影響を与えることは……あるんですが」

「キョウシン……力の方向とか、タイミングを一致させると、力が増幅される共振ですか」

物理の授業で習った気がした。

「その共振です」

斉賀は顔を上げると、スマホを取り出し、インターネットにアクセスした。「その筋ではちょっとした話題になったんですが」

表示されていたのは科学系の情報サイトのようだった。

「ここ、ベンチャー系の技術開発情報が紹介されるんですけど」

動画が埋め込まれたページだった。タイトルに「sonic weapon」の文字が見てとれる。

「音響兵器、音波兵器と訳すんですか？」

「音波銃ですね。シリコンバレーのベンチャーが、その音波銃を造ったという記事です」

動画はその実験を撮影したもののようだ。

「どのような兵器なんですか？」

「物理的に何かの質量を発射するのではなくて、音波を発生させます。それである種の精密機器を誤作動させるのです」

動画はドローンを誤作動させる実験のものだった。

実験室内で、ホバリングする小型のドローンに、箱のような機器から音波を浴びせると、プロペラの回転が速くなったり遅くなったり、不安定になった。

「これで、エアバッグは誤作動させられますか」

誠人の問いに、斉賀は「ええと」と言い淀みながら視線を彷徨わせる。

「電子機器に一切の破損はなかったと、報告書にはありましたが」

誠人は応えを促す。

「音波銃は破壊するんじゃないんです。機器に影響を及ぼすだけで……でも普通は低周波の対策はするものだし……」

「誤作動させられるんですね？　低周波対策ってなんですか」

「そう一気に言われても心の整理が……僕も今思い当たったんで、少し待って下さい」

斉賀はイスに背を預け、天井を仰ぎ腕を組むと、ゆっくりと上半身を前後に揺らした。

斉賀は理屈ではなく、感情の面で何か迷っている——

一分ほどだろうか、斉賀は反らせた背を戻し、再び誠人と向き合った。

「ぶっちゃけジャイロスコープの共振周波数と同じヤツを外部から照射すれば、センサー内蔵のデバイスに間違った指令を送信させることは、理論的に可能なんです」

面倒な言い回しだったが、可能だ、ということが重要だった。

「その共振周波数というのが、子供が聞いた低周波音のことですね」

誠人が直感的に問うと、斉賀は一拍置いた後、「ですね」と肯定した。

「断言はしないですけど、その可能性があるという程度で考えて下さい」

しかし、まだ歯切れは中途半端で、明らかに言葉を選んでいる。「例えばだけど、ジェミニのエアバッグ用ジャイロが使っている周波数と同じ音波を当てれば、誤作動を起こせます。ジャイロに使われるのはだいたい百ヘルツ以下の低周波だから、普通の人には聞こえない。でも敏感な人には、ブーンって聞こえたんじゃないかな」

「その周波数というのは決まりがあるんですか」

「大差はないと思うけど、各社違いますよ」

「同じ周波数の音波を当てなければならないんですね？」

「だけど、偶然周波数が一致して、共振を引き起こすなんてそれこそ何十万、何百万分の一の確率で……」

そこでまた斉賀は黙り込んだ。斉賀と自分は同じ結論に至っている──開発者なら、使用している周波数を知っている、と。

「斉賀さんは周波数を知っていますか」

誠人の質問で、斉賀も悟ったようで、深いため息をついた。

「完成品はわかりません。最終決定は、仕上げたチームが……」

ここで斉賀は一度口を結び、また思案と懊悩を挟む。「……ただ普通、対策はします。街には電波、電磁波、振動、音、あらゆるものが飛び交っているんですから。音波なんかは防音素材一枚で防げますし、相応に高出力でないと、誤作動させるほどの影響は与えられないですから」

固定カメラに映し出されていた、下生えのわずかな動き。しかも等間隔に三箇所。

大型高出力ではなく、小型の発信機三台で、長時間音波を当てた可能性は？

「例えば共振できる音波をできる限り長時間発し続ければ、大型の機器を使わなくてもエアバッグを誤作動させることは」

「不可能ではないです」

「この記事は――」

誠人は記事を指さす。「どれだけの人が知っていますか」

「僕が知っているし、ジャイロ関係の仕事をしていれば……いや、アンテナ張ってないと気づかないかな……」

「中岡さんがその音波銃の記事に気づいた可能性は」

中岡が、暴走開始地点付近の親子連れをピンポイントで調べていたことを説明した。「子供の敏感な聴力に期待していた証拠ではありませんか」

音に着目はしていても、音波銃のことを知っていたのか否か――

「この日本語記事が発表されたのは、七月です」

斉賀は応えた。事故調の調査に区切りがついた後だった。「興味を持って元記事を探したら、一月にアメリカの科学情報サイトに、開発中の音波銃の情報が載っていました」

もし事故が音波銃によって誘発されたもので、何者かが一月の段階で音波銃の知見を得ていたのなら、三月の実験に間に合うかもしれない。

「例えば、音響対策ですが、開発段階から施さないということは可能ですか」

斉賀が不審げに目を細める。

「どういう意味です？」

「意図的に音響板を取り付けないとか、取り付けてもダミーだとか」

「誘導尋問してません？」

「可能性を探っているだけです」

「嫌な可能性ですね」

「ジャイロの共振周波数、もしくは音波銃について、この一ヶ月以内に問い合わせはありませんでしたか。具体的には国交省の中岡さんから」

「技術的な問い合わせは、公私合わせて結構あるんですけど」

斉賀はスマホを手に取ると、電話とメッセージの履歴を見返した。「中岡さんからはないですよ」

もし音波銃が使われたのなら、使用者は実験車輛に搭載されたジャイロの共振周波数を知る立場にあり、音波銃の知識とそれを造る技術を有している。

実験車輛の音波対策を無効にできる立場にあり、かつ現場の周辺の様子、人員の配置を熟知し、当日柔軟に運用できる者――

該当者は下井健太しかいなかった。

「いま、私は下井さんを疑うに至りました。斉賀さんもですね」

単刀直入に告げると、斉賀は笑みを強ばらせ、力なく首を横に振る。

「彼なら可能であるというだけで、それ以上のことは……」

「十分です」

下井の犯行だったとして、確かめなければならないのが動機だ。

脳裏を過ったのがジャイロセンサの開発引き継ぎと、斉賀の移籍、会社ごと買われたという下井の立場や心情はどうだったのか。下井を聴取した時に彼が捨て鉢気味に話していた『僕が開発したと言い張るのも、少し恥ずかしい話です』という言葉が気になった。

「下井さんが会社に不満を抱いていたとか、金銭的に困窮していたということはありましたか」

「僕は彼じゃない。彼に確かめれば……」

確認するとしたら、外堀を埋めてからだ。

「私は開発の引き継ぎに興味があります。経緯を話して頂けますか。元同僚を売るとか、そんな話ではありません。人が亡くなっているんです」

あえて追い込むように言う。「元々下井さんは別の会社にいて、会社ごと買われて、自動運転システムの開発に当たったんですよね。でもベースはあなたのシステムだ。筋が通るようには思えないんですが」

「僕は元々ジェミニの半導体開発部門にいたんですが、予算も少なく、自動運転システムの新規開発は難航していました」

斉賀は語り始める。「こっちは設備投資と予算増額、増員を要請したんですが、会社が選んだのは半導体ベンチャーの買収だったんです」

ジェミニ自動車は三年前、当時『アリス・テック』という名だった半導体企業を買収した。ジェミニ自動車傘下となったアリス・テック社はジェミニ・テックと名を変え、自動運転に関わる各種センサーの開発に乗り出した。

「アリス・テックは、ジャイロセンサの技術で知られていました。僕の研究ラボのものより設計思想が独創的で、高性能が期待できたんです。その中心にいたのが下井君です」

二十代でアリス・テック開発部の主任職にあった下井は、そのままジェミニ・テックの開発部主任として、自動運転システムの開発に携わった。

「開発以外にも、ジェミニ側との意見集約、調整も彼の仕事でした」

下井はいくつかのセンシング機器の設計仕様書を提示し、必要な予算、人員、設備、開発期間についてジェミニ本社と折衝を繰り返した。しかし、当時すでに国交省の自動運転推進プロジェクトが立ち上がっていて、後発だったジェミニ自動車は、実験車輛の開発を急いでいた。

「下井君は妥協しない。会社側はとにかく時間をかけずに開発を進めたい。そこで意見が食い違ったんです」

当然、意見がまとまらない間は開発は進まない。「それで業を煮やした会社側が、他社技術の発展系でいいからすぐに造ってコンペに間に合わせろと」

高性能と理想の実現は、実用化の時でいい。まずはそこそこの品質でも、コンペに出るという実績を作る。それがジェミニ側の方針だったという。

「それに対して下井さんは？」

「当然怒りますよ。新規開発のためと言われて買収されたんですから。アリス・テック自体、ジャイロセンサを含むセンシング技術に関して、台湾に対抗できる数少ない企業の一つでした。下井君自身も相応のプライドがあるのは当然です」

現状、日本の半導体製造技術は、世界に半導体を供給する台湾に大きく水をあけられている状態だという。

「僕がやる意味はあるのか。下井君、口癖のように言ってましたよ。二ヶ月か、三ヶ月くらい平行線で、でもその間、開発を止めちゃいけないから、僕が本社のラボでシステムの基礎部分をしこしこ造っていたわけです。彼が提示したシステムより安価で凡庸なヤツを」

『心が耐えられそうにないと思って』

また、下井の言葉が脳内で重く響く。そして、我が強い下井を、ジェミニ経営陣が煙たがるようになった。

「そこに僕が本社からの出向という形で、ジェミニ・テックに加わったんです。僕が開発中だったシステムを完成させる目的で」

「その意思決定は」

「トップダウンですよ。彼には残酷なことをしたと思います。ですが、会社の中にはいまだに車はエンジンとオイルという考えの人が多くて、電子制御部門を外様か便利屋のように思っている人たちが一定数います」

優秀なベンチャーを買収したにもかかわらず、既存のものを押しつけた。

「下井君に僕が作った設計仕様書見せたら、こんなつまらない物を造らされるのか、自分が造る意味はあるのかって言われましたよ」

斉賀は自嘲的な鼻笑いをした。「まあ、その通りですよね」

「斉賀さんは、なぜやめてしまったんですか」

「ジェミニ・テックへの出向と、下井君に対する仕打ちへの罪悪感、以前から積もり積もっていた会社への不満……。それと僕のシステムをつまらないと言った下井君への罰」

斉賀は乾ききった笑みを浮かべる。「これで下井君はやめられなくなった。でもこれは些細なことで、実のところ一番は金です」

『ヘッドハントはエンジニアの常』

川合も言っていた。

「下井君は一応理解してくれましたよ。金や労働環境、プライドで動くのは当たり前で、自分も同じ立場ならそうすると」

斉賀は国家事業より、金と待遇を選んだ――ならば下井は何を選んだのか。

「エンジニアに対するヘッドハントの話は多いのですか？」

参考の意味で聞いてみた。

「実績にもよると思いますが、僕の場合……」

斉賀は誘いを受けた企業として、十数社の名を挙げた。電子・精密機器、自動車、ゲーム開発、ロボット系ベンチャーなど誠人も知る有名企業もいくつかあった。武蔵野デバイスはその中の一社だったが、中には、気になる社名もあった。

『アイダ特殊鋼』だ。

「確か、アイダ特殊鋼は来月からの実験で磁気マーカーを提供していますね」

脳内で何かが繋がりかける。

「ええ、僕も声をかけて頂きました。これから半導体……特に自動車の電子制御部分の強化をしていくという話でした」

斉賀によると、アイダ特殊鋼は元々エンジンバルブやエンジン周りの部品をミヤタ自動車に納入していたが、近年、電気自動車や自動運転の開発が進む中で、半導体部門の強化が課題だったという。

ミヤタが電気自動車へ舵を切れば、エンジン部品の取引はなくなる。半導体部門の強化は、アイダ特殊鋼の生き残り戦略であることは、誠人にもわかった。

「アイダさんの本命は、下井君だと思いますけどね。彼のことを根掘り葉掘り聞かれました し。ジェミニが彼を選んで、業界では注目されていましたから」

そこに小山内の言葉がリフレインする。

『地方都市最大の問題は、人口減少と産業の衰退だ』

ミヤタ自動車グループにとって自動運転実験は、政府要請へのおつきあいでしかないかもしれないが、グループ企業という枠の外にいるアイダ特殊鋼にとっては死活問題なのだ。

下井が何らかの手段で事故を誘発させた。結果的にアイダ特殊鋼が利益を得た。

それは別々の事実で、偶然の一致かもしれない。

だが、アイダ特殊鋼は下井を欲しがっていた。

下井とアイダ特殊鋼が繋がっている可能性は十分にある――単純だが強固な構図だ。地方都市の切実、一企業の切実、下井健太の切実の中、それは高い信憑性をもつ構図でもあった。

下井の犯行と仮定するなら、突破口は単純だ。

いかにして事故を誘発したのか。音波銃を造ったのなら、厳重な警備の中、いつ現場に仕掛け、いつ回収したのか。

事故前日、八日の朝に一度、ハンノキの群生は警備員によって異常がないことが確認されている。ならば装置はそれ以降、恐らく八日の実験初日終了後に仕掛けられたことになる。

ポイントは八日から九日にかけての警備と、下井のとなりでサポートしていた相棒だ。管制本部にいたジェミニ・テックのもう一人のエンジニア。

武蔵野デバイスを出た後、近くのレストランで昼食を摂りつつ、音波銃の存在、斉賀と下井の関係、両名のヘッドハントに関する経緯をまとめ、小山内と磯谷に送信した。

――下井健太とアイダ特殊鋼の関係を最優先で調べる必要あり。

そう強調しておいた。

「おかしな雲行きになってきましたね」

食事を終えた凜子が聞いてきた。「中岡さんは音波銃の可能性に気づいたんでしょうか」

誠人が応える前に、小山内から返信があった。

《下井とアイダ特殊鋼については磯谷が探る》

《実験当日にカメラを一点に向けさせた件は、コース上の任意の場所から視線をそらす目的が推察される。何者かが草むらに音波銃を設置したと仮定し、その証拠を探れ》

これまでになく具体的な指示だった。そして——

《今後、青井凜子には注意せよ》

凜子の監視は前提だったが、誠人は凜子の変化を感じ取っていた。

——問題ありません。

そう返信した。

「二手に分かれよう」

凜子に言う。「俺は下井が音波銃を使って事故を誘発したと仮定して、事故前後の下井の動きを探る。君はその時の警備態勢、人の動きを調べて欲しい」

凜子は静かに「はい」と応えた。

3　同日　午後

丸山透は、大田区上池台にあるマンションに、妻と六ヶ月の娘とともに住んでいた。

誠人は一人、丸山と近くの公園で相対した。

「お休みのところ、申し訳ありません」

「こちらこそ外でお話なんて。実家から妻の母が来ているもので」

乳児の世話に、このところよく訪問してくるという。

「中岡さんのことは、残念です」

生真面目そうな男だった。現在四十歳。下井同様、元々アリス・テックの社員だった。実験当日は管制本部に詰め、自身より若い上司である下井のサポートに当たっていた。中岡の自殺の動機を調べるなかで、事故の影響に関心があると、電話で告げてあった。

「実験当日のことを聞きます」

報告書によると、八日の朝五時に実験用シャトルバスはジェミニ技研を出発。午前七時前には、水防公園に到着していた。

「……八日の午前六時半過ぎには、下井とともに水防公園に入りました」

ジェミニ自動車のスタッフは、久喜市内のホテルが宿舎となっていた。

「中岡さんはいつ頃水防公園に？」

本命は下井だったが、一応聞いておく。

「八時過ぎだったと思います。車輛を軽く見た後、すぐに管制本部に入りました」

一日目はシャトルバスの走行実験だった。スケジュールは五分と遅れることなく進み、所定の場所で停車して人を乗せるなど、様々な条件下でコースを走り、問題なく走行を終えた。

「走行終了後は十七時からピットで車輛のチェックをして、その後管制本部でログの解析など細々とした処理がありました。なんだかんだで午前〇時頃まで管制本部にいましたね。下井も一緒です……というか、下井中心で作業をしていたので」

「その後は、どのようなスケジュールだったのですか」

「そのままホテルに戻って就寝しました。翌日も午前七時には車輛が届きますから」

中岡も同じタイミングで宿舎のホテルに戻ったという。

「下井さんは」

「私が帰る時は管制本部に残っていました」

丸山はシステム手帳をめくる。「それで……翌日の六時半に水防公園に来た時には、下井はもういました。メモに残したのは、それだけ驚いたということでしょうね。結局ホテルには戻らなかったと聞いた記憶があります」

「どこにいたんでしょうか」

「ホテルに戻るのが面倒になって、車の中で寝たと言っていた気が……」

「会社の車ですか」

「いいえ、彼、自分の車で来ていましたよ」

水防公園の駐車場のすみを借りていたという。これも報告書にはなかった。

車種を聞くと、フランス製のSUVだった。マイカーでSUV、何らかの機器は十分載せられるだろう。

「当時水防公園付近の警備態勢はどうなっていたんですか」

「管制本部に関しては二十四時間態勢で警備がついていましたよ。精密機器と企業秘密の塊みたいなものですから」

これで、絞られた。九日の午前〇時から朝までの間に音波銃がハンノキの群生に設置された――

丸山と別れ公園を出たところで、八島に電話を入れた。彼は出勤していた。

三月八日、九日の駐車場使用状況について問い合わせると、記録が残っているという。

『……ちょっと待って下さい』

電話越しに、端末を叩く音が聞こえる。『下井さんの名前、ありますね。職員用のスペースを一台分確保しています。備考欄に、深夜作業想定と書いてあります』

誠人は礼を言って電話を切ると、凜子と合流すべく瀬野町へと向かった。

移動中、小山内からメッセージが着信した。
《ルーカスが事件当日、白金家で呑んでいた公団の住民三人とともに渡良瀬署に出頭、個人情報を明かさないことを条件に、アリバイを示す防犯カメラの映像を提供した》
恐らく、矢木沢美優、フェルナンド殺害にヌークリオが関わっていない可能性が高まった上での判断だろう。
着実に前進している——自分がそれを停滞させてはならないと誠人は肝に銘じた。

訪れたのは、瀬野防犯連絡会事務局だった。

迎えた筧副理事長はチノパンにブルゾンとラフな格好だ。

「凜子ちゃんは応接室にいるよ」

副理事長とともに一階の応接室に入ると、テーブルに図面が何種類か置かれていた。

「無理言って開けて頂きました」

「いいんだよ、留守番は暇だからね。わからないことがあったらなんでも聞いてよ。もうすぐ当日警備についてたやつらも来るから」

副理事長はそう言うと、ソファのすみに腰を下ろした。

誠人は礼を言い、「まずは水防公園の見取り図を」と凜子に告げる。

凜子が水防公園の警備用見取り図を、テーブルに広げた。

実走実験開始時の警備態勢と防犯カメラの位置などが書き込まれている。整備用ピットから二十メートルほど離れた駐車場の端には《警備本部》のテントも描き込まれていた。

管制本部の周辺に二人、堤防上の河川敷コースの入口に二人、駐車場に二人の計六人。これは四交代制の二十四時間警備だった。

「三月八日もこれと同じ態勢でしたか」

誠人は副理事長に聞く。

「そうだね。実走実験終了まで、この態勢は変わらない予定だったね」

実走実験期間中、水防公園には常時六人の目が光っていたことになる。

さらに防犯カメラが、南利根出張所の常設二台に加え、特設として管制本部の屋根部分に三台設置されていた。管制本部の出入口を押さえるカメラと、駐車場全体をカバーするカメラ。そして、河川敷に向かう実験コースをカバーしたものだ。

これなら下井の動向も確認できるだろう。

次にコース全体の警備配置図も検める。

中でも河川敷のコースは加須市側、瀬野町側合わせて四キロ半に及び、瀬野側のコース脇にはスタッフ詰め所や、消火器など緊急用品が収められた臨時倉庫が設置されていた。

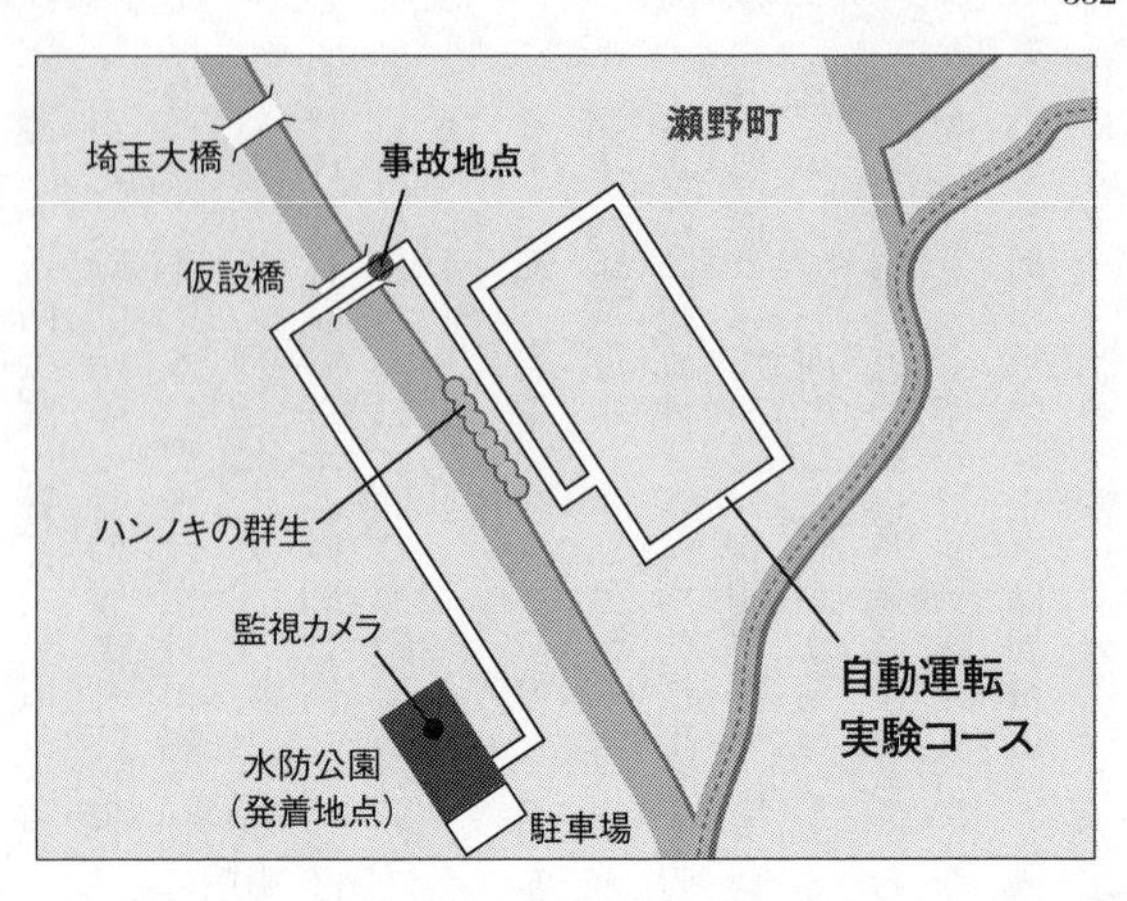

「備品倉庫とスタッフ詰め所にも夜通し警備員が詰めていたよ」

副理事長が言った。ただ、ハンノキの群生からは数百メートル下流だ。さらに河川敷に下りる歩行者用の階段には《赤外線警報装置》の文字があった。

「夜間は、河川敷コース上に人の配置は」

「いや、それはなかったが、真っ暗だからね。懐中電灯とか、スマホとか、発光するものが侵入すれば警備員が気づくかとは思うよ」

そんな報告はなかったという。

「防犯カメラの映像は、記録用として南利根出張所にも保存されています。八島さんに閲覧可能かどうか確認しました。中岡さんの労働環境の確認と言ったら、ＯＫを頂きました」

「それは……ありがとう」

思いがけない凛子の言葉に、誠人は絶句しかけた。

閲覧するのは国交省側のデータ。警察のデータを使わないのは、ログが管理されるからだ。無論、監視されている以上、こちらの狙いや行動が広瀬に露見することにもなる。

凛子は明確に、広瀬に知られないための行動を取ったのだ――

やがて、扉の開閉音がして、三十代とおぼしき男性二人が応接室にやって来た。八日から九日にかけて、水防公園の警備についていたという。一人は、ブラジルタウンを巡回していた警備会社の警備員で木崎と名乗った。

「中岡さんの自殺、結構大事になってんだね」

木崎は言った。もう一人は藤田という日頃は自動車修理工をしている男で、実験の日はボランティア警備員として現場にいた。彼らにも中岡の労働環境の詳細を調べていると伝えてある。

誠人は八日の実験終了後について、重点的に聞いた。

「下井君ね。遅くまで管制本部にいましたよ、中岡さんも付き合ってたな。ただ、何時までいたかは記憶にないね。先に中岡さんが帰ったのは確かだよ」

木崎は言った。次に応えたのは藤田だ。

「確かに下井君、車で来ていましたね。いい車乗ってると思ったよ。それで帰りの心配が要らなかったのかな、朝方までちょくちょく姿見たよ」

藤田も同意した。

「ずっと公園にいたんですか？」

誠人は聞く。

「下井君が？」

二人が顔を見合わせる。

「警備日誌があったはずだ。お前プリントアウトしてこい」

副理事長が藤田に言った。

藤田が事務所で作業している間、木崎が何かを思い出したように手を叩いた。

「そう言えば下井君に近くにコンビニがないか聞かれて、場所を教えたような気がする」

それで車で出かけたという。

「何時頃で、どのくらいの時間がかかりました？」

「そこまで覚えていないよ」

十分ほどで、藤田がプリントアウトの束を持って戻ってきた。

記録は詳細だった。事故当日の三月九日の午前三時五分、下井のＳＵＶが水防公園の駐車場を出て、午前三時二十二分に戻ってきていた。そこからさらに午前四時半頃まで、管制本部で作業をして、その後、車の中で二時間弱仮眠をとったことが確認された。

「下井さんが中岡さんを長時間付き合わせたということはなさそうですね」

誠人は最後に、中岡の労働環境調査であることを強調しておいた。

4　同日　夕刻～夜

「驚きました？」

ハンドルを握る凜子は、吹っ切れたような微笑を浮かべた。「あの林の中に何かが隠されていた可能性が出てきて、広瀬刑事官がそこからカメラの目をそらそうとした意味が真実味を帯びてきた時点で、身の振り方を迷っていました」

組織を取るか、警察官としての信念を取るか――「正直、堂安さんのことも計りかねていました。張り込み中にわたしを彼女にしちゃったり、ゲームしたり。真面目なのか、変人なのか」

「自分でも時々わからなくなる」

「でもそれは、その場その場でベストな選択をしようとしてのことだと解釈しました。自分の信念を優先するという」

「ベストの結果になっているかは、甚だ疑わしいとは思うけど」

「でも、今朝は誤認逮捕を防ぐために一人で帳場の方針をひっくり返しました。驚きましたし、すごいと思いました」

「自分でもよくあんなことをしたと思う」

「それでなんとなく心が決まりました。わたしも良心に従うって」

「なんとなくか」

「自分の中でもはっきりと答えが出たわけではありませんので。でも、フォワードって結構自己中なんですよ」

「だったらそれでいい」

誠人も腹を決めた。

利根川水防公園、国交省南利根出張所に車を乗り入れたのは、午後六時過ぎだった。

「大変ですね」

誠人、凜子と挨拶を交わした八島は言った。

「八島さんこそ土曜なのに」

凜子が言うと、八島は「シフト制なので」と応えた。

「河川の監視と管理が仕事ですから。川の流れは年中無休の二十四時間営業なんです」

とは言え、出勤しているのは八島だけだ。

「あとは詰め所に警備員が一人いるだけです」

二階のオフィスで、端末があるデスクを囲む。

「中岡さんも実験が始まってからは、ずっとここにいた印象が強いですね」

「長時間労働の上に事故ですから、心に負荷がかかった可能性もありまして」

誠人はそう説明した。無論、方便だ。

「事故の後も、すぐに次の実験ですものね。中央の人は心が安まる暇がないですね」

八島は端末を操り、八日の防犯カメラのデータにアクセスする。

「八島さんも実験の時はここにいたんですよね」

「七日は休みだったんですけど、八日は夜間シフトだったんで」

八日の午後五時に出勤し、午前一時までの勤務だったという。「とは言え、シフト前から実験を見物して、シフトが終わった後も、個人的興味でここに残っていました」

ここで八島は誠人に席を譲った。

「何かあったら下の河川管理室にいますので声をかけて下さい」

八島は言い残し、退室した。

まずは八日朝の映像を検めた。下井のＳＵＶの位置を確認する。

管制本部に設置されていた特設カメラは駐車場の様子を鮮明に映し出していた。しかし、駐車してあるはずの下井のＳＵＶがどこにも映っていなかった。九日朝の映像も検めたが、常設、特設どのカメラにも下井のＳＵＶは映っていない。

凜子がコピーしてきた水防公園の警備見取り図を広げた。

「職員用の駐車スペースはここですね」

彼女が指し示したのは、南利根出張所に近い一角で、駐車場の一部が凸の字状に張り出した部分だった。そこは庁舎の陰になっていて、常設、特設カメラの撮影可能エリアから外れていた。

「計算してそこに停めたのか……」

そして九日午前三時五分、証言通りフレームの外から現れたＳＵＶが、駐車場を出て行く様子が映し出されていた。戻ってきたのは、午前三時二十二分。

何か仕掛けられるとしたら、この十七分しかない。

「時間的に対岸に渡って、戻ってくるのは不可能です」

凛子も同じことを考えていたようだ。ハンノキの群生は水防公園の対岸なのだ。その上、利用できる橋は埼玉大橋か、日光街道の利根川橋。いずれも幹線道路で防犯カメラ、もしくはナンバー自動読み取り装置(Nシステム)に引っかかる可能性が高い。

そして、河川敷コースに向かうゲートは、朝まで閉じられたままだった。

警備もカメラも、河川敷の実験コース全てをカバーしていたわけではない。河川敷に下りるだけなら、苦はないだろう。しかし、わずか十七分で、そう遠くへは行けない。

「自動運転のシステムを作ったんです。音波銃も自分で移動できるんじゃありませんか？」

凛子は言った。

「ドローンか。でも飛ぶタイプは音も大きい」

「ラジコンカーみたいなものかもしれません。カメラに映らない場所に車を停めたのは、映ってはいけないものを積んでいて、その準備をする必要があったからです」

それは誠人も考えていたが、あくまでも想像の域を出ない。

管制本部の屋根に設置され、河川敷コースへのゲートをとらえたカメラ。かろうじて仮設橋と対岸のコースが映っていた。誠人は時間を進めていく。やがて陽が落ち、モニターは闇に包まれていき、常夜灯に照らされた手前のゲート以外は見えなくなった。

「真っ暗ですね」

凜子はディスプレイに向かって目を細める。

もし自走式の音波銃が使われたのなら、必ず仮設橋を渡らなければならない。

誠人は明るさを調整してみたが、河川敷に街灯など発光するものはなく、コースや仮設橋は闇に沈んだままだった。

「これじゃ確認のしようがないですね」

「元々ゲートを監視するためのカメラだからな」

丸山や警備担当者の証言は裏付けられたが、音波銃を見つけることはできなかった。だが、まだ手はあった。

「八島さん、八日の夜も写真撮っていたかもしれないな」

趣味とＨＰ製作を兼ねた写真撮影だ。

「さすがにイベント以外はどうかと……」

「趣味の部分に賭けよう」

階下に下り、河川管理室の扉をノックすると、八島が顔を出した。

「終わりました？」

「また、写真を見せていただきたいんです。八日の夜って、撮ってました？」

誠人が言うと、八島は背後を振り返った。

コンソールに幾つものモニターが配置されていて、利根川の河川敷の両岸と川面が広い画角で映し出されていた。

「撮ってますよ」

八島は応えたが、誠人の目はモニターに釘付けになった。

「この部屋に何か？」

「モニターに映っている映像はなんですか」

誠人は聞く。

「河川監視カメラですよ。二十四時間ライブで水位を監視する必要があるので」

八島は応えた。水防公園に関しては、出張所の屋上に各種アンテナとともにカメラが設置されているという。「全国の河川に一万四千台くらい設置されていて、利根川だけでも上流から下流まで六十箇所くらい監視していますよ」

カメラが高い位置にあるせいか、河川敷両岸にある実験コースの全てが見通せていた。

「二十四時間というと、夜間も？」

「もちろん。水害はいつ起こるかわかりませんし」

「夜の監視はどうしているんですか」

防犯カメラの映像では暗闇だった。

「暗視装置付きですよ」

「川も河川敷も見えるんですね」

「当然でしょう。昼間と同じとはいきませんけど」

思い立ち、八島とともに外に出ると、管制本部の前から南利根出張所の庁舎を見上げた。

「どうしたんですか？」

後ろからついてきた凛子が聞いてくる。

「いや、ここから河川監視カメラが見えるかなと思って」

屋上から支柱が伸びていて、大小のパラボラアンテナが設置されているが、カメラらしい装置は見えなかった。

「カメラはどこに」

八島に聞く。

「パラボラアンテナの下ですね、ここからは見えないですけど」

場所を移動してみたが、駐車場の端まで行かないと河川監視カメラは見えなかった。しかし見える地点にいたところで、距離が遠く、黒い物体がカメラであることに気づくのは困難だ。

それで確信する。下井は河川監視カメラの存在を知らなかったと。

「映像は保存されているんですか」

「規定では一年間です。ただし水害や警戒水位以上の増水があった場合は、後学のため永久保存になります」

三月八日と九日の映像も残っている――

「すみません、写真と一緒に、このライブカメラの映像データをお借りできませんか」

突然の要請に、八島は頭を掻き、「うーん」と呻いた。

「僕の一存では……」

「中岡さんの動きを細部まで追わなくてはいけないので」

「ライブ映像に関しては問題ないと思うのですが、アーカイブは僕の権限ではなかなか難しいかと……」

「そこをお願いできませんか」

凜子が懇願するように言うと、八島の背筋が伸びた。

「少しお時間を下さい。遅くなるかもしれませんが、中央と掛け合ってみます」

渡良瀬署に戻ると、小山内からメッセージが着信した。

《科捜研の狗に音波銃とやらに必要な材料を調べさせ、下井の物品購入記録を探ったところ、

二月に精密部品を個人輸入していたことがわかった。その品目が狗が示したものと一致した》

これで音波銃製造の可能性が高まった。

次に送られてきたのは、墜死当日の中岡の足取り捜査の情報だ。

《今日までに車種を絞り込んだ。執念の男だな、新木は》

そんなコメントが添えられていた。

報告を見ると、新木は細かなパズルを解いていくような手順で、中岡を現場に運んだと思われる車輛の特定作業を行っていた。

現場ビルがある路地に、路地を見通せるような画角の防犯カメラはなく、各ビルの防犯カメラも、エントランスや通用口の監視が中心で、路地を通る車輛を映し出してはいなかった。そこで新木が目を付けたのが、エントランスのガラス扉や窓に映った車の影だった。それを確認するために、現場路地にあるオフィスビルの全ての防犯カメラ映像を丹念に解析したのだ。

中岡の足取りが途絶え、現場ビルに入る飲食店の従業員が、大きな音を聞くまでおよそ十五分。その間、タクシー以外で現場ビルがある路地を通り抜けた車輛が八台であることを突き止めた。

ただ、映っていたのは車体のごく一部で、色も判別が困難な状態だった。ヒントとなったのは側面の一部やドアミラー、サイドウィンドウの形状だ。

《そこで新木は、自分の犯罪を暴いた交通捜査係を担ぎ出した》

轢き逃げ捜査のスペシャリストだ。車種の特定は彼らの基本能力である。丹念な検証の末、通過した八台全ての車種を特定した。

明日からは範囲を広げ、昭和通りを含む路地周辺に設置されたあらゆる防犯カメラの映像を調べ、該当時間帯に走っていた車のナンバープレートを確認する作業を始めるという。

この八台に中岡が乗っていたとは限らない。だが必要な作業だ。乗っていなかったとしても、可能性が一つ潰れるのだ。それは中岡の死の真相に一歩近づくことを意味する。

やがて一日の捜査を終え、多くの捜査員が戻ってきた。今日はポルトガル語を使う不良外国人の動向を探ると同時に、ヌークリオの動向監視、矢木沢美優殺害時のフェルナンドの足取りに人と時間を費やしていた。

そして、捜査会議が始まる。

誠人は、イスに深くもたれ、報告を聞いた。

まずはフェルナンドが殺害されたとおぼしき現場の鑑識結果だった。

「……現場の靴、血液及びＤＮＡ型は、フェルナンド・カルモナのものと一致」

さらにフェルナンド以外の足跡が三人分確認されていた。目撃情報と防犯カメラの映像はなし。捜査の難航が予想される結果だが、次に立ち上がったのは広瀬刑事官だった。

「現場雑木林の映像だが、南利根署の通訳があらためて精査。堂安君の指摘通りだったことを確認した」

静かなざわめきが上がる。「ブラジル人以外の者が犯行グループにいた可能性が極めて高くなった」

「それはフェルナンド・カルモナを殺害した連中がヌークリオではないという状況証拠になると」

沢田管理官の指摘に対し、広瀬は「我々はその指摘を支持します」と応えた。

高城は終始不機嫌そうに捜査資料から顔を上げなかった。

「名乗り出た白金家の客三名のアリバイははっきりした。明日はその客の情報を元に、店で知り合ったという四人を追う」

沢田管理官の声で、誠人は雛壇に注意を戻した。

「四人のうちの一人が、綺麗なポルトガル語……つまりはブラジル人が使わないポルトガル語で話していたという証言が取れた。これが極めて重要であることを、肝に銘じるように」

矢木沢美優殺害の直前に、彼女の近辺にいたことに加え、フェルナンド殺害の現場にもいた可能性が出てきたのだ。

大きな進展だった。少なくとも、フェルナンド殺害を企図した者は、ヌークリオの犯行に見せかけようとしたが、ポルトガル語とブラジル移民に対する知識がそれほどなく、馬脚を現したのだ。

誠人はここで新たな疑問に囚われる。

広瀬刑事官について、犯人側と協力関係にあると考えていた。ヌークリオへの強硬的な対応は、矢木沢美優、フェルナンド・カルモナ殺害の容疑を彼らに向けさせるための捜査誘導であると。

「我々は、ヌークリオ以外の不良外国人グループの動向について、改めて探る」

広瀬が南利根署の捜査員へ新たな指示を出す。その貌は紛れもなく犯罪者を狩り出そうとする警察官のものだった。

そもそも広瀬は十年以上ヌークリオや移民と対峙してきた。ヌークリオの掟や手口を熟知し、翻訳や通訳の際にはスラングにも拘っていた。もし犯行に関与しているのなら、ブラジル移民以外の何者かを、ヌークリオの代役にすることを容認するだろうか。

ホテルに戻り、自室で八島から入手した写真の検分に没頭した。

八日の実験初日、映っている中岡は、ほぼ管制本部の中にいて、コンソールのモニターか端末を見ていた。下井も同様だった。淵崎は実験開始直前に管制本部入りしていた。

淵崎が来賓と挨拶を交わす姿も幾つか映っていた。その中に広瀬刑事官、瀬野産業連合会の佐々木会長もいた。淵崎と月岡ゆかりが並んでいる写真もあった。この八時間ほど前に情事に耽っていた二人だ。

瀬野産業連合会がイベント等の手配を行っていたことを考えると、彼女のキャスティングは佐々木の意向があったのだろうか。

タブレット端末に、メールが着信した。八島からだ。

《三月八日、九日の動画データです。カメラ二箇所分、高画質モードでお送りします》

メールにはダウンロード先のリンクと、パスワードが貼られていた。

リンクにアクセスし、ダウンロードを始めるが、データ量が膨大なためか、遅々として進まない。待つ間に冷蔵庫からビールを取り出そうとしたところで、ドアがノックされた。

開けると、見たこともない女性が立っていた。ショートカットに、ピンクのワンポイントがあしらわれた黒のパーカ。穿き古されたようなバギージーンズ。そして背中にはデニムのリュック。

一人旅の女子大生が部屋を間違えたのかと思ったが、よくよく見れば小山内だった。

「見とれてないで入れてくれ」

厚化粧には見えないが、まるで別人だ。これなら中国の諜報員を翻弄したという噂もリアリティをもってくる。

部屋に迎え入れると、小山内は臭いを確認するように鼻を動かした。「独身男が一週間いた割に臭くないいし、綺麗にしているな」と言いながら勢いよくベッドに腰掛けた。

「寝るだけですので」

「勤勉は武器か。偽ヌークリオ、音波銃の存在と下井健太への容疑絞り込み。いい仕事をしたな。本当に期待以上だ」

小山内は両手を広げると、小首を傾げ誘うように指を動かした。「今なら押し倒しても怒らない。抵抗もしないから」

表情、口調、仕草とも愛らしさに溢れ、気を抜けば誘い込まれそうだったが、小山内の手管にはここ一年で大分慣れていた。

「冗談でも面白くないです」

誠人は醒めた口調で言い、ドレッサーのイスに座った。

「割と本気だったんだがな」

小山内は残念そうに広げていた手を下ろした。「可愛げがないな、君らは」

「なぜ複数形ですか」

「磯谷興起も乗ってこない」

「誘うほうがどうかしています、義理の兄でしょう」

より弱みを握り、奴隷化を深めるための罠なのか――

「新木は躊躇わなかったのだがな」

「なにやってんですか」

これは双方に対しての言葉だった。

「あまりに迷いがなさすぎたから、蹴り飛ばしてやったが」

「それで何しにきたんですか」

「部下の慰労と、ついでに情報伝達だ」

メインが慰労のほう――「月岡ゆかりをイベコンとしてキャスティングしたのは佐々木だった。以前に佐々木の会社のイベコンとして何度か参加したことがあったようだ。前から佐々木はアイダ特殊鋼と顧問契約を結んでいる。磁気マーカーをミヤタ側にねじ込んだのも佐々木だ」

あまりにさらりと言われ、誠人は一瞬言葉が継げなくなる。

「なにを驚いている。佐々木の産業連合会がイベント関連のロジ担当だったという情報は君がもたらしてくれたんだぞ。その上、佐々木は落ち目気味の瀬野の産業を背負っているんだ、背後関係は調べるだろう、普通」

「では下井とアイダ特殊鋼の関係は」

「現在のところアイダ特殊鋼側との接点は見いだせていない」

小山内は言った。「だが佐々木の会社の固定回線と下井の携帯との通信、通話記録がいくつかあった」

すでに組対の〝狗〟も動員して佐々木の身辺を探っているという。

「東邦総合証券の元総会屋担当、コンサル業に乗り出した後も、反社対策で重宝された男だそうだ。瀬野に呼ばれたのも、彼が持つ反社ネットワークを使って、ヌークリオに対抗するためだ」

反社組織との繋がり――「そうなると、中岡が落っこちた船井第二ビルも大分きな臭くなるだろう？」

反社準構成員の出入りが確認されている。

「中にいた目撃者が反社の息がかかった者なら、証言の信憑性は疑わざるを得ない」

「佐々木の情報は」

「無論新木と和泉橋署には伝えた」

小山内は微笑した。「君の報告がなければ、ここまで調べが進まなかったということだ。もう少し誇れ」

誠人はそこで首を一度だけ横に振る。

「ただ、下井が音波銃を設置できたかどうかについては、まだ確認できていません。肝心の防犯カメラの映像ですが、暗くて何も映っていなくて……」

部品を取り寄せて製造できたという確証が得られても、設置できたという証拠がなければ、下井の検挙はできない。

「車の停め場所といい、周到です。夜間に河川敷コースが映らないことも計算のうちだったような気がします」

「突破口はあるのか」

タブレット端末を見ると、ダウンロードが終了したところだった。

「突破口になるかもしれません。一緒に見ますか」

三月八日の朝から三月九日深夜までの映像データだ。「国交省の河川監視カメラです」

「そんなものがあったのか」

誠人と小山内はベッドに並んで座ると、映像を再生した。

「音波銃が設置されたのなら、その様子が映っている可能性があります」

「それは楽しみだ」

実験コースを含む一帯をカバーしているのは、《利根川水系　加須・南利根出張所屋上》と、《埼玉大橋下流・水位監視》と表記された二箇所のカメラだった。

《南利根出張所屋上》カメラは、実験コースがはっきりと見え、その奥に埼玉大橋が小さく映っていた。《埼玉大橋下流》カメラからは、橋脚越しに仮設橋が見えた。

「ライブと言っても動画ではなくて、静止画が五分ごとに更新される方式です」

誠人は八島から聞いた情報を説明し、三月九日午前三時——下井がコンビニに出かけた時間帯の映像を呼び出した。

「すばらしい」

小山内が感嘆する。

河川監視カメラの夜間映像は、明度調整がなされ、昼間ほどではないが、川面と周辺の河川敷の様子がはっきりと映っていた。

誠人も淡い興奮に包まれながら、午前三時から五分刻みで映像を更新していった。そして三枚目、午前三時十五分の映像に変化が現れた。

画面手前、加須側の実験コース上に箱状の何かが三体、一列に並んでいた。

「ふむ」と小山内が目を細める。「ビンゴだな」

拡大すると、箱状の物体から蜘蛛のような脚が生えているのがわかった。数えると脚は片側三本、計六本あった。

「多脚節足型の自走式ロボットだな」

小山内は言った。「下井なら造れるだろう。車輪でないのは、草むらの中での移動を考えたからではないか？　あの固定カメラの映像も、草の揺れ方が動物っぽかっただろう」

ハンノキの群生の不自然な草の揺れ。

「言われてみれば」

誠人は応える。「これが音波銃なのでしょうか」

ただ節足式なら、移動にはそれなりの時間がかかるはず。

三時二十分の写真では、さらに上流側へと位置を変えていた。つまり移動している。

「コースのスケールを考えると、たぶん人が歩く程度の速さで進んでいますね」

目算だが、ロボットは五分で四百メートル程度進んでいるように見えた。

そして、三時二十五分の《埼玉大橋下流》カメラでは、仮設橋の上に三体の物体が確認できた。物体は明らかに、水防公園側河川敷の実験コースを上流へ向かって移動し、きちんと仮設橋を渡っているのだ。行き先は、おそらく対岸にあるハンノキの群生だ。

「下井健太は防犯カメラの死角に停めた車内で三体のロボットを準備、午前三時五分に水防公園を出ると、河川敷沿いの道をほんの少し下流へ移動、警備と防犯カメラの目が届かない場所から堤防に登り、河川敷へ放った。そんなところだろう」

小山内は筋を読んだ。

自走式ロボットはプログラムに従って、暗闇の実験コース場を移動、仮設橋を経由して対岸に渡り、自ら草むらの中に収まった。実験車輌に使われたコースデータを流用すれば、難しい工作ではなかったはずだ。そして下井自身はロボットを放った後、本当にコンビニへ行き、買い物をして戻ってきた。十五分もあれば可能のはず。

「夜間、河川敷が暗闇になること、警備員がコースに入らないことを熟知した上での犯行ですね」

誠人は言った。「事故直後の時間帯も再生してみましょう」

九日午後三時四十五分の暴走事故から十二分後の下生えの不自然な動き――

「午後四時の映像です」

ハンノキの群生付近の川面に、不自然な三つの波紋が確認された。拡大すると、波紋は上流から下流に向け、等間隔に並んでいた。

「これがカメラを事故車輌に向けさせた理由だな」

小山内が口角を吊り上げた。

夜間にハンノキの群生の草むらに音波銃を設置。実験車輌に低周波を照射して誤作動を発生させた後、現場検証等で装置が発見されないよう自ら利根川に〝入水〟させた。その場面をカメラに記録させせないがための広瀬の号令――これで自走式ロボットの動きと、広瀬の動きの連動が意味を持って繋がった。

「確認する。広瀬刑事官の殺しへの関与は、判断保留だったな」

小山内には、そう報告している。

「あくまでも感触です」

「よろしい。だが、事故に関してはその限りではない。切り離して考えろ」

誠人はうなずき、この映像の考察に集中する。

「重要な証拠ですが、下井が映っていない以上、彼の犯行であるという直接的な証拠にはなりません。あれが音波銃であることも確認できません」

小山内が誠人の膝に手を置く。

「いや、十分突破口だ。事故が意図的に仕組まれた可能性が強まった上に、下井を追い込む材料になる。この映像データはこっちで預かってさらに精査する」

「では、明日から何をすれば」

探ることは多岐にわたるだろう。下井と広瀬、佐々木の関係、実験再開を主張した淵崎の役割。どれも重要事項だ。

「君は賢人のサポートに入れ」

「サポート……ですか」

誠人は一転、困惑しつつ聞く。

「南利根署の動きを止めた時点で、新たな作戦をスタートさせた」

賢人はルーカスと行動をともにしている。

「偽ヌークリオの炙り出しですか」

「その通り。正確には偽ヌークリオを含む、犯行グループの一網打尽を狙う。ヌークリオの連中が重要な容疑者たちを狩ってしまう前に」

小山内は作戦に自信満々のようだ。

「えーと、作戦の要点は」

「ＤＪケントを餌にして釣り出す」

釣られてくるのは殺人を犯した疑いが濃い連中だ。誠人は自身の役割を察した。

「俺が賢人に代わって、ＤＪケントになれと」

「民間人には危険な役目だからな」

小山内は当然のことのように応えた。「これを直接伝えようと思って、わざわざ君が好きそうな扮装で来てみたわけだ」

本気なのかふざけているのか。確かに心が揺れてしまったが。

「そんなことなら、今から抱いてもいいですか」

「もう締め切りだ。拒絶された時点で、わたしの心も醒めてしまった」

にべもなく断られた。「それで、餌の第一弾はもう撒いてある」

唐突に本題に戻った。

「いったいなにをしたんですか」

「連中が動きたくなる情報をぶら下げた。詳しくはＤＪケントの新着動画を見ろ」

動画を使った罠——「当然第二弾以降は、君が暴き出したロボットのことも盛り込ませてもらう」

誠人は賢人のサブチャンネルにアクセスした。新着動画がアップされていた。

タイトルは《サイタマのサッカー王国に来たら、奇妙な事件に出会った件　ＰＡＲＴ①》。

サブタイトルは《Ｙの惨劇　彼女はなぜ川を渡ったのか》となっていた。

長さは八分ほど。午後二時頃アップされて、再生回数はすでに五千を超えていた。

派手なピンクのサングラスにハット姿のＤＪケントが登場し、矢木沢美優殺害の概要を、殺害現場、発見現場と巡りながらテンポのいい編集でリポートしていた。

『なぜ僕がこの事件に興味を持ったのか。それはサッカー王国瀬野たる所以でもあるんだけど……』

場面は、公団近くのブラジルタウンに飛び、移民の歴史が簡単に語られた。賢人にしては真面目でオーソドックスな構成だった。そして、警察が瀬野を拠点とするブラジル系ギャング団を中心に捜査していることを伝えた。

『取り締まりというか、家宅捜索というの？　それも偶然見たんだけど、なんか移民に対して警察の当たりが強いような気がしてんだよね』

そこで、フェルナンド宅の捜索の映像が挿入された。移民の少年たちと揉み合い、怒号を飛ばす警察官の姿。さらに賢人は丁寧に地元の人たちの証言を拾い、自然と世代間の分断が見えてくる構成になっていた。

そして中盤に一つの謎が提示された。

なぜ殺害された矢木沢美優が、瀕死の状態で利根川、渡良瀬川を歩いて渡ったのか――

驚いたことに、動画の後半はカメラを手にした賢人が、彼女が歩いた経路を、そのままトレースし、歩いていた。無論、生身で川を渡って。

『利根川の中央に差し掛かったんだけど……』

賢人は流れに揉まれていた。『水は冷たいし足もとはおぼつかない。流れも結構ある。でも彼女は渡ったんだ。鈍器で頭を殴られ、胸を刺された状態で……スゲエ根性。ホント切なくなってくる。彼女はなにを伝えたかったんだろう』

息も絶え絶えな賢人のリポートは、相応の説得力を持っていた。そして合流部の中州に上陸し、今度は渡良瀬川を渡った。

「明日は中岡昌巳と矢木沢美優が、死ぬ直前まで事故の原因調査を行っていたことを明かす」

「まさかシモンを出演させるんですか。調査のことは口外しないと約束したし彼の安全はどうなるんです」

「本人の了承は得たし、ことの重大性も理解してくれた。フェルナンド殺害の時に純正ポルトガル語が使われたことも、タイミングを計って出す。だが決め手は、犯罪の構図だ」

小山内の眼光がすっと冷える。「人為的に起こされた事故によって、利益を得た者がいる。その真相を探ろうとしていた二人が命を落とし、うち一人を手にかけたと見られる男も殺された。実験の事故と殺人は地続きだということを印象づけるんだ。黒幕はＤＪケントを放っておけなくなる。そこでのこのこ出てきたところを一網打尽にする」

危険きわまりなく滅茶苦茶な作戦だが、効果が大きいのも確かだった。

「シモンの護衛も君の任務だ」

第八章　アンリバーシブル

1　十月十三日　日曜　朝

朝の捜査会議終わりで、離任の挨拶をした。

「東京から、捜査の終了を命じられました。昨日の技研への聞き取りで、材料は揃ったようです。いろいろお世話になりました」

誠人は頭を下げた。

「こちらこそ、ガサの手伝いまでしてもらって大いに助かった。感謝している」

沢田は応えた。

高城は見向きもせず、捜査資料に目を落としている。だが、広瀬がやって来た。

「どうですか、成果は上がりましたか」

その表情にはまだ警戒感の残滓があった。

「事故そのものよりも、反対していた実験続行のお膳立てを、自分でしなければならなかったことが、大きな負荷になっていたと思います。それを裏付ける証言も十分集まりました」

自分の狸っぷりも堂に入ったものだ――と思ったその時、「発音の件、助かったよ」と広瀬が耳元で囁き、誠人の肩をぽんと叩いた。

「こちらこそお世話になりました」

誠人は狐につままれたような思いで捜査本部を辞した。

一階のエントランスロビーに下りたところで、凜子が待っていた。

「ありがとう、すごく助かった」

「わたしもあまりできない経験をさせて頂きました」

凜子は笑顔だったが、寂しげにも見えた。「そちらの捜査に関する秘密は守ります」

「いろんなものを背負わせて申し訳ない」

一応謝っておいた。「落ち着いたら、ゆっくり食事を」

その任は賢人に担当してもらうことにした。

「約束ですよ。サッカー教室もその時に」

賢人は彼女と様々な約束をしたらしい。「社交辞令ではないですから。わたしはリアルカミカゼドリブラーですので覚悟して下さいね」

凜子とは握手して別れた。手を放す時、心なしか強く握られたような気がした。

ホテルに戻り、荷造りをして、古河駅から湘南新宿ラインに乗る。

そして、新宿で降車した午前十時半過ぎ、動画チャンネルの新着通知とともに、賢人が動き出した。

無論、サブチャンネルの、《サイタマのサッカー王国に来たら、奇妙な事件に出会った件PART②》がアップされたのだ。

サブタイトルは《連鎖した奇妙な死　二人を繫ぐのは自動運転実験プロジェクト》。

『五日に渡良瀬川の河川敷で女性の死体が見つかったことを知っている人は知っていると思う。警察はいまも殺人事件として追っているけど、犯人はまだ捕まってない』

派手なファッションのＤＪケントが、渡良瀬川河川敷の死体発見現場で神妙にリポートしている。背後には小さな献花台と、手向けられた花。『殺されたのは、矢木沢美優さんという女性で、多くのブラジリアンたちの友達であり、頼れる姐さん的な存在だったんだ』

矢木沢美優の写真が画面に挿入された。

『美優のためならって、ブラジリアンたちも取材に協力してくれている』

ここで短く事件概要が説明された。『さらにもう一つ、奇妙な事件が起こってる』

今度は東京・神田の路地が映し出される。警察車輛に現場検証中の捜査員たち。遺体発見直後の報道映像のようだ。

『美優さんが殺されてから二日後に、東京の神田で、国土交通省の役人さんがビルから落ちて死んだ。警察は自殺として処理したけど、現場を見た人によると刑事たちが揉めてたって。どんな風に？　自殺には見えないって』

思った以上に踏み込んだ情報を伝えていた。『役人さんの名前は中岡昌巳さん。この中岡さんと美優さんの間には、共通点があったんだ。それが三月にこの瀬野町で行われた自動運転の実験なんだ』

ここで、一般公開されている自動運転実験プロジェクトのPR動画が挿入される。

『中岡さんはいわゆるキャリア官僚で、自動運転実験の現場監督官をしていた偉い人だったわけ。だけどアクシデントが起こった』

実験車輛が緩衝壁に衝突し、河原に落下横転する動画が数パターン挿入される。そして、簡潔に事故の概要が説明された。

『要はエアバッグが勝手に作動したのが原因ってわけ。ただなんでエアバッグが作動したのかは不明』

その後、原因不明のままメーカー交代で実験の続行が決定、十一月の実走実験再開に向け準備が進められていることが伝えられた。

『で、取材を進めていって興味深い話を聞いたんだ。美優さんと中岡さんが亡くなる直前まで、一緒に自動運転実験の事故原因の調査を続けていたっていうんだ。国土交通省の事故調査委員会が六月に、不明なシステムエラーって結論を出したあとにね。でもさ、そんな話、テレビ、新聞、ネット、週刊誌どこもやってないでしょ。でも、僕はその調査を手伝った人を見つけたんだ。で、直撃インタビューしたわけ』

そこで画面が夜間の映像に切り替わった。そして、男性の首から下が映し出される。背景も場所が判別できないよう、映像にエフェクトがかかっていた。

『美優から直接頼まれたんだ。特定の条件に合う目撃者を探してくれって』

男の声はボイスチェンジャーで変えられているが、明らかにシモンだった。『美優は中岡って人と一緒に調査を進めていて、俺に協力を求めたんだ。それで俺は二週間かけて条件に合った人たちを探し出して美優に伝えたんだ。そのすぐあとだよ、美優が殺されたの』

今度は画面が、日中、利根川堤防上にいる賢人に切り替わった。フェルナンドの死体が発見された辺りだった。

『証言してくれたAさんは、ワールド・スター・イレブンで対戦したブラジリアンの仲間で、今はワケあって身を隠している。どんなワケか。第一に、美優さんが殺されたことによって身の危険を感じているため。第二に、九日の朝にここで死体となって見つかったフェルナンド・カルモナ君を殺害した容疑者として警察に追われているため』

これで警察も〝Aさん〟がシモンであることを知り、動かざるを得なくなる。

『だから、警察に保護を求められないんだ。いや、Aさんは無実なんだよ。それは僕も確認してる。でもここの警察は移民に厳しくて、何かあればすぐに犯人扱いしてしまうんだ。んで、なぜ警察に追われているのか。それがフェルナンド君の自宅から、美優さんとAさんが面会している写真が出てきたからで、それは単に調査のために打ち合わせしている場面で、なんてことない写真なんだけど、警察は殺人の証拠と思い込んでる』

賢人は言葉を選びつつ丁寧に説明し、言外にフェルナンドが矢木沢美優とシモンを監視していたことを匂わせた。

『でもさ、事故原因の調査はメーカーと国の事故調査委員会がきちんとやってんのに、国交省の官僚が個人で調べるって、おかしな話だと思わない？』

ここで地元の防犯連絡会メンバーのインタビューが挿入され、中岡が事故原因究明に拘り、実験の再開に反対していたことが伝えられた。

『そこで、公開未公開いろんな動画を分析して、事故原因について面白いことがわかったんだ。決定的な証拠も手に入ったしね。それは次回で』

動画は終わった。視聴した多くの人が、黒い策謀の匂いを嗅ぎ取るだろう。

賢人が予告した証拠とは、ロボットの映像だ。

誠人は、賢人のサブチャンネルのアドレスを添付して、凜子にメールを送った。

《少し問題がある動画を見つけました。警戒したほうがいいかもしれません》というメッセージを添えて。

これで渡良瀬署の捜査本部は、この動画に注目せざるを得なくなる。

誠人は一度市谷柳町の自宅に戻り、髪を下ろし、ジャケットとパンツに着替えると、警視庁本部に向かった。

連絡デスクには磯谷が残っていた。ノートパソコンや資料が乱雑に重なり、熱気が残るデスクを見れば、精力的な捜査が続いていることがわかる。

「ご苦労！」

磯谷が小さく手を挙げた。「南利根署の監視は、お前の帰宅を以て終了したようだ」

「なんだか肩が軽くなった気がします」

「きのう小山内の洗礼は受けたか？」

女子大生のような出で立ちと、欲情を誘う眼差し――

「新木さんのような愚は犯しませんでした」

「そうか。ヤツはそれで鼻を折ったからな」

渾身の力で蹴り飛ばしたようだ。

「新木さんのほうはどうなっていますか」

「順調だ」

現状百を超えるカメラの映像が集まっているという。「和泉橋署街頭カメラに防犯カメラ、深夜に当該区域を流しているタクシーのドラレコに、動画サイトのライブカメラをひっくるめて手を尽くしている」

「室長は」

「埼玉県警の監察と連携のため調整に入っている。一応南利根署に感づかれないようにな」

「何かわかったんですか」

「小山内の勘というか先見というか、三月八日未明にグランタワー加須シティから一一〇番通報がなかったのか確認したら、記録があった」

三月八日午前三時過ぎ。「月岡ゆかりの自撮り動画が撮られた後だ。発信は月岡ゆかりが宿泊していた一一〇五号室」

「それは盗撮に気づいたから？」

「いや、通報内容は不審者の目撃。だが県警は酔客の勘違いで処理したようだ」

実際は、月岡ゆかりが盗撮に気づき、自撮りして証拠を入手した。

「淵崎氏の奥方は、動画の存在と監察への提出を一切公表していない。淵崎氏本人も三日前に我々が淵崎氏に動画を突きつけるまで、秘匿できていると思い込んでいた。だが我々がその動画を手に入れたことにより、八日未明の通報処理が嘘であることが発覚したというわけだ」

通報に対応したのは、瀬野町と加須市を管轄とする南利根警察署。

「無論、小山内は埼玉県警の監察に、月岡ゆかりの盗撮動画を提供した。南利根署による盗撮事件の隠蔽が疑われるからだ」

小山内は一気に勝負に出たのだ。「ホテルで何があったのか、詳細を探る必要があるな。現場好きの小山内にも連絡しておく、現地で合流しろ」

東京滞在、わずか九十分。誠人はすぐに警視庁を出立した。

2　同日　昼

グランタワー加須シティは、国際会議の会場にもなった大型のシティホテルだった。

広いロビーのラウンジに小山内がいた。今回はフォーマルなパンツスーツ姿で、髪は後ろでまとめてあった。

「ここは監察の身分で行く。君は協力する一課特命の主任でいい。淵崎の時と同じだ」

小山内がフロントで身分と来意を伝え、来客用の控え室に通された。十分ほどでスーツ姿で落ち着いた雰囲気の初老の男性がやって来た。使い込まれたノートパソコンを手にしている。

男性は副総支配人だった。挨拶を交わし、本題に入る。

「警察内部の犯罪を捜査しています」

小山内はまず告げた。「事態がはっきりするまで、我々の訪問を含め、ことは内密にお願いしたいのですが」

副総支配人は迷うことなく「畏まりました」と応えた。

「三月八日の宿泊客についてです」

副総支配人はノートパソコンを広げ、視線だけをディスプレイに落とす。

「確かに警察庁様にご利用頂いております」

「淵崎謙介。まずは彼について特記事項があれば確認をお願いしたい」

「少々お待ち下さい」

副総支配人が最低限の動きでキーボードをタッチする。「午後十一時半過ぎに、大分酔ってお戻りになられたとの報告があります」

「介助の女性がいたはずですが」

誠人の知らない情報だった。

「そう報告されております」

「姓名は確認できますか」

「報告書にはありませんが、確認はできると思います」

副総支配人は、素早くキーボードをタッチした。ビジネス用のメッセージアプリを利用しているのだろう、五分ほどで四十代とおぼしき男性がやって来た。

「三月八日のナイトマネージャーです」

夜間の業務責任者だという。「警察の捜査です。ありのままを話して構いません」

ナイトマネージャーは「わかりました」と応え、副総支配人のとなりに座る。

「淵崎様に付き添っていたのは、カジ・タツロウ様の娘さんでした」

「当時の防犯連絡会理事長の娘が、酔った淵崎を連れてきたのですね」

「ええ、カジ様とは面識があって、名前は存じ上げませんが娘さんのお顔は以前拝見しておりました」

誠人は、タブレット端末でカジ・タツロウなる人物を検索した。

瀬野防犯連絡会理事長の梶達郎がすぐにヒットした。画像も何枚かあった。前理事長だ。

「八日未明に警察への通報がありましたね」

「午前三時頃だったと記憶しております」

ナイトマネージャーは即答した。「携帯電話からの通報だったようで、警察の方の来訪で事態を知った次第です」

「通報のあった部屋は一一〇五号室、宿泊客は月岡ゆかりさんで間違いありませんね」

「さようでございます」

ナイトマネージャーと警官が部屋を訪れたところ、月岡ゆかり本人が出てきて、バルコニーで人影を見たと言ったので、一応部屋の中を見たという。

「見た限り異常はなかったのですが、どうもお客様が納得していないようで。我々はいったん退室し、後は警察の方が対処しました」

「彼女が自動運転実験のスタッフだったことは？」

「ええ、存じ上げておりました。ただ、少しお酒を飲まれていたようなので、勘違いの可能性も想定しておりました」

「警官は制服の巡査のみで？」

「いいえ、当直の刑事さんも同行されました」

「警察はどのくらい部屋にいましたか」

「一時間と少しだったでしょうか」

「その間、警察官以外の訪問者は」

「梶達郎様がお見えになりました。実験の警備担当でしたし、通報がスタッフの方だったので、こちらから連絡をさし上げました」

「梶さんはタクシーで？」

「いいえ、自家用車だったと記憶しております」

「なら、運転は誰が？」

「娘さんがされていたようです」

梶達郎の娘は淵崎を送り届けたあと、再び防犯連絡会会長の父を乗せ、ホテルにやって来たようだ。

その後、月岡ゆかりの勘違いということになり、警察官たちとともに、梶も帰ったという。

「防犯カメラ映像の保存期間は」

小山内は副総支配人に改めて聞く。

「四十日から五十日程度で上書きされます」

映像は残っていなかった。しかし、小山内はさほど残念な表情は見せなかった。

ホテルを出ると、エントランス前の車寄せに車輛が待機していた。

「ウチの車だ。中で何を喋っても大丈夫だ」

小山内に促され、ともに後部座席に乗り込んだ。運転手は、七ヶ月前に草河を拘束した際、コンテナボックス前で合流したバックアップの一人だった。

「住所だ」

小山内が運転手にメモを渡すと、車は静かに走り出した。

「梶達郎さんの移動手段を聞いた意味がわからなかったのですが」

誠人は聞く。「重要なことなのですか？」

「七日夜に淵崎氏を含む警察関係者と防犯連絡会の懇親会があった。警備や実験の進行に直接関与しない物見遊山組も参加した」

小山内は応えた。ホテルに戻る前の淵崎の行動は調べてあるようだ。「その参加者に梶達郎もいた」

酒を飲んでいた可能性が高いのだ。

「警察官以外に、月岡ゆかりの部屋の様子を知る者を探ったのさ。それで梶達郎に加えてその娘が同行してきたことがわかった」

懇親会には、送迎用に防犯連絡会の若手が数人控えていたという。その中に梶の娘もいたのだ。「面白くなってきただろう。ホテルが気を利かせて梶達郎を呼んだのは、月岡ゆかりに……あるいは、やって来た警官にとっては想定外だったはずだ」

「通報の意味は、脅しですか」

「そう考えるのが自然だな。しかし実験成功のため、月岡ゆかりは通報したものの温情を示し、地元警察もそれを受け入れた。これで、南利根署は淵崎に恩を売ったことになる」

淵崎にとって通常の脅迫より重かったはずだ。「自動運転実験で法務を統括する警察官僚が、実験中に盗撮で迷惑防止条例違反。しかも地元警察にも知られてしまった。無論発覚したら警察庁は赤っ恥で、マスコミも通常に増して叩いてくるだろう。義父も淵崎を守ることは難しい」

例えば、以前から盗撮の事実に気づいていて、八日に会う約束をして、そのタイミングで発覚したことにすれば効果的だ。

「もしそこに梶達郎が現れたのなら、彼がその隠蔽に加担した可能性もありますね」

誠人は言った。「どのような人物なのですか、梶という前理事長は」

「署長経験もある元警察官だ。警察の論理で動いてもおかしくはない。防犯連絡会では地元の利益を守る立場であり、淵崎氏の価値も知っていただろうな」

「まずは梶達郎本人から切り崩すんですね」

「それは無理だ」

「どうしてですか」

「先月死んだからだ」

唐突に、記憶と梶達郎が合致した。写真の中の男性――

「だから何があったのか、同行した娘のほうを切り崩す。名は野崎加奈」

彼女は、門の前に停まった車輛を一瞥すると、誠人と小山内をリビングに迎え入れた。キャビネットの上に飾られた父親の写真が、別の意味を持って誠人を迎えた。イスを勧められ、お茶が置かれる。夫は仕事仲間と釣りに出かけていて不在で、子供は静かに眠っていた。

「どういったお話でしょう」

何かを悟ったのか、彼女が浮かべる笑みはどこか諦観じみていた。「凜子ちゃんがいないところを見ると、別件ですね」

「三月八日未明に起こったことについてお話を伺いに来ました」

加奈の口許から頬にかけての筋肉が、静電気を帯びたように痙攣(けいれん)した。「同行しているのは警視庁人事一課監察官の小山内警視です」

「監察……」

加奈はそう呟いた後、肩に力を入れ、テーブルの一点を見つめた。無論その意味は察したはずだ。

「三月八日午前、グランタワー加須シティ、十一階の五号室で見たことについてです」

彼女も元警察官だ。正義を曲げて組織を守ることを選んだのか、あるいは選ばされたのか。

「あの一件が、中岡さんの死、矢木沢さんの死に連なっている可能性が高まりました。背負っているものを、我々に預けてくれませんか」

彼女の両拳が、膝の上で強く握られた。

彼女は何かを見た。そして、それを心ならずも胸に納めていた。

「それが矢木沢美優さんの思いを成就させることにもなります」

誠人が言うと、加奈の口から嗚咽が漏れ出てきた。

「わたしと父が部屋に行くと、月岡さんと淵崎さんがいました」

淵崎は、下着姿だったという。

「ほかに警察官もいたんですよね」

誠人は聞く。

「いいえ、中にいたのは産業連合会の佐々木さんでした」

佐々木伸介——アイダ特殊鋼の顧問でもある。

「では、警察官はどこに」

「部屋の前で待機していました」

私服警官が、梶達郎の元部下で、父娘の入室を許したという。

「ではそこで見たことを話して下さい」

誠人が促すと、加奈はぎこちなくうなずいた。

「まず見えたのは、土下座で謝る淵崎さんの姿でした。それでベッドの上にスマホがあって、
裸の月岡さんが映っていて……」

そこでだいたいのことを察したという。

「わたしたちが入ってきて、皆さんすごく驚いていました。そこで盗撮があったと佐々木さんが説明してくれて。事件にするのはまずいと」

その時点で、月岡も佐々木も警官に盗撮のことは告げていなかったという。

「梶さんはそれを受け入れたんですね」

誠人が問うと、加奈はわずかに逡巡した後、うなずいた。

「月岡さんも今回は胸に納めると言っていて、警察には淵崎さんが酔って悪戯のために侵入したということにしました」

加奈は父、梶達郎から黙っているように強く念を押されたという。

月岡の通報と、佐々木の来室は予定の行動だったはずだ。梶や加奈は飛んだ闖入者だったが、恐らく梶の経歴を知っていた佐々木は、梶を取り込めると踏み、盗撮のことを話したのだろう。

果たして、梶達郎は正義よりも実験の正常な開催を選んだ。

加奈によると、月岡は酔った淵崎の悪戯だった、全て穏便に済ませると臨場した私服警官に告げ、中にいた淵崎も謝罪したという。警官は、事件扱いにしないよう、佐々木が月岡を説得したと理解したようだという。

私服警官は、トラブルはあったが、本人同士の話し合いで解決したと署に連絡、『勘違い』という記録が残された。トラブルとは書かれていなかった。

ならば、私服警官が連絡した相手が、〝勘違いで済ませる〟という意思決定をしたと考えることができた。それができるのは、署の幹部クラスだ。

問題はその後だ。

「このことを誰かに話しましたか」

加奈は震える息を吐くと、「美優に」と応えた。

「急に家を訪ねてきて、実験の事故が仕組まれたものだった可能性が高くて、不自然な形でメーカーが変更になったと言われて」

それが九月三十日だったという。矢木沢美優が、山崎家を訪れ、翔太の体調不良について聞いた翌日だ。「不正があった可能性があるから、調査に協力して欲しいと頼まれたんです」

矢木沢美優は、友人であり元警察官である野崎加奈を信じ、打ち明けたのだろう。

「美優は、草むらに何かが仕掛けられていて、実験関係者が関わっている証拠が手に入ると話していました。警察庁がメーカーの交代と実験推進に路線を変えたのも、不自然だと」

そこで、加奈は八日の淵崎の姿を思い出したのだ。

「迷いました。真実を話すか、このまま瀬野のために隠し通すか」

加奈はそこで、梶達郎の写真を見遣った。「黙っているのは苦しかった。本当にそれでいいのか、ずっと悩んでいました。でも、もう父はいません。だから……」

防犯連絡会の理事長だった父が死に、心のつっかえが取れた。

そして加奈は矢木沢美優に、三月八日未明に見たこと、聞いたことを全て話した。

ここで、矢木沢美優と中岡昌巳は、淵崎と南利根署、そして産業連合会の関与を知るに至ったのだ。その上、事故当日警備についていた矢木沢美優は、広瀬刑事官の指示で、カメラを一点に集中させられている——ハンノキの群生からそらすという不自然な指示の意味を悟ったのだ。

これが、矢木沢美優が瀕死の状態で、利根川と渡良瀬川を渡り、茨城県警に捜査を委ねた理由だ。彼女は、フェルナンドに襲撃された際、真相に近づいたため、敵が消しに来たのだと考えた。その敵には南利根署も含まれていた。

三十分後、埼玉県警の車輛が野崎家の前で停まり、捜査員が降り立った。

監察係の捜査員だ。野崎加奈は、任意での聴取に応じた。無論、現在殺人の捜査に当たっている南利根署、本部組対には内密だ。

「さて、次は餌になる番か」

誠人は独りごちた。

3　同日　午後～夜

誠人は久喜駅前で車を降り、小山内はそのまま埼玉県警本部へと向かった。監察、公安の指揮系統は捜査部門とは別ラインだ。動きが南利根署に漏れる心配はなかった。

誠人は駅前でレンタカーを借り、一路瀬野町に向かうと、ブラジルタウンに近いコインパーキングに車を入れ、DJレイトの扮装とメイクを済ませ、待機に入った。
助手席に置いたタブレット端末には、次々と捜査情報が共有されてゆく。
16:11：《現場路地を通過したレンタカー特定　予約者の情報開示用令状取得求む》
新木のメッセージだ。今日午後までに、中岡の墜死現場の路地を通った八台の車輛のうちすでに七台が特定でき、事件と無関係であることが確認され、未確認の残り一台がレンタカーだったのだ。
16:11：《しばし待たれよ》
磯谷の返信。
さらに磯谷旗下の特命係捜査員からも情報が共有される。
16:49：《下井健太の友人の話。４月頃、下井は埼玉に引っ越すことになりそうだと話していた》
17:02：《2月中旬、アイダ特殊鋼瀬野技研第3ラボ前駐車場で、下井らしき男性の目撃情報。同時刻、駐車場に見慣れないＳＵＶが停車。下井健太所有車輛と一致》
17:16：《ＤＪケント・サブチャンネルのＰＡＲＴ②の動画、渡良瀬署帳場内で共有、誰が情報をリークしたのかで揉めている様子》

なぜか、渡良瀬署捜査本部内の情報も入ってきていた。小山内が「S」を潜り込ませたのか――

その二分後、通知音が鳴った。『サイタマのサッカー王国に来たら、奇妙な事件に出会った件』の次回配信時間を告げる通知だった。

午後七時から、PART③の配信。

PART①はすでに再生数が五万を超え、午前のPART②も三万に迫っていた。地味なサブチャンネルだったが、賢人の仲間たちがSNSでせっせと情報を拡散し、メインチャンネルのゲーム実況でも、奇妙な事件が起こっていることに言及した結果だ。

17:21：《渡良瀬署帳場でPART③配信時間確認。配信者への連絡と対策の協議に入った》

直後に、個人用のスマホにメッセージが入った。

《なんか警察からDM来た。ガン無視してるけど》

暢気(のんき)な弟から――《そろそろ合流しよう。DJレイトで来て》

合流の場所を示すマップが添付されている。瀬野工業団地の一角で、利根川堤防に近い広場だった。誠人は身支度を調えると、駐車場を出た。薄暮になっていた。

ブラジルタウンから、およそ十分。堤防近くの住宅街を抜けると、ミゲルが手を振って行き先を誘導した。その先に木立に囲まれた砂利敷きの広場があった。そこに車を入れ、大型リュックを手に降り立つ。

「さ、行こうぜレイト。ケントとシモンが待ってる」

空は街の輪郭付近にわずかに明るい部分が残るだけで、堤防はすでに黒い影となっていた。配信開始まで一時間を切っている。

賢人とシモンは、堤防のなだらかな斜面の上に、足を投げ出して座っていた。

賢人の膝の上には広げられたノートパソコンがある。

「ああ兄さん、昼間のブラジルタウンロケ、これでいいかい?」

賢人が実にさりげなく声をかけてきて、ディスプレイを誠人に向けた。誠人も「見せてみろ」と知った風に応える。

ディスプレイには動画編集ソフトが起動されていて、シモンが映っていた。背景には公団の集合住宅群が建ち並んでいる。

いつものように賢人がカメラを回し、話を聞きながら歩いている映像だ。

『……美優が、俺が探し出した目撃者の誰かに会ったのは確かなんだ』

未加工のシモンの声がスピーカーから聞こえてきた。だが、このセリフは虚偽だ。無論、揺さぶりをかけるために、シモンに言わせたのだった。

『なんでも、目撃者がいた場所がポイントだとかで』

『目撃者が見学していた場所？　なるほどね』

賢人が意味ありげに念を押す。

『確か、瀬野側のほうのコースだって美優は言ってた』

『ところで、美優さんが求めた、目撃者の条件ってなんなの』

『音だよ。音に気づいた人を探してたんだ』

『音って何の音』

『詳しく説明を受けなかったけど、音が鳴った場所を探すとか、そんなことを言っていたような』

『なんだか僕の仮説と合致している気がしてきた』

賢人がテンションを上げてくる。『ではここで三月九日の、自動運転実験の事故のおさらい行ってみようか！』

賢人の合図で、ネットで公開されている事故の瞬間の映像、実験車輛が暴走を始めた瞬間の映像が挿入された。

そこに『いろいろ調べたけど、いまだ事故原因の公式発表はないんだよね』という賢人のナレーションが入る。『電磁波とか、車に細工したとか、ハッキングとか諸説ネットに転がってるけどさ、公表されている調査報告書読むと、全部技術的に無理ってわかるんだよね。得意げに自説をご開帳してる人たちはさ、まず調査報告書を読んで自動運転のシステムを勉強しようよ』

これで視聴者は、賢人が相応の知識を持っていると理解するだろう。

『で、そんなこんな諸々を踏まえてある仮説を立てているんだけど、中岡さんと矢木沢さんが、音について調べていると知って、いま興奮しているんだよね、僕間違えてなくねって』

どこか挑発的な響きだ。『あくまでも個人的な感触だけどね。実は的外れなことを言っている可能性もあるから、アホの戯れ言と思ってくれていい』

画面にＤＪケントが映る。自撮りモードだ。

『というわけで、次回は音の謎に迫ります』

そこで、動画は終わった。五分程度といつもより短いが、これには理由があった。

「あとはオープニングのシーケンスを付けてとりあえず今回の配信分にする」

賢人は言った。

情報開示は巧妙だった。目撃者の選定条件が音であり、共振には一切触れていない。目撃者の位置に関する情報も〝瀬野側のコース〟であることだけで、暴走開始の場所付近であることにも言及していない。

だが犯人側は、賢人が『共振』に気づいていること、共振を誘発させる機器がハンノキの群生に隠された可能性に気づいていることを想定せざるを得ない。

それが、釣り針だ。

「久しぶりに、昔のチャンネルも開けといたよ」

「見る人は多いほうがいいからな」

作戦は二段構えだった。

賢人は陽動の餌、誠人とシモンが、本命の餌。最も留意すべきは、作戦後重要な証人となるシモンの身の安全だ。

配信では冒頭で五分のＶＴＲを流した後でライブ配信に切り替え、ＶＴＲ以上の情報を開示する。

賢人は手早く編集の仕上げにかかり、シモンはその様子を興味深げに眺めている。

「安全用の装備は」

シモンに聞いた。

「防刃ベスト着てるぜ」

シモンは二度、三度と自分の胸を叩いた。

「わかった。俺には一応柔道と剣道の心得がある。離れないでくれ」

「そりゃ頼もしいね。だが敵はヌークリオじゃないんだろ？　余裕だね」

「油断はだめだ」

今度はミゲルに視線を向ける。「ミゲル君、ルーカスは？」

「ヌークリオを見張ってる」

「連絡はつくんだね」

「動きがあったら知らせてくれる。今んとこヌークリオは、ベトナム人を二人ばかり優しく拉致……招待しているみたい」

ヌークリオと抗争している外国人組織のメンバーだという。「ルーカス曰く、ヌークリオが心当たりを見つけたっぽいんだよね」

餅は餅屋――

「ルーカスとのホットラインがある。レイトこそ堂安君からの情報入ってない？」

賢人がスマホを掲げた。

「警察がこのチャンネルに気づいて、ケントを探してる」

「それはわかってる、何度もＤＭきてるし」

賢人が白い歯を見せた。「別に返信する義務ないし、編集で忙しいし」

「七時からの配信もリアルタイムで見るはずだ」

そして、配信を見るのは警察だけではない。かならず犯人側も反応してくる。

「犯人が馬鹿で俺とケントのほうに来たらどうすんの」

ミゲルが逸る。「速攻逃げればいいのか？」

「お前の逃げ足なら大丈夫だ」

シモンが苦笑気味に言った。

「よし、これで完成かな」

賢人が配信するVTRを完成させたのが、午後六時半過ぎだった。

誠人も防刃ベストを着込み、シャツとジャケットを羽織ると、大きく息をついた。この一年、幾度となく違法捜査をしてきたが、これから行うことは、捜査とすら言えない。だがヌークリオが偽ヌークリオに襲いかかる前に、決着を付ける必要があった。

安全の確保は難しい。広大で見通しのいい河川敷で、即応できる距離に警官隊を伏せておくことはできない。見つかれば、敵は捜査側が本丸に迫っていることを察し、証拠隠滅など手を打ってくるだろう。

誠人は瞑目し、覚悟を決めると、目を開け、小型のムービーカメラを手にした。

配信に向け行動を開始したのは午後六時五十分だった。

星空の下、誠人とシモン、賢人とミゲルの四人は、道なき斜面を登った。振り返ると、平穏な住宅街の灯。

堤防を登りきると、河川敷の中に、舗装された車道がうっすら白く浮かんでいた。実験コースだ。左が下流で、右が上流となる。

ハンノキの群生は、百メートルほど下流側だ。仮設橋は二百メートル上流側。対岸の堤防上には、常夜灯に照らされた水防公園と国交省の南利根出張所が見えた。

「五分前」

そう告げたミゲルは、シモンと同じ格好をしていた。

「さ、気楽にいこうか」

賢人は言ったものの、さすがにいつもより声は硬かった。

誠人はスマホで賢人のチャンネルにアクセスすると、ムービーカメラの電源を入れ、赤外線撮影モードにする。賢人はノートパソコンを開けたまま、手に抱えていた。

「そろそろだ」

誠人が言うと、示し合わせたわけではないが、実験コースを見下ろす場所で全員が一列に立ち止まった。

午後七時を迎えた。

「配信開始」

賢人が告げ、時間設定通りＶＴＲが流れ始める。

「始まった！」

スマホを手にしたミゲルが声を上げると、スピーカーからオープニングの音楽が流れてきた。動画の長さは五分弱。動画が終わった瞬間から、ライブ配信に切り替わる。

配信開始から一分が過ぎた。

「じゃあ、僕たちは行くよ」

賢人が言った。ここからは別行動だ。

「シモンもレイトもやばくなったらすぐ逃げろよ！」

ミゲルも肩を怒らせ賢人のあとについて斜面を下りていった。

誠人はスマホを胸に取り付けたホルダに固定し、動画配信モードにすると、カメラを手にその時を待った。

そして、動画が終わり、スマホの画面が夜の堤防に切り替わり、右上に『ＬＩＶＥ』の文字が表示された。赤外線モードの緑がかった映像だが、堤防上のサイクリングロードもはっきりと映っている。

誠人は深呼吸をした。そして――

「突然ですが、ここからはライブ配信になります」

誠人はカメラを自分に向けた。ＤＪレイトではなく、ＤＪケントとしてのリポートだ。

一拍遅れ、胸のスマホから自身の声が響いてきた。

「これから目撃者が見学していた場所に行ってみたいと思い、利根川の堤防までやって来ました。ここでどんな音が聞こえたのか。何か音を発生させる装置を仕掛けることが可能なのか。そしてなによりも僕の仮説が正しいのかどうか検証します」

誠人はカメラをシモンに向けた。無論、映すのは首から下だ。「というわけで引き続きＡさんに同行してもらってます」

「よろしく」とシモンが応えた。ライブは生声での出演だ。

誠人はカメラを河川敷に向けた。ハンノキの群生は、あえて画角から外す。

「下に見える道路が、実験コースの一部なんですが、Ａさんが調査を頼まれたのが、この辺で見学していた人たちってこと？」

「そう、この辺で変な音を聞いた人がいないか、探したんだ」

誠人とシモンは話しながらゆっくりと河川敷側の斜面を下りていった。誠人はあえてシモンの前方に回り込み、後ろ歩きをしながらシモンを正面からとらえ、常に堤防の斜面を背景にするような画角に切り替えた。

正確な位置を特定されないためだ。

「音を聞いた人は、割と下のほうで見学していて……」

「それで、どんな音がしたの？」

「なんかブーンって、ほらクーラーの外に置いてある機械みたいな音」

「ああ室外機ね」

「一緒にいた親は気づかなかったんだけど、子供がはっきり聞いているんだよね」

「てことは低周波音か」

午後七時十分。誠人はキーワードの一つを口にした。「ますます僕の仮説と合致してきてるんですけど！」

斜面を下りきり、実験コースに入った。

「この辺？」

「えーと、もっとこっちのほうだったかな」

シモンは下流側に歩き出した。誠人は再びシモンの進行方向に回り込んだ。背景が堤防から直線道路に変わる。後方には、上流側の埼玉大橋が見えた。

これではっきりと、居場所が河川敷コースの瀬野町側で、事故発生現場に近い地点だとわかるだろう。

「ここで僕が仮説の軸にしている音について少し話すよ」

氷のような緊張の塊が胸のなかを通り抜けた。「音が何を引き起こすかというと、振動と共振なんだよね。電磁波でも電波でもハッキングでも細工でもないとなると、残ったのは音になるわけ。特に共振なんだけど、調べるとこれ、ある種の電子機器に影響を与えることがわかったんだ。理工系の知り合いとかに確認したけど、可能性大いにありって言ってた」

共振については、現状、犯人側以外知り得ない事実——

「ここでもう一度押さえておきたいのが、中岡さんが音とその発生源について調べていたこと。これどういう意味かというと、音が車のシステムに作用して、エアバッグが開いたんじゃないかってこと。ただ共振というのは、周波数を合わせないと発生しないんだ。これ物理の基本ね。ちょっと動画入れてみる」

配信をコントロールしている賢人が、タイミングを合わせて共振の仕組みをCGにした動画を挿入した。

「でもさ、電子機器と全く同じ周波数が偶然発生して共振する確率って、極めて低いんだよね。それこそ雷に当たるくらい。だったら偶然じゃないんじゃないかって中岡さんが考えてもおかしくないよね。人為的に電子機器と周波数を合わせて、エアバッグの誤作動を起こさせたんじゃないかって」

「事故じゃなくて、事件だっての？」

シモンがいいタイミングで合いの手を入れてくれた。

「その可能性があるってこと。前の配信でも言ったけど、それを裏付けるような映像を見つけたのよ。ちょっと待って、いま流すから」

ハンノキの群生の一部が不自然に揺れた映像だ。

ただ、場所が特定できないように、草むらが極限まで拡大されて、不自然に揺れる部分だけが強調されていた。

「なんだよこれ、三箇所同時に動いてんの？」

今度はシモンが質問側に回ってくれた。

「そう、同じタイミングで」

〝草揺れ動画〟を何度か繰り返した。

「揺れた時間は、事故の十分くらい後なんだ」

「何か機械が仕掛けられてたのか？」

「だとしても、なんで事故の十分後に揺れたのかわからないし。それに小動物か鳥かもしれない。ただ動物だったとしても、同時に動くことがありえるかなって思いもする」

話しながら、ゆっくりと歩く。警察も犯人側も、もう動いているはずだ。

「仮に事件だとしてもさ、なんで事故を起こさせたんだ？」

「事故の結果、何が起こった？」

「いや、別に何も……来月仕切り直しで実験があるじゃん」

「でも、変わったことがあるよね」

シモンが考え込むしぐさをする。そして何かに気づいたように「あっ」と声を上げる。

「使う車が替わったな。それと瀬野の会社が実験に加わった」

チャット欄には『陰謀の香り』『偽装事故』『メディアが報じない真実』『真相に近づいた二人は消された』等のワードが並んだ。

「まあそうなるけど、これ全部仮説で証拠とかないので、信じるも信じないも皆さん次第にしておいてよね。チャラ男の戯れ言ね」

誠人はあえて結論を言わず、カメラを再び実験コースに向けた。

「そろそろ音が聞こえた場所だよ」

シモンが両手を広げる。「この辺さ」

誠人とシモンはすでに、ハンノキの群生の前に移動していたが、誠人は群生を背にシモンを撮影、画面からはそこが群生の前だとはわからないように画角を調整していた。

「げ、さっきの草が揺れた動画と同じ場所だな」

誠人はカメラを左右に振った。真っ直ぐ道路が延びていることはわかるが、群生がフレームに入らないように注意した。多くの人は揺れた草むらがコースの川側ではなく、堤防側のどこかだと思うだろう。

「ここに何か仕掛けてあったのか？」

シモンはわざわざ堤防の草むらに足を踏み入れた。予定の行動だ。

「その可能性があるってこと。何度も言うけど、現時点では証拠のない妄想だからね」

誠人はカメラを自撮りモードにした。時間は午後七時四十分。

「ライブ配信はここでいったん終わりにします。次の配信までに何らかの答えが出ると思います。それじゃまた」

スマホの画面が、『配信終了』の表示になった。

だが誠人はリポートを止めなかった。

「引き続きここを調べたいと思います」

ここで初めてカメラをハンノキの群生に向けた。

そして、生配信終了を待っていたかのように、下流側からライトを消した暗色のワンボックスが近づいてきた。同時に堤防を下りてくる複数の人影。三人か——

誠人も気づいてはいたが、「ここなにか隠せるよね」と言いながらシモンとともにハンノキの群生に足を踏み入れた。

——ちょっとなにおじさんたち！

——なんだよお前ら！

上流側からかすかに声が響いてきた。ここから三百メートル上流、仮設橋の袂(たもと)にいる賢人とミゲルだ。そこに幾筋かのハンディライトの光が動いていた。

——動くな、お前ら。ちょっと持ち物見せてくれないか。

警察が、賢人とミゲルのダミーチームに食いついたようだ。

「なんか上流のほうが騒がしいね」

一応リポートを入れた。「どうやら警察の方々が、場所を割り出してやって来たようで、スタッフが職質受けているね、かわいそ」

同時に、こちらにも気配が急接近した。

ワンボックスから二人が降車、堤防の三人と合わせて五人が扇状に誠人とシモンを囲んだ。

「敵が銃を持ってないことを祈るだけだな」

シモンに動揺はない。こういった荒事には慣れているのかもしれない。

上流には警察がいる。本当に危険になったら大声を上げて助けを求めれば済むが、手っ取り早く証拠を掴み、ことを動かすには、一度襲われることが必須だった。

人影が群生の前に静かに立ちはだかった。

「なに、お兄さんたちも警察？」

誠人は危機感を隠して声をかけたが、反応はなかった。

「なんだおまえら」

シモンが威嚇するように進み出た。

どうやら外国人のようだ。それぞれの手に得物。刃物もあれば、鉄パイプもある。

肉眼では黒い影だが、赤外線カメラは鮮明に〝彼ら〟の顔を映し出していた。マスクにサングラスではあったが、眠っていても目を覚ましそうな殺意が発散されていた。

武器を持った相手との格闘の訓練は積んでいた。だが、明確に殺意を向ける相手との実戦は初めてだった。

「Câmara fotográfica.」

影の一人が小声で言い、誠人が持つカメラを指さした。その声色は、『ヌーキリョ』と言った男のものに似ているような気がした。

次の瞬間距離が詰められ、彼らの手にあった得物が、問答無用で振り下ろされた。

体が勝手に反応し、誠人は後方の下生えの中にダイブした。影も声もなく正面から間合いを詰めてきた。体勢を立て直す前に、右側からもう一つの影が迫る。

彼らはただの実行犯だ。彼らだけ撮っても、効果は薄い。

誠人は膝立ちになりジャケットの腰をめくってベルトに挟んだ特殊警棒を抜き出すと、一振りして伸ばした。同時に右から降ってきた鉄パイプを頭上で受け止める。

鋭利な金属音とともに、鉄パイプの軌道は逸れたが、その衝撃で再び尻餅をつき、正面から体ごと迫る刃先を避けきれなかった。

右胸に衝撃。そのまま男はタックルを仕掛け、誠人ともつれあい、下生えの中を転がった。

「レイト！」

シモンの声を頼りに、飛びかけた意識を懸命に繋いだ。

確たるものを撮るまで、警察は呼べない——上体を起こした男が再びナイフを誠人の胸に突き立てる。刃先は防刃ベストが防ぎはしたが、激痛が体の芯を貫いた。

誠人は気合いを入れるように「はっ」と声を吐き出し、身を起こしながら渾身の力で男の鼻っぱしらに頭を叩き込んだ。呻きとともに男が顔面を押さえ、誠人から離れた。

誠人はすかさず落ちたカメラを拾うと、半身状態の男を組み伏せ、サングラスとマスクを剝ぎ取り、顔を映した。

知らない顔だ。次——すでに鉄パイプが猛スピードで眼前数十センチに迫っていた。誠人は後方にのけぞるように跳び、受け身を取りながら体を一回転させ、膝立ちで身構えた。

鉄パイプ男の背後に、器用に立ち回るシモンの背中が見えた。まだ大丈夫なようだ。

特殊警棒とムービーカメラの二刀流は訓練していなかったが、諦めるわけにはいかない。誠人は突進してくる鉄パイプ男を身を低くして避けると、向こうずねに特殊警棒を叩き込んだ。骨を砕く感触とともに鉄パイプ男が呻き声を上げながら膝から崩れ落ちた。

誠人は隙を衝いて、ワンボックスにカメラを向けた。肉眼では暗く判別できなかったが、赤外線モードでは、運転席に乗るマスクにキャップの男が見えた。

どこかで見たような――そんな一瞬の思考が隙になったのだろう、左の肩口に鈍器による一撃を食らった。

すぐに後方へ跳び、身構えるが左腕に力が入らなかった。肩を粉砕されたようだ。

対峙するのは金属バットを持った男――カメラを地面に置き、特殊警棒を構えた。

「シモン!」

名を呼ぶと「まだ取り込み中!」と返事が戻ってきた。

直後、金属バットが水平に誠人を薙いだ。誠人は一歩だけバックステップで避けると、タックルを仕掛け、素手での乱戦に持ち込んだ。

組み合い、殴り合う。なんとか片膝立ちになり、相手の腕を掴み、腰を跳ね上げ、自分の体ごと投げ出すような一本背負いを打った。直後、もつれ合うように水に落ちた。

鼻と口の両方から、水が入ってきた。何度か顔面に拳を食らった。それでものど輪で金属バット男を突き放すと、力が入らない左手をなんとか使ってサングラスとマスクを剝ぎ取った。東南アジア系の面立ちだった。

気がつくと暗闇の中で怒号が乱舞し、乱闘する影が増えていた。

視界の端でワンボックスが猛然とバックしていくのが見えた。仲間を見捨てて逃げたようだ。状況的に追うことは不可能。新手の介入で混乱が広がり、シモンの姿も見失った。

――逮捕するぞ！

直後に狂ったような笛の音が乱入してくる。新手は警察のようだ。

――やめなければ撃つぞ！

警察は銃を抜いたようだが、暴力の奔流は止まらない。

とにかくハンノキの群生から抜け出そうと、一歩踏み出した時だった。首筋へ強い衝撃を受け、前のめりに倒れた。状況が把握できないでいるところに、「応射しなさい！」という叫びが聞こえ、乾いた破裂音が数度鳴った。

銃声だ。

交錯する銃声と怒声、悲鳴、呻き声を背中で聞いた。襲撃側も銃を持っていたようだ。

幾つもの足が、誠人の脇を過ぎ、踏みつけていったが、突然、左肩を摑まれ、強引に仰向けにされた。激痛で飛びかける意識を、必死に繋ぎ止める。

黒い影が覆い被さり、仄暗い双眸と黒い銃口が誠人を見下ろしていた。咄嗟に向けたカメラが手で薙ぎ払われ、転がっていった。

この影が銃把で誠人を殴りつけたようだ。

「調子に乗るんじゃないよ」

視界が黒に染まる中、引き鉄にかかった指に力が入るのがわかった。

襲撃者はこの状況も想定し、あえて最初は拳銃を使わず、ことを処理しようとしたのだろう。警察の応援が来ることも想定内だった。その上で、警察に発砲し、さらなる混沌を引き起こした。警察側も応射を命じた。これでＤＪケントが撃たれたとしても銃撃戦の混沌の中の事故と言い訳ができる。

もう逃げる体力も気力も残っていなかった。ただ、仕事は果たしたという達成感はあった。最期とは割と呆気ないものだ——冷静にそう思った瞬間、光が視界を覆った。音は聞こえなかったが、眩い光の中、長い脚が見えたような気がした。

セイト、セイト、誠人、誠人！

遠かった声が徐々に近づいてきて、不快なほど大きくなった。

「うるさい」

誠人は言い、目を開けた。

情けない表情をした賢人が見下ろしている。目に涙をためた凜子も同じようにこちらを見ていた。

周囲が騒々しかった。首をわずかに動かし、周囲を見る。芝の上に寝かされていた。

星空を見て、状況を思い出した。

「顔は撮れたと思う」

「ああ、十分だよ。それより体はどうなの？　どこが痛い？」

賢人は、面白いくらいに動揺していた。

「左肩を骨折していますな、無理に動かさないほうがいいでしょう。裂傷はそれほど深くないようです。とりあえず止血を」

視界の範囲外から、ルーカスの落ち着いた声が聞こえてきた。

「あの堂安さんですよね」

なにも考えず「そうだけど」と応えると、凜子は口許を手で覆い、驚愕に目を見開いた。

そこでＤＪケントの扮装をしていることに気づいたが、メイクは水に落ちた際、流れたようだ。もう弁明のしようがない。

「ライブで配信していたのも？」

「ああ、俺だよ」

「いったいなにがあったんですか」

「今の頭で説明するのは難しい。それよりケガ人は？」

「たくさんいます。もうすぐ救急車が到着します」

「早く病院に行かないと」

賢人はまだ狼狽していた。

「救急車が来ないと行けないから。それに俺は大丈夫だ」

誠人は苦笑気味に応え、「シモンは」と凜子に聞いた。

「シモン・ペレイラは無事です」

それでようやく周囲の音が聞こえてきた。

――こっちは被害者だ。出演のあと出頭するつもりだったんだって！

シモンは余裕綽々（しゃくしゃく）で弁解していた。

――彼に隠れているように言ったのは私です。事情を話したい。

ルーカスの声も聞こえてきた。

そこへ覗き込む顔が一つ増えた。男の顔だ。

「こんなところでなにをしている」

広瀬刑事官だった。

警察車輛と救急車輛が、次々と河川敷の実験コースに集結しつつあった。

現場で確保された身元不明者は五人。全員が負傷していた。そのほかに、ルーカスとガヴィの姿があった。確保されたというより、説明のために残ったというのが正解だろう。

警官の負傷者、二名。

沢田管理官と広瀬刑事官はすぐに態勢を立て直し、茨城県警と埼玉県警の合同で、緊急配備を敷いた。主要道路の警戒を行うと同時に、ありったけの機捜車輛を動員し、逃亡者の狩り出しに移っている。

救急は重傷者優先で、誠人はバックドアが開けられたワンボックスの荷台に腰掛けていた。ジャケットを使って腕を吊ると、肩の痛みは和らいだ。

「もう着くって」

傍らの賢人が言った。やがて一台の車輛が、実験コースに入ってきて、停まった。

降りてきたのは小山内だ。背筋を伸ばし、歩み寄ってくると、頭から爪先まで視線を這わせた。

「大丈夫か」

「お陰さまで」

　視線は合わせない。

「十分な成果だった」

「どうも」

「野崎加奈が全て喋った」

「なによりです」

「我々も下井の監視に入った。磯谷の班が明日中にも三月十日の動向を明らかにするだろう。その上で任意で引っ張って、君があの出張所で入手した証拠を突きつける。それで落ちれば即日逮捕状請求、執行となるかもしれない」

「それを願っています」

　肩がズキリと痛んだ。

「では挨拶をしてこよう」

　小山内は言い残すと、沢田と広瀬がいる指揮車輛へ向かった。

「そちらの方！」

　救急隊員が声を上げた。「乗って！」

「さあ誠人の番だ」

賢人に右肩を支えられ、立ち上がった。

「大丈夫だ、一人で歩ける」

「無理はだめだ」

結局のところ、弟を支えているつもりで、自分が支えられていたのだろうか——誠人はふと思った。

4　十月十四日　月曜未明

病院での処置を終え、誠人はわずか一日で渡良瀬署に舞い戻ることになった。

何度か、捜査幹部と対峙した会議室。すでにモニターと、賢人のノートパソコンが接続されていた。

閉じられた扉の向こうでは、忙しなく足音が行き来していた。

「遅いな」

賢人はまだＤＪケントのままだが、誠人は完全に堂安誠人に戻っていた。

そして、午前二時過ぎ、複数の足音が近づいてきて、沢田管理官、広瀬刑事官、そして小山内が入室してきた。

すでに事情は話してあるのだろう、沢田も広瀬も、賢人を見ても驚かなかった。

「ケガの具合はどうかね」

沢田はまず気遣ってくれた。左肩鎖骨骨折に、首筋に打撲。全治三ヶ月程度かかるという。

肩をバンドで固定し腕を吊った状態の誠人は、大丈夫ですと応え、一礼した。

「事情は聞いたが、愉快ではないな」

広瀬は不機嫌なままだった。「だが膿は絞り出すことができた。その面では感謝する」

「そちらが堂安賢人。堂安誠人主任の実弟であり、民間人ながら今回協力してくれました」

小山内が賢人を紹介した。

「あなたも酔狂が過ぎる」

呆れ気味に言ったのは沢田だった。任務の特性上、事情を明かすのはこの二人だけだ。

「賢人、始めろ」

誠人は言った。

「ではモニターにご注目」

賢人は動画を再生した。映し出されていたのは、つい数時間前に発生した、ハンノキの群生の中での暗闘だ。誠人が持っていたカメラの映像だった。「生配信終了後から再生しています」

　誠人の誰何、シモンの誰何のあと、乱闘が始まった。

「今日の配信自体が、偽のヌークリオを誘い出すための罠でした」

　誠人が説明を加えた。

　映像は揺れが激しかったが、なにが起こっているのかかろうじてわかった。

　映像の中で一人目のマスクが剝ぎ取られ、顔が露わになった。

「春日部から久喜一帯を根城にしているベトナム系組織の一人だ」

　広瀬が低い声で言った。「確かにヌークリオではないな」

　その後、誠人は水中に落とされたが、なんとかカメラを守り、金属バット男を制圧した。

「この男もベトナム組織の構成員だ」

　広瀬が淡々と告げる。

「ここで誠人が、偽ヌークリオを乗せてきた車を撮ってます。拡大処理です。知った顔ですか？」

　賢人が映像を止め、拡大する。ワンボックスの運転席の男。

「日本人だな」

　沢田が言った。

「見覚えがある」と言ったのは、広瀬だった。「元東翔会の幹部だった男に似ている」

東翔会は、広域指定暴力団・冬月会系の三次団体で、埼玉県川口市を拠点とする反社組織だという。

そして、誠人自身もこの顔に見覚えがあるのだが、はっきり思い出す前に賢人が動画を進めてしまった。

「ここで一気に人数が増えます」

さっきの狼狽はどこへやら、賢人が暢気な声を上げる。「謎の警官隊の登場です」

「ヌークリオを監視していた刑組の別働隊だ」

広瀬が告げる。沢田、広瀬の本隊は、生配信を見て場所を特定し、事故現場である仮設橋前に駆けつけたのだ。そこでダミーである、賢人とミゲルを発見した。

しかし、別働隊は直接ハンノキの群生前に現れた。

『ガヴィと二人で、動き出したベトナム人たちを尾行していました』

ルーカスは警察にそう説明していた。『南利根署さんから、ヌークリオの発音の違いについて問い合わせがあってから、コミテの情報網を使って、我々と違うポルトガル語を使う人を探したんです。その心当たりが、あのベトナム人グループでした。もちろん確認できたら、警察に伝えるつもりでした』

無論、方便だろう。

ルーカスとガヴィは、オートバイでベトナム系組織の車を尾行、誠人とシモンの襲撃現場の近くへとやって来た。

『でもですね、そこに別のワンボックスが、すでに停まっていたんです。それで物陰から様子を見ることにしました』

結果的にそれが、刑組別働隊の車輌だった。『ベトナム人たちは、そのワンボックスに一声かけると、河川敷に下りていきました』

そして、十分ほど経つと、ワンボックスから幾つもの人影が降り立ち、ベトナム人グループを追うように河川敷へと下りていき、その後、銃声が聞こえてきたという。

ルーカスとガヴィの証言が事実なら、襲撃側と刑組別働隊は連携していたことになる。

襲撃と銃撃戦は、配信者ＤＪケントを殺すための危険な茶番だった。

そして――

『ガヴィはワンボックスが南利根署の車だって見抜いたみたい。それで、ヌークリオ本隊の介入を中止させたって』

賢人がそっと教えてくれた。『ま、賢明な判断だよね』

沢田、広瀬が率いる本隊は、仮設橋前で賢人とミゲルを囲んでいたが、銃声を聞いて、ハンノキの群生に駆けつけたのだ。

「では動画続けまーす」

賢人が停止していた映像を再び進めた。

誠人が首筋を殴られ地面に倒れ、男にのし掛かられた場面に進んだ。

「ここで銃口を向けられました」

誠人は言った。

誠人が向けようとしたカメラは、男の顔が映る前に横に払われた。映像は激しくゆれ、暗がりを映したまま止まった。

「メインカメラはこれでお陀仏でしたけど、胸に固定していたスマホカメラが、ばっちり男の顔を撮ってましたよ」

スマホの予備カメラ——それは生配信が終わり、人影の接近を確認したところで、録画を始めていた。

「予備カメラが起動してからは、二画面で配信しています」

賢人は言った。

動画サイト『MoveTune』での生配信は午後七時四十分で終えたが、もう一つの動画プラットフォーム、かつて賢人が常駐していた『ピカピカ動画』での生配信は続いていた。

『久しぶりに、昔のチャンネルも開けといたよ』

賢人が仕掛けたもう一つの罠だった。警察も犯人側も、『MoveTune』の配信終了で、全てが終わったと思い込み、動き出したのだ。

「この時のピカピカの同時視聴者数は二千五百人くらいだったかな。告知なしでよくこれだけ集まったと思うよ、自分でも」

賢人が男の顔が映ったところで、映像を停止させた。

高城聡だった。

「逃げも隠れもできないわけか」

広瀬の声は、諦観と責任感で重く沈んでいた。

「つい先ほどですが、埼玉県警監察が、三月八日未明のグランタワー加須シティからの通報について、勘違いで済ませるよう指示したのが高城課長であることを確認しました」

小山内が補足説明した。「現在高城とベトナム系組織との関係を捜査しています」

「で、この後は、絶体絶命の誠人が生還した場面です」

賢人が映像を再び動かしたところで、拳銃が発射された。しかし、同時に何かに薙ぎ払われるように高城の姿が画面から消えた。

「おわかりいただけただろうか」

賢人は低い声で言うと、今の場面をスローでリプレイした。

拳銃が発射される寸前に、パンツスーツの足が拳銃もろとも高城の頭を蹴り飛ばしていた。それで弾道が逸れ、銃弾が誠人に命中することがなかったのだ。

そして、「大丈夫ですか」という声とともにフレームに入ってきたのは、凜子だった。

「さすが名門瀬野学園女子サッカー部仕込みの、すさまじいキックだね」

後で手厚く礼をするしかない。誠人は心に刻んだ。

「それで高城課長は」

誠人が聞くと、「病院で監視下にある」と広瀬が応えた。「行動をともにした三人も拘束してある」

「実のところ、今日の段階まで広瀬刑事官も、彼らの一派であると考えていました。事故の直後、全てのカメラを事故車に向けさせたからです」

ハンノキの群生に仕掛けられた音波銃を処理するためだ。

「確かに指示は出したが、それを求めたのは高城君だった」

広瀬は応えた。「私自身は躊躇したが、早くと下井君が促してきた。捜査のことを考えれば、周囲をくまなく撮影する必要があると思ったが、技術者の視点ならそうなるのかと」

ハンノキの群生に、何らかの装置を仕掛けた。それを知りうるのは、犯人側だけ。

「今日も高城君が、ヌークリオの動きがおかしいと進言してきたので、別働隊を編制した。珍しく高城君本人が率いると言い出したんだが、その時に意図を見抜いていれば……」

広瀬は悔しげだった。何も知らない沢田と広瀬の本隊は、実験車輌が横転した仮設橋へと向かった。それ自体が、広瀬が無関係であることの証左でもあった。

「でしたらなぜ、堂安に行確を？」

小山内が問う。

「中央から派遣された監視と疑った」

つまり警察庁か国交省が、事件を理由に実験の中断を求めるか否か、捜査の流れを探るために来たのかと疑い、行確を付けたという。

「独断専行気味の高城君と、地元への姿勢、堂安君のケアで、自分自身捜査に迷いがあったのは確かだ。それで沢田さんにも要らぬ負担をかけてしまった。申し訳なかった」

広瀬は深々と頭を下げた。

沢田、広瀬とともに会議室を出ると、凜子が廊下に立っていた。

「病院に収容された『ザム・ルーア』構成員の一人が、ヤナギダという男の指示で配信者を襲ったと話していると、連絡がありました」

ザム・ルーアがベトナム系組織の名称のようだ。

「了解した。すぐに行く」

沢田が、足早に階上の捜査本部へと向かった。

しかし、広瀬は立ち止まったままで、視線を落としている。小山内も、階上に向かいかけた足を止めた。

「どうしました、刑事官」

凜子が声をかける。

「ヤナギダ……思い出した、さっきの車の男、柳田登かもしれない。もう一度映像を見せてくれないか」

広瀬の要請で、賢人はもう一度、ディスプレイに車の男を映し出した。

「柳田に見える」

「東翔会の元幹部という人ですか」

誠人の問いに、広瀬は「そうだ」と応えた。そして――

「高城が飼ってる『S』の一人だ」

高城の協力者――この瞬間、誠人も男の顔を思い出した。

「実は、東京神田の船井第二ビル付近でヤナギダと呼ばれている男がいました。中岡さんの遺体を運び出す前です」

その時は、いつまでも中岡の死体を運び出さないことに苛立ちを見せていた。

「初耳だな」

小山内が眉をひそめる。

「いま思い出したので」

「ならば、対応が必要だな」

小山内は広瀬に向き直る。「いまの情報も含め、今後のことでお話が。県警の監察も呼びます」

「そうですな」

小山内と広瀬も捜査本部へと向かった。

そして、一卵性双生児と凜子が残された。

「ありがとう、君に命を救われた」

誠人は改めて凜子に頭を下げた。

「わたしも夢中だったので、助けたのが堂安さんだとは思いませんでした。蹴った相手が高城課長だとも」

とにかく銃声を聞き、体が勝手に動いたという。そして、三百メートルを誰よりも速く走破し、誠人を救った。

「でも、護衛もなしに囮になるなんて、無謀すぎます」

「ヌークリオが暴れ出す前に、犯人たちを炙り出す必要があった」

誠人は応えた。「犯人しか知り得ない事実を匂わせて」

結果的に負傷してしまったが。

「それに、あの河川監視カメラに、はっきりと音波銃らしきロボットが映っていたんだ」

誠人が告げると、凜子は口許を覆った。

「見てみる？」

賢人が手にしたパソコンに、河川監視カメラの映像を表示させた。

「コースの上に蜘蛛みたいなロボットが見えるだろう？」

「可愛い……なんて言ってはいけないですね」

凜子は映像を食い入るように見つめた。「でも、下井さんの姿がないですね」

やはり凜子もそこがウィークポイントだと感じたようだ。

「いや、入水したロボットの回収は、下井本人がやっていたみたいだ」

賢人が言った。「ついさっき、東京の解析班から新たな映像が届いた。十日の河川監視カメラの映像なんだけど」

三月十日の午後十一時五分。ハンノキの群生付近で、川の中から箱状のものを持ち上げる人物が映っていた。さらに近くにはＳＵＶも停車していた。

「当日の下井の行動も捜査中だけど、事故調査の打ち合わせで瀬野に来ていたことがわかってる。すぐ追い詰めるさ」

「わたしたちの捜査が無駄にならなかったことが確認できて、安心しました」

「こちらこそありがとう」

誠人と凜子は、再び握手を交わした。

「僕からも、誠人を救ってくれたことへの感謝を。ナイスシュートだったよ！」

賢人の感謝の表現は、割と強めのハグだった。

5　十月十七日　木曜

午前十時、誠人と小山内は桜田通りに面した通用門から警視庁本部を出ると徒歩で、隣接する中央合同庁舎２号館に入った。総務省、国土交通省、そして警察庁が入る政府庁舎だ。

警察庁は十六階から最上階の二十階。二人はエレベーターに乗った。

「本当に大丈夫なのか？」

小山内が聞いてきた。

「腕を上げない限り痛みはほとんどないです」

肩を完全固定した上にスーツを着込んでいるために、肩幅が大きくなっていた。

「休んでいてもいいんだがな」

エレベーターを降りたのは、交通局がある十九階だ。

交通企画課自動運転推進室のフロアを抜け、小山内が室長室のドアをノックした。

「小山内です」

小山内は落ち着いた口調で、あえて所属を言わなかった。

――入りたまえ。

入室すると、執務デスクで淵崎が一人、デスクトップパソコンに向かっていた。誠人がドアをしっかりと閉める。

「用件は」

淵崎は手を休め、顔を上げた。

「今年の三月八日未明の件について、事情をうかがいたいと思いまして」

小山内は応えた。

「その話はもう済んだはずだ。妻にも義父にも謝ったんだ」

「いいえ、埼玉県警が告発を受理しました。迷惑防止条例違反の疑いです」

盗撮行為を含む迷惑防止条例は、埼玉県でも非親告化されている。

「告発だと？　誰が」

「瀬野防犯連絡会との懇親会で、淵崎室長の送迎を担当した女性です」

「なぜ彼女が。意味がわからんのだが」

「月岡ゆかりさんが通報した後、一一〇五号室で淵崎室長が、盗撮行為について佐々木伸介氏に土下座をした一部始終を見ています」

小山内が語調を強めると、淵崎は押し黙った。

「その後あなたは、盗撮行為隠蔽の見返りとして、佐々木伸介の意向に沿って実験続行を支持し、推し進めることにした。ただ、ミヤタ自動車へのメーカー変更というアイデアは、淵崎室長、あなたではなく、ジェミニ自動車で自動運転システムを開発した下井健太だったようですね」

小山内は酷薄な笑みを浮かべた。「下井も佐々木も昨夜逮捕しましたが」

淵崎は何も応えなかったが、小山内は淵崎を精神的にいたぶるように、口調の旋律を変えてゆく。

「彼は音波銃なるものを製造し、事故を誘発させたことを認めました。一月に、佐々木からヘッドハントを受け、アイダ特殊鋼で自動運転システムの鍵となる、ジャイロセンサの開発を要請されたそうです。下井はそこで条件を出した」

淵崎は目を閉じ、無言に徹している。「下井はジェミニ自動車に思うところがあったようです。事故を起こし、実験の主導権をジェミニ自動車から奪うという条件で、提示以上の移籍金と待遇を要求してきたそうです」

昨夜、科捜研によって鮮明化された河川監視カメラの画像、音波銃の存在、部品輸入の記録、そして佐々木との通信記録を突きつけると、下井はあっさりと落ちた。

取り調べには誠人も立ち会っていた。

『……だから、とにかく実験中に事故を起こしてくれと頼まれたんですよ。その時、たまたま音波銃のことを知って、興味もあったんで。もちろん冗談のつもりでしたよ。でも先方は真面目に話に乗ってきて、あれよあれよで引き返せなくなって』

音波銃の製作は、アイダ特殊鋼で、秘密裏に行われた。同時にジェミニの実験車輛に関しても、あえて低周波対策をせずに仕上げたという。

そして、実験当日を迎えた。

『あんな大事故は想定外でしたよ。防護壁に当たって前がへこむ程度でよかったんです。大勢の前で事故が起きて、事故原因がわからない。それが狙いだったわけですから』

下井の目論見通り、三台の音波銃が実験車輛に音波を当て続けたせいでジャイロは誤作動を起こした。しかし、エアバッグが開いた直後、管制本部の下井がコントロールを握るはずが、川合が咄嗟に手動に切り替えてしまい、実験車輛は暴走、結果想定外の大事故になったという。

『全部川合さんのせいです、本来は誰もケガしなくて済んだんだ』

下井がそう供述した際、磯谷は珍しく下井を一喝したという。

佐々木は下井を利用して、アイダ特殊鋼を自動運転実験に参加させることを条件に、アイダ特殊鋼から多額の顧問料を得る裏取引をしたという。

『私利のためだけではありませんよ。瀬野の発展も考えていたんですよ、真剣に』

「アイダの取締役も佐々木との裏取引を認めていますので、追々逮捕となるでしょう」

実際、下井が落ちてからの捜査の進展はめまぐるしいものがあった。

「現状一番口が堅いのは月岡ゆかりです。頑として淵崎室長、酒癖と女癖と性癖に問題を抱えるあなたを惑わすために、佐々木に送り込まれたことを認めようとしません」

淵崎がようやく目を開けた。

「迷惑防止条例違反以外の容疑はつくのか」

「関係者の取り調べ次第というところです」

小山内は応える。

「実験の続行は私の意思だ」

「そうですか。では取り調べで存分にそう応えて下さい」

小山内は動じることなくしなをつくり、淵崎を見下ろした。「となりの庁舎ですが、来て頂けます？」

この人を敵に回してはならない——誠人は強く心に刻んだ。

終章

十月十九日　土曜

堂安誠人は、賢人とともに矢木沢美優の墓前に花を供え、手を合わせた。

立ち上がると、冷たくなった風が吹き抜ける。空は青く澄み渡っていた。

「ところで」

賢人が振り返る。「君は僕らの正体を知ってしまったわけだが、消されないか心配だよ」

「今後も何かあったらよろしくと、小山内さんからはうかがっていますけど」

凜子は応えた。凜子が自覚しているかどうかわからないが、彼女も有能な捜査員だった。

そして、賢人の《サイタマのサッカー王国に来たら、奇妙な事件に出会った件》は現段階でＰＡＲＴ⑦まで配信され、自動運転事故の真相や、警察による隠蔽を報じて大きな反響を呼び、特に襲撃を受けた際のピカピカ動画ライブ配信の映像は、様々なメディアで使用されていた。

「どう、そちらの捜査は」

誠人は聞いた。

「やっと一息というところですか」

凜子は表情を引き締めた。「お墓参りに同行できる程度には」

茨城県警渡良瀬警察署の捜査本部は、警視庁和泉橋警察署の協力のもと、きのう新たに一人の男を逮捕した。

柳田登だ。元反社組織幹部で、いまはさいたま市と川口市で複数のモーターショップを経営する、五十五歳。

現在も盗難車、バイク、機械部品等の輸出にからみ、埼玉県内の外国人窃盗団と共闘関係を築いている疑いがあった。そのうちのひとつが、ベトナム系反社組織『ザム・ルーア』だった。

「Sというより、高城との間で捜査情報の売買の疑いもかかっています」

凜子は言った。

柳田は佐々木とも関係が深かった。

株主総会を迎える企業の意を受けた佐々木が、総会屋の抑え役として、柳田を使っていたことが判明していた。つまり、柳田は佐々木、高城双方と深い利害関係にあったのだ。

その柳田への容疑は『ザム・ルーア』に対する中岡昌巳、矢木沢美優、フェルナンド・カルモナの殺害指示だった。

「ザム・ルーアには東ティモール出身者が何人かいて、その人たちがポルトガル語が堪能でした」

聞けば東ティモールの公用語の一つはポルトガル語だという。「矢木沢美優さん殺害はヌークリオの犯行に見せかけるために、フェルナンド・カルモナを懐柔して、実行させたようです。美優さんとシモンさんの監視も、ヌークリオが動いているように見せかけるためのギミックの可能性があります」

そして、柳田逮捕に繫がったのは、新木と和泉橋署前野班の執念の賜物だった。

彼らはレンタカーの借り主を特定。その登録名が、柳田登だったのだ。レンタカー店の防犯カメラを確認すると、車を借りるため中野坂上の営業所に現れたのは柳田と下井健太の二人だった。

下井は中岡の墜死についても供述をしている。

『十月に入ってすぐ、中岡さんに音波銃について問い合わせ……というか詰問を受けていました。君が事故を仕組んだのではないかって。それで佐々木さんに相談したんです』

それで佐々木からは、警察の人間も一緒に行くから、中岡と会って黙っているよう説得して欲しいと頼まれたという。

『僕が中岡さんと連絡を取って……ええ、南利根署の課長さんも一緒だと言ってアポを取りました』

十月六日未明、下井と柳田は、高城と合流すると神田金物通りの今川橋交差点付近で中岡を拾い、美倉町の現場ビル前で車を降りた。

『車は柳田さんが乗って行ってしまいました』

下井は高城とともに現場ビルで営業している小料理屋に中岡を案内、説得に当たった。その時点で、矢木沢美優の事件は発覚しておらず、中岡もさほど警戒することなく二人に会ったと推察された。

『中岡さんは頑固でした。断じて認められない、事故調に報告すると』

説得は失敗した――

『中岡さん、トイレに立ったまま帰ってきませんでした。それで高城さんが様子を見に行って……』

戻ってきたのは高城一人だったという。『高城さん、中岡さんは怒って先に帰ってしまったと言って』

下井は高城とともに裏口から出て、それぞれ昭和通りでタクシーを拾い、帰宅したという。それが、大きな物音がする十数分前のことだった。

『まさか中岡さんが亡くなっているなんて思ってもいませんでした。刑事さんが来たあと、恐くなって……』

下井は再び高城に相談、高城からは自殺だから気に病むなと伝えられていた。

さらに警視庁組対の捜査で、船井第二ビルの、下井と高城、中岡が会った小料理屋と、四階の消費者金融の事業主の名義が、柳田のものであることが確認された。

『いつまで死体転がしてんだ、早く片付けろボケが。帰れねえだろうが』

誠人が聞いた声は、死体搬出が遅れ、ビルに戻るに戻れなくなり、苛立っていた柳田のものだったようだ。

その柳田だが、中岡が墜死した時間、現場にはいなかったと直接の関与を否定した。供述は正しかったが、防犯カメラで確認された小料理屋の客が、柳田が抱えている元反社組織構成員やアジア系の不良外国人であることが判明。柳田が虚偽の証言をさせていたことがわかった。中岡の目撃証言がなかったこともこれでうなずけた。

そして、任意聴取した客の一人が、中岡を突き落としたこと、柳田に指示されたことをほのめかしていて、今日にも逮捕状が執行されることになっている。

『ヤナギダは約束の半分しかお金くれなかった』

実行犯と目される男はそう憤慨していた。

中岡殺害の二日前に発生した矢木沢美優殺害について、フェルナンド・カルモナが実行犯であることに疑いはなかったが——柳田は供述で殺人の指示を否定した。

『俺は佐々木の依頼で、女に警告だけしてこいと言ったんだが、何をどう勘違いしたのか、殺しちまった。もしかしたらビビリと思われたくなくて、勇み足踏んだのかもしれないな。まあ、犯したのも、殺したのもフェルナンドの意思だ。それが真実。俺は知らん』

フェルナンドの性格的にその可能性はあったかもしれないが、死んだ以上、事実確認は困難だった。

ただ、フェルナンドが矢木沢美優を殺してしまったため、中岡、フェルナンドと秘密を知る者を始末せざるを得なくなったという構図は容易に想像できる。

そして、南利根署の高城刑組課長は、淵崎の盗撮行為の隠蔽について認めはしたが、三件の殺人について、知らぬ存ぜぬを繰り返していた。

そして殺人についてだが——

『殺人は柳田の指示か、フェルナンド・カルモナの暴走のどちらかじゃないの？　私は関係ないから。これは誓って本当だからね』

高城はそう供述していた。

ただ、高城自身もギャンブルや非合法賭博で、柳田に数百万円の借金があることが判明していた。柳田から犯行に引き込まれたのなら、それは身から出た錆だと言えた。

また高城と柳田には、犯行に際し、佐々木から相応の対価が支払われた可能性が高く、捜査本部は二人の金の流れを追っていた。

「結局、警察を含めた不正と罪を暴いたのは、美優さんの正義感と、頑張りです」

凛子は言った。「南利根署の捜査では全てが闇に葬られると考え、一命を賭して大河を越えて、県境を越えたんです。彼女こそ、警察に必要な人だったと思います」

「報いることはできたと思う」

誠人は応えた。

「僕もそう思う」

賢人も応えた。

「それで事件の解明は順調なんですが、まだ確認していないことが一つあります」

凛子が誠人と賢人に向き直った。悪戯をした児童にお説教する教師のような目つきだ。

「わたしが会った堂安刑事は一人でしたか？」

賢人が悪戯がばれた児童のように、目配せしてきた。

「弟の賢人だったこともある」

誠人は応える。「申し訳ないと思っている」

「わたしの肩を抱いて、彼女だと言い張って、ガサ中にもかかわらずゲームに興じたのは」

「僕かな」

賢人が小さく手を挙げると、凜子はため息をついた。

「自分の未熟さを痛感します。美優さんに合わす顔がありません」

「いや、僕の擬態は完璧なので、落ち込む必要はないと思うけど」

「いいえ、ギャップは感じていました。まるで別人のようだとも。未熟さを感じたのは、それを二人一役と見抜けなかったことです」

「君を弄ぶ意図はなかった。それは誓う」

誠人が応えると、凜子は笑みを浮かべ、首を横に振った。

「そのギャップに戸惑ったりしましたけど……」

凜子は何か言いかけたが、息を吸い言葉を呑み込んだ。そして——「あの、約束は果たして下さいね」

「ああ、リアルカミカゼドリブルの練習ね」

賢人がボールを蹴る真似をした。

「ただドリブルをするだけではだめです。まず足腰、体幹を鍛えるところからです。練習は厳しいですよ。二人とも参加ですから覚悟しておいて下さい」

誠人は慌てて「待て」と言おうとしたが、賢人が一瞬早く「了解」と応えてしまった。

地図製作：美創

この作品は書き下ろしです。

幻冬舎文庫

●最新刊
縄紋
真梨幸子

「縄紋時代、女は神であり男たちは種馬、奴隷でした」。校正者・興梠に届いた小説『縄紋黙示録』。そこには貝塚で発見された人骨の秘密が隠されて……。世界まるごと大どんでん返しミステリ。

●最新刊
メンタル童貞ロックンロール
森田哲矢

いつまでたっても心が童貞な男たちの叫び。ゲスすぎて誰もSNSに投稿できない内容にもかかわらず、隠れファンが急増し高額取引され続ける「伝説の裏本」が文庫化。

●好評既刊
MR(上)(下)
久坂部 羊

中堅製薬会社の紀尾中は自社の画期的新薬の営業で、外資ライバル社の鮫島から苛烈で卑劣な妨害工作を受ける。窮地の紀尾中の反転攻勢は？ 注目の医薬業界の光と影を描くビジネス小説の傑作！

●好評既刊
悩め医学生
泣くな研修医5
中山祐次郎

憧れの医学部に入学した雨野隆治を待ち受けていたハードな講義、試験、実習の嵐。自分なんかが医者になれるのか？ なっていいのか？ 現役外科医による人気シリーズ、エピソードゼロ青春編。

●好評既刊
オレンジ・ランプ
山国秀幸

僕は39歳で若年性アルツハイマー型認知症と診断された。働き盛りだった僕は、その事実を受け入れられない。ある日、大切な顧客の顔を忘れてしまい……。実在の人物をモデルにした感動の物語。

アンリバーシブル

警視庁監察特捜班 堂安誠人

長沢樹

令和5年5月15日　初版発行
令和5年5月31日　2版発行

発行人——石原正康
編集人——高部真人
発行所——株式会社幻冬舎
〒151-0051東京都渋谷区千駄ヶ谷4-9-7
電話　03(5411)6222(営業)
　　　03(5411)6211(編集)
公式HP　https://www.gentosha.co.jp/

印刷・製本—中央精版印刷株式会社
装丁者——高橋雅之

幻冬舎文庫

ISBN978-4-344-43294-9　C0193　な-49-1

この本に関するご意見・ご感想は、下記アンケートフォームからお寄せください。
https://www.gentosha.co.jp/e/